鬼一族の若夫婦

～借金のカタとして嫁いで来たはずの嫁がやけに積極的で、僕はとっても困っている～

不確定ワオン

イラスト　門井亜矢

「私が果てて、何度も何度も気をやってしまっても、タオ様は全然御構い無しでしたわ?」
「分かっ、分かりました！　昨日は本当にごめんなさい！　だから耳元で囁くのをやめてください！」
「うふふっ、冗談です」

「僕と、夫婦《めおと》に
なってください」
その瞳から流れ落ちる綺麗な涙を、
少しでも良いから拭いたい。
僕は自分の心に強く、願ったんだ。

鬼一族の若夫婦

～借金のカタとして嫁いで来たはずの嫁がやけに積極的で、僕はとっても困っている～

不確定ワオン
イラスト　門井亜矢

鬼一族の若夫婦

〜 借金のカタとして嫁いで来たはずの嫁がやけに積極的で、僕はとっても困っている 〜

CONTENTS

鬼一族の若夫婦

～借金のカタとして嫁いで来たはずの嫁がやけに積極的で、僕はとっても困っている～

不確定ワオン

イラスト 門井亜矢

ある寒い朝の新婚さんたち

◆◆◆◆◆◆◆◆◆

「タオ様？」

声がした。
耳の奥に優しく纏わりついて、ゆっくりと頭の中を融かして行く様な——熱くて甘い声。

「タオ様。お目覚めですか？」

耳元で囁かれるその声に導かれて、ふわふわと微睡んでいた僕の意識がじわじわと目覚めていく。
良い声だなぁ。

透き通るって言うか、吹き抜けるって言うか。

緩慢とした思考に無理なく絶妙な力加減で揺さぶりをかける、とても優しい声。

寝起きの僕にはとても効果的で、不快感なんて全く――ってあれ？

僕、いつ眠ったんだっけ。

ぬるま湯の中でたゆたう様な僕の頭は、つい数時間前の記憶すらも朧げで、そして目を開くことすら億劫で、まだまだ眠っていたいという欲求に負けそうになる。

えっとえっと。最後に見た窓の外はやけに明るくて……明るくて？

なんで僕、朝方まで起きていたんだっけ。どうにも考えが纏まらず、考えが元の場所に戻ってきてしまった。

首をゆっくりと振って、なんとか目を覚まそうと努力してみる。

ふよふよとした温かい感触が鼻の頭に当たって、それがあんまりにも気持ちが良いものだから、今度は頬を当ててみる。


「ふふふっ。タオ様ったら、寝惚けていらっしゃるのですか？」


そんなことないよ。僕、寝起きは良い方なんだ。

毎日の朝稽古に一度も遅れたことが無いのが、数少ない自慢の一つ。

ただ、今日はどうにも。全身を満たす心地良さと倦怠感に、もう少し浸っていたいだけ。

「今日もとてもお寒うございますから、もう少しこうして温まっていましょうか。起きたら私が熱ぅいお茶を淹れますので、それまではごゆっくりお休みください」


そうだね。じゃあお言葉に甘えて。もう少しこの幸せな柔らかさを堪能するとしようかな。

ここら辺の冬はとても寒いって言うのは聞いていたけど、まさかここまで冷えるとは。

身体さえ動かせばすぐに慣れる寒さだけど、でもやっぱり寝起きにこの気温は応えるなぁ。

だからこうして何枚もの布団をかけて、枕に頭を埋めて、そして柔らかくてすべすべでツルツルで暖かい抱き枕にぎゅうっ——て抱かれているのは、抗い難いくらい気持ち良くて夢見心地だ。

そうそう。

ちゃんとしっかり足と足を絡めて、お腹とお腹をぴったりとくっつけて。

……ん？

お腹とお腹？

足と足？

抱き枕に——抱かれて？


「ほぇ？」

「あら、可愛い」


脳裏に浮かんだ大きな疑問を確かめようと目を見開くと、視線が合った。

いや。正しくは視界いっぱいに映る、まるで宝石みたいに輝く綺麗な翡翠色の瞳に、僕の視線がぶつかった。

窓から溢れる冬の早朝の日光がその鮮やかな緑色をキラキラと輝かせて、彼女は僕の顔を少し上の位置から見下ろす様にしてじっと見る。

「……ナナカ、さん？」

その姿があんまりにも綺麗だから、僕は心奪われて、思わず彼女の名前を呟いてしまった。

「はい、呼びましたか？　寝坊助タオ様」

とても小さく口に出した筈なのに、ナナカさんは僕の声をしっかりと捉えて、とても澄んだ声で返事をしてくれる。

なんだか気恥ずかしくなった僕の頬が、徐々に熱を帯びていくのを自覚した。

「おっ、おはようございます」

照れを紛らわそうと早口で朝の挨拶を告げる。

「おはようございます」

彼女は儚げに――でもとても穏やかに、優しく微笑んだ。

僕の首と腰に巻かれているのは、目の前の彼女――ナナカさんの腕。

僕の足に絡みついているすべすべなのは――ナナカさんの素足。

僕のおへそに隙間無くぴったりくっついているのは――ナナカさんのお腹。

これはだめです。だめですよ。

柔らかすぎる彼女の身体に包まれた僕の体は、逃すまいとがっちり固められていて、しかも枕に深く沈んでいるせいで首すらまともに動かすことができない。

つまり彼女を押しのけて布団から飛び上がることを、許されていない。

まるで紅茶に丁寧に垂らしたミルクを小さな匙でゆっくりとかき混ぜるかのように、僕の頭は緩慢な速度で混乱していく。

寝起きだからってだけじゃない。

目を開けて最初に見たナナカさんの顔がとっても綺麗で、そのせいで緊張してるからって理由だけでも無い。

我ながら情けなくなるほどに薄い胸板に当たる、その柔らかい物体がなんなのかを瞬時に理解したが故の——大混乱なのだ。

「あっ、あわわわわっ!!」

パクパクと口を開けたり閉じたり。僕は馬鹿みたいに声を上げる。

出すべき言葉が全然見つからない。何を叫び、何を主張すれば良いのかもはっきりしない。

彼女と二人で寝転ぶベッドの上で、滑稽な動きと滑稽な声を上げるしかなす術が無い。

「ふふふっ。タオ様ったら、おかしい。まだ慣れないのですか?」

ナナカさんはまた優しく笑い、眠気を孕んだその目を薄く細めた。

普段の彼女の目もあまり大きく開かれてはいないが、今はただ微睡んでいるだけなのだろう。もしかしたら彼女の方こそ、まだ寝惚けているのかも知れない。

「なっ、慣れるも何もっ」

無理に決まっている。彼女と出会ってまだ五日目。

つまりこうして二人で寝所に入り、生活を共にする様になってからも五日目。

初日こそ僕だけ違う場所で眠ったから、同じ寝床で並んで寝るようになったのは四日前。

そして、いわゆる男女の関係になってからは――まだ三日目の朝である。

「恥ずかしがる事など、何もございませんのに。私達は皆が認める夫婦でございます。新婚の夫婦が夜に励んで、一体誰に咎められましょう？」

「そ、そういう事じゃなくてっ」

いや、そういう事にも興味はあるんだけど、僕がその、いわゆる男女の営みを知ったのは彼女と出会ってからだし、自分の身体が子供を作れる様になってからだって、まだ一ヶ月も経っていない！

「タオ様は、ナナカとそういう行為をする事が――お嫌でしたか？」

「い、嫌とか――」

狡《ずる》い。

その顔、ほんと狡い。

彼女は困っているみたいに、でも絶対に否定されないと知っていて、だからこそ悪戯が成功した時の子供の様な、そんな表情をする。

綺麗な顔に幼さの残る可愛らしさを伴って、眉間に寄せるわざとらしい皺すら綺麗で、どこまでも狡い。

「――嫌なわけじゃ、ないけど」

「じゃあ、お好きですか？」

好きかどうかは今関係ないよね!?

嫌いじゃないって言ったんだから、察して欲しいんだけど！

「お好き、ですよね？」

にんまり、と。意地悪い笑みで唇を歪めて、頬を緩めてナナカさんはまた笑う。

く、くそう。分かっててからかってるんだな？

僕が彼女のそういう表情に本当に弱いって事を、まだ出会って間もないけれど、知られてしまったから。

だからナナカさんは、こうやってたまに僕をからかう。

この人に口では絶対勝てないと、僕はとっくに自覚している。

だからもう、返事は一つしか残されていない。

「――す、好き……です」

自分に嘘を吐けない僕がそれ以上にナナカさんに嘘を吐けない事を、把握されているのだ。

「うふふっ、とっても素直で良い子。私のタオ様」

ナナカさんは嬉しそうに声を弾ませて、僕の首に顔を埋めて強くぎゅうっと抱きついてきた。

そして耳元に口を寄せ、僕に聞こえる様に大袈裟にすうっと息を吸い、ゆっくりと唇を開いた。

「昨日の夜なんて、殺されちゃうかと思うくらい――激しかった」

それは声と認識していなければ、ただの微風。まるで息遣いに音階をつけただけの、か細い声。

耳の奥からゾクゾクと、背筋に心地良くも妖しい痺れが走った。

「な、なななっ！　ぼっ、僕を襲ってきたのナナカさんですけど!?」

そうだそうだ！

僕は遠慮したじゃん！

初体験の夜にあれだけ暴走してナナカさんに無理をさせちゃったから、反省してグッと衝動を抑えて我慢したんですよ⁉

「最初こそ私から求めましたけど、途中から完全にタオ様に主導権を奪われてしまいましたわ？」

ぐぬっ。

「私があんなに待って下さい、休ませて下さいって叫んでも、止めて下さらなかったわ？」

ぐぬぬっ。

「果てには、私の唇を無理矢理お口で塞いで何も言わせないようにしたのも、タオ様ですわ？」

ぐぬぬぬぬっ⁉

まるで獲物の息の根を止めようと絡み付く蛇のように、ナナカさんは僕の身体を締め付ける力を強めていく。

「私が果てて、何度も何度も気をやってしまっても、タオ様は全然御構い無しでしたわ？」

「分かっ、分かりました！　昨日は本当にごめんなさい！　だから耳元で囁くのをやめて下さい！」

「うふふっ、冗談です」

しゅるっ、と。僕の身体に解放感が訪れる。

どうやら僕の狼狽ぶりに満足してくれたようで、絡めた腕と足の力を緩めてくれた。

でも完全には解放してくれない。いまだ僕は、柔らかい彼女の肢体に抱きしめられたままだ。

何枚も何枚も重ねられた、ちょっと重い厚手の掛け布団の中。

僕達は生まれたままの姿で浅く抱き合う。

上機嫌で鼻歌なんかを歌いながら、ナナカさんは僕の頬っぺたや額を何度も甘く啄んだ。

時々さらりさらりと僕の背中や腕を撫で回し、寝癖でボサボサの髪の中に鼻を埋めたりして、とても楽しそうだ。

おかしい。この女性《ひと》、借金のカタとして家族に売られた筈なんだけど。

初めて会った時なんか、全てを諦めてまるで死んだ様な目をしていたのに。

何がどうしてこうなったんだろうか。さっぱり分からない。

よし、一つずつ思い出していこう。

まずは僕と彼女の初対面——そのちょっと前の父様《ととさま》とのあの晩から。

そして雲一つ無くよく晴れた吉日に、僕こと亜王院《あおういん》タオジロウと、亜王院ナナカ——旧姓ナナカ・フェニッカはめでたく、夫婦となったのだ。

僕が十二歳、彼女が十三歳の冬の話である。

僕と彼女の馴れ初めを

◆◆◆◆◆◆◆◆◆

「なぁタオ。お前、結婚しろ」

「はぁ？」

突然何を言うんだろうか、この人は。

当たり前だけど、意味が理解できないので思わず聞き返してしまった。

宿の簡素な椅子に偉そうに座るのは、僕の父様《ととさま》、亜王院アスラオ。

体格が大きすぎるこの人が座ると、普通の椅子がまるでおもちゃの様に見えてしまう。

一月《ひとつき》程前に、旧知の貴族に用事があるから付いて来いと言われて無理矢理連れて来られた、このとある田舎村。

初めて訪れた場所だったが、さして目新しい物など無く、日課の稽古などのやるべき事を全て終えて、古臭い小さな安宿のこれまた小さく狭い部屋のベッドの上で暇を持て余していたら、夜も早い時間からチビチビと酒を舐めていた父様が、とんでもない事を言い出したのだ。

「昔、まだお前が生まれる前の話だ。この領の領主貴族にある仕事を依頼された事があってな」

仕事？　それは表と裏、どっちの仕事だったんだろう。

「はあ」

安い宿故に質素で使い古されたベッドの上で正座して姿勢を整え、相槌を打つ。

「当時はこの領全体が不作だかなんだかでな。依頼料がどうしても払えないとぐだぐだ吐《ぬ》かすから、利子を付けて貸しにしてやったんだ」

それはまた、珍しい事もあるもんだ。

めんどくさい事を異常なまでに嫌がる父様が、即金じゃない仕事をするなんて。

「んで最近になって、そういや金をまだ貰ってねぇなって思い出してな。今日取り立てに行って来たんだわ」

「ああ、昼にどこかに行っていたのは、その件ですか？」

朝稽古以降とんと姿が見えなかったから、てっきりまた酒場で飲んでいるのかと思っていましたよ。

「そしたらよ。約束してないから帰れだの、やれ無礼だの不敬だのと一方的に言われたもんだから頭に来ちまってな。ちっとばかし睨んでやったんだよ」

そ、それは可哀想に……。

この人の眼力は、その気になれば本当に人を殺せる程の代物。睨まれた人は果たして無事なのだろうか。

「そうしたら、払える金は一銭も用意できないから娘をくれてやる、と」

「なんですかその人。クソ野郎ですか？」

おっと、話が変わって来たぞ？

借金の代わりに自分の娘を差し出したってこと？

考えられない。どうしてそんな事が言えるんだろう。

「救い様の無いクズってなぁ、どこにでも居るんだなぁ」

「ん？　まさか、僕にその娘さんと結婚しろ――と？」

いくら父様が想像を絶する度を超したチャランポランでも、そんな酷い話を受けたりなんかしませんよね？

「いや、俺も最初は何言ってんだこのクソデブ貴族。いっそ一思いに殺してやろうかって思ったんだよ。でもまぁ、実際にその娘に会ったら色々思う所ができちまってな。くれるってんなら貰ってやって、ウチの息子の嫁にしてやるわって啖呵を切っちまったんだわ」

「いやいやいや、待って下さい父様。僕はまだ十二歳ですよ⁉」

しかもなりたてのホヤホヤで、結婚なんて急に言われても！

「あー……まぁなんだ。ざっと見た限りだと、特に悪い所の無い良い娘だった。お前も絶対に気にいるって、なぁ？」

「なぁ、じゃないですよ！　その女性が良い人かどうかは全く関係ありません！　僕はまだ修行中の身で、独り立ちすらしていないんですよ⁉」

自分で自分の食い扶持すら満足に稼ぐこともできていないのに、家族を作って守れるわけなんか無い！

ていうかそんな自信無い！

「あー、うるさいうるさい。よし、じゃあ顔合わせを済ますか」

めんどくさそうに頭の後ろを長い赤髪ごとボリボリと掻き、父様は持っていたお猪口を卓の上に雑に置く。

「へ？」

「実はよ。もうとっくに連れて来てて、隣の部屋に居るんだわその娘。ちょっと呼んでくるから待ってろ」

父様が待って下さい！　そんな突然っ、心の準備も出来ていないのに！

「よっと」

楽しそうにニタニタニヤニヤと笑いながら、父様はおもむろに椅子から立ち上がると、のっしのっしと部屋を出て行く。

あまりにも突然すぎて父様を引き止める事すら出来ず、思わず前に出した手でにぎにぎと空気を揉みながら、僕はその姿を黙って見送ってしまった。

「——ど、どうしよう」

どうしようどうしよう！

結婚って、こんな急に決まるものなの!?

今までずっと剣しか振って来なかったから、こういう時どうして良いのかさっぱり分からない！

な、何をしたらいい!? とりあえず、どうしたら良い!?

そうだ、第一印象だ！

ちゃんと挨拶しないと、ダメな男だと思われちゃう！　練習をしないと！

急いでベッドから降り、ピンと姿勢を正す。

「えっ、えっと、ぼっ、僕は亜王院タオジロウです！　宜しくお願いします！」

勢いよく腰を直角に曲げて、お辞儀。そのままの姿勢でしばし考え込む。

こ、これで良いのだろうか。分からない！

あぁ、こうなる前に母様《かかさま》に女の子のことを色々聞いておくべきだったんだ！

えっと、そういえば小さい頃、母様に言われた事があったっけ。

『良いですかタオジロウ。いくら男の子でもきちんと身嗜みを整えておかないと、女の子達に嫌われてしまいますよ？』

そうだ身嗜み！

慌てて上体を起こし、ボサボサなままの長い赤毛を両手で触って確認した。

今日は朝稽古の後に湯浴みをしたっきりで、昼の稽古や暇つぶしの自己鍛錬の後に何も整えていなかった！

髪の毛、髪の毛大丈夫!?　汗臭くないかな!?

「はっ!?」

部屋の隅に纏めて置かれている、僕と父様の旅荷物。

確かその中に、一座で取り扱っている商品である、鏡の見本があったはず！

ひとっ飛びで荷物に飛び付き、纏められている紐をわたわたと解く。

数ある荷の中でも一際大きな革のトランクケースは、父様の商売道具入れ。

きっとこの中に、お目当ての物が入っている筈。

それは、鏡。

鏡は高級品だから、見本を確認しないで買う人なんか滅多に居ない。

僕ら亜王院一座は、商売人の一族だ。

いついかなる時も商談に移れるようにと、ある程度の高級な品の見本は常に持ち歩いている。

商売にはあんまり向いていない性格の父様ですら、一族の長として鏡の価値と利益は知っている筈だから、間違い無く持っているだろう。

「これじゃない……これは葉巻……これは紅茶……これは調味料……あ、あった！」

雑に荷物を手探って見つけたのは、手触りの良い柔らかな絹の布で何重にもぐるぐると巻かれた、柄の付いた平べったくて大きい物。

逸る気持ちに押されてあせあせと布を解き、お目当ての品である事を確認した。

手鏡。

贅沢にも円形に切られた、鏡の周りと持ち手の部分が精緻な意匠の模様で飾られた、まさに珠玉の逸品。

未熟な僕でも分かる程に見事な、北の山脈地帯に住む手先の器用な一族の手による彫り飾り。

確か、母様も同じ物を持っていた筈。

父様は旅先で良い物や珍しい物を見つけると、必ず母様達に一つずつ贈る人だから。

美しい輝きを放つ職人技のめっきが施された、そのピカピカの鏡を覗いた。

そこに映るのは僕の顔。真っ赤な髪の毛が鏡の中で大きく揺れる。

先月切り揃えて貰ったばかりのこの髪型は、父様の事が大好きな母様の手によって、父様そっくりに仕立て上げられている。

伸ばした長い髪の毛は、父様と違って華奢な身体つきの僕では、遠目に見ると女の子にも見えてしまう。

正直言って、あんまり好きな髪型では無い。

父様の場合はその威厳と態度もあって、長い髪をなびかせるその姿は、まるで獰猛な荒獅子を思わせる雰囲気を持つ。

『紅蓮獅子《ぐれんじし》のアスラオ』と呼ばれるのも、まぁ頷ける話だ。

しかし、僕は良く見えて——子獅子。

見ていて本当に嫌になるくらい、なよなよとして男らしくない。

もっとこう、精悍さとか力強さとかそういうのが欲しいし、頑張ってはいるんだけれど。

はっ、落ち込んでいる場合じゃ無かった！

早く身を整えないと、父様が来ちゃ——。

「連れて来たぞ坊主っ！」

——遅かった。

無駄に大きながなり声と同時に、使い古してボロボロの頼りない宿の扉が、嫌な音を立てて勢い良く開く。

わああああっ、早いよっ！

普段の仕事は怒られるまでサボり倒す癖に、なんでこういう人が嫌がる事だけは、すぐ行動に移せるんだ父様はっ！

わたわたと慌てて立ち上がり、ピンっと背筋を伸ばす。

腕を組んで部屋の入り口に立っている父様の顔を、まっすぐに睨んだ。ほんっと、楽しそうで良かったですね!!

「はわ、はわわわっ」

稽古着のままだったのが本当に悔やまれる。せめて皺とか埃とかだけは正そうと、パタパタと手で色んな所を払ってみるも、全然綺麗になった気がしない。

「ん。おうこっちだ」

僕のお嫁さん（予定）の人は、歩幅の広い父様の歩く速さに追いつけなかったようで、まだ部屋に到着していないようだ。

焦らされている。翻弄されている。全部父様の思惑通りなのが、とっても嫌だ。

ああ、心臓の鼓動が速過ぎて痛む。

どうしようどうしよう。結局身嗜みを整える時間なんて無かった。

普段から着ているこの服なんて、ここまでの徒歩での旅路や、日々の稽古で汚しても良いようにと、なんの洒落っ気も無い質素な物。人様に改まって見せる様な物じゃない。

母様の言う通りだった。何時如何《いついか》なる時でも、ちゃんと人目を気にした格好をして居るべきだった。里に帰ったら、母様の肩を揉みながらちゃんと謝ろう。

「さて、紹介してやる」

相変わらず楽しそうにニヤニヤしている父様の背後に、そろりと人影が張り付いた。

父様は筋肉オバケで背も高いから、女の人なんか簡単に隠れてしまう。だから、僕からはその人影がちゃんと確認できない。

「こいつが、お前の嫁だ」

ヤケに芝居掛かった言い方と動作で、父様が室内に入りすっと横にズレる。

そこに居たのは、僕より少しだけ身長の高い女の人だった。

顔を伏せ、両手をお腹の前で組み、踵を合わせて綺麗な姿勢で立っている。

体のラインにぴったりと張り付いている真っ白なブラウスに、紺のロングスカート。

首元に真っ赤な紐のタイをしていて、あれ……おかしいな。

あの胸……僕の母様のより――おっきくない？

「……初めて、お目にかかります」

そう言って彼女は一歩、足を部屋に差し入れて――恭しく頭を下げた。

「アルバウス領主、スラザウル・スマイン・アルバウス伯爵の五女。ナナカ・フェニッカ・アルバウスです。どうぞ、よろしくお願いします」

その声には、全く覇気が無い。

まるで病に冒された病人みたいに、か細い声だ。

ふわっふわとウェーブが掛かった金色の長い髪が、部屋の床に付きそうなくらい、深く深くお辞儀をしている。

している。

して、いる。

して、いる……。

して――あ、あの。もう良いと思うんだけど。長くない？

もしかして、眠っちゃった？

「ナナカ、顔を上げろ。タオはまだお前の顔をまともに見てねぇぞ」

「……かしこまりました」

父様に言われてようやく、ナナカさんはゆっくりと頭を上げた。

「……ふわぁ」

僕は思わず溜息を漏らす。こんな綺麗な女の子は――今まで一度も見たことが無い。

「はっ、はぐっ、あもっ、えっと、あのっ」

「なに気持ち悪い声出してんだお前」

ううう、うるさいです！　父様は黙っていて下さい！

「ちっ、違くてっ、えっとそのっ、ぼっ、僕は亜王院タオジロウと申す者なのですがっ！」

ああっ、もう訳が分からなくなってきた！

さっき練習したばっかりなのに、全然言葉が出てこない。

だって、僕が想像していたより遥かに綺麗な女の子過ぎて、緊張してしまう！

ふわっふわの綺麗な長い金髪はまるでお日様を直視しているみたいに眩しくて、薄く閉じられたその瞳は吸い込まれてしまいそうな程に深く、そして澄んだ翡翠の様な色をしている。

触れたら壊れてしまいそうな、そんな印象を持たせる薄く淡い輪郭と、高いお鼻。薄紅色――いやどちらかと言えば、春先の満開の桜に近い色の小さな唇は艶々と瑞々しく、そして柔らかそう。

ほ、本当にこの娘《こ》がぼぼぼっ、僕のお嫁さん!?

いいの？　犯罪じゃないの？　なんらかの罪に問われちゃうんじゃない!?

僕が独り占めしていいものなの!?

はっ！　独り占めって、何を考えているんだ僕は！

彼女は物じゃないんだぞ!?　えいっ、このっ！

僕の馬鹿っ、馬鹿野郎っ！　反省しろタオジロウ！　猛省してっ！

「……タオジロウ様は、なぜ突然自分の頬を叩きはじめたのですか？」

「すまんな。一族の女以外には、てんで免疫が無いんだ。男ってのは若い時分、自分でもよく分からん行動をする事がままある。発作みたいなもんだ」

「発作……ご病気、なのですか？」

「気にすんな。放っときゃ治る」

「それは、良かったです」

あぁっ、ごめんなさい！　ちょっと興奮し過ぎて取り乱しただけです！

だからそんな、可哀想な人を見る様な視線はやめて下さい！

「……改めて、ナナカと申します。至らない所も多々あるかと思いますが、どうぞ宜しくお願いします」

「えっ、えっと！　こここっ、こちらこそ――じゃなくてっ！」

ああっ、なんかいつのまにか結婚するのが当たり前みたいになってるけど、違う違う！

こんな無茶苦茶な話、筋が通っていない。当人達の意思が置いてけぼりだ。

結婚ってもっと穏やかで、幸せで。満たされていて、そして祝福されなきゃならない物の筈だ。

誰かにしろと言われてハイそうですか、とはいかない物だ。

「なっ、ナナカさんは、突然結婚しろって言われて、嫌じゃないの⁉」

僕は嫌だ――いや、だ……いや、こんな綺麗な人となら、別に嫌ではないな。むしろ――ってもうっ！

初対面だよ！　会ったばかりでしょ！　何を舞い上がってんだ僕は！

「……私は、貴族家の娘ですから。此度の縁談。特に何も思う所はございません」

「ふぇっ⁉」

そうなの⁉

「貴族にとって結婚とは、目的ではなく手段です。例えば有力貴族との関係作りのためとか、褒美代わりとか、鎖として、とか」

「く、鎖？」

なんだか、物騒な言葉……。

「はい。将来性のある平民に家系から嫁をあてがい、本家に逆らえないようにする事は、良くある話です」

それは、嫌な話だなぁ。

父様が普段から貴族を蛇蝎の如く嫌う理由が、なんとなくわかっちゃったかも。

「此度の縁談も、亜王院家への借金を帳消しにするための、いわば取引。婚姻それ自体が目的ではありません」

「取引って、貴女はそれで良いんですか？　まるで駒や道具の様に扱われて、納得できるんですか？」

人は物じゃないんだ。生きていて自分の意思を持っていて、それでいてとっても尊い物の筈なのに。

そんな扱いをされて、なんで素直に従おうとするの？

「……アスラオ様。タオジロウ様は——とてもお優しい方なのですね」

あれ？　なんか突然、褒められた？

いや、褒められてるにしては、めんどくさそうな言い方と表情。

「ははっ。コイツはまだ青臭い、心も身体も甘っちょろいガキだからな」

何が面白いのかさっぱりだけど、父様があの顔で笑うのは、僕を小馬鹿にしている時だ。

つまり今、僕はナナカさんに——哀れまれてる？

「……それは、今後が少しばかり、心配ですね」

そう言って、ナナカさんはゆっくりと目を閉じた。そして一つ咳払いをした後、またゆっくりと僕へと歩み寄る。

「良いですかタオジロウ様。此度の縁談は私にとって、僥倖と言って良い高待遇なのです。タオジロウ様が私を娶って下さらなければ、来年にでも私は隣国アラガマの宰相様の許へ、三十六人目の妻として送られていたのですから」

「へ？」

ナナカさんが何を言っているのかが理解できず、固まってしまった。

隣国の宰相さんの妻……ていうか三十六人目って、どういう事？

「ほう、アラガマの宰相と言えば、お前も噂くらいは聞いた事があるだろう？」

固まったままの僕を見かねて、父様が促す様に話を続けた。

「え、えっと。ああ、あの……亜人狩りを推奨しているとか言う、アラガマの過激派筆頭の宰相さんの事ですか？」

確か、座学の時間に『先生』からそう聞いた気がする。

アラガマは僕ら一座とは交易の無い国で、周辺各国との関係もあまり良い国では無い。

だから、国境までは行った事はあれど足を踏み入れた事は無く、その実情は馴染みも薄く、噂の域を出ないあやふやな話しか耳に入ってこないのだ。

「ああ、タツノもそういうとこはやっぱ教えてねぇのか。まあ、ガキどもに聞かせて良いような話でも無いしな」

タツノ先生の座学、とっても分かりやすくて面白いですよ？

「アラガマの宰相の一人、バダン・ペルテッシ大司祭。コイツはとにかく色《イロ》にまつわる悪い噂の絶えない奴でな。三十五名程居た奴の嫁の内、公表されているだけでも十五名の娘が死んでいる」

「十五名⁉」

約半分の奥さんが、亡くなっているんですか⁉

いや、そもそもなんでそんなにお嫁さんを娶っているんだって話だけど。

「確たる証拠がある訳じゃねぇが、ある程度身分の高い奴や他国の王族貴族達には周知の事実なんだよ。バダン大司祭の許に嫁いだ娘達は、みな惨たらしい性的な拷問を受けて死んでいるらしい、とな」

性的ってなんだろう。なんか良く分かんないけど、ナナカさんがそのバダン大司祭とか言う人のとこに嫁いだら、碌な目に遭わないって事だけは理解できた。

「……ですので、その前に亜王院家――タオジロウ様の許に嫁げると言う事は、私にとって期せずして訪れた好機なのです。まだ幼い貴方様は、私にそのようなことをなさらない……と思われますから」

「……スレてんなぁお前。その歳で悟りきった顔しやがってまぁ」

ナナカさんの言葉の何かが気に食わなかったのだろう。

父様が眉間に皺を寄せて口をへの字に曲げた。

その子供みたいなヘソの曲げ方は一族の長として相応しくないって前から言っているのに。止めて欲しいなぁ。

「えっ、えっとよくわかんないんですけど。僕はナナカさんに酷いことをしようだなんて、思わないです」

今の話には、知らない言葉や事情が多かったから全てを理解できた訳では無いけれど、つまりナナカさんにとっては、僕の許に嫁いで来た方が都合が良いってことだよね？

じゃあ――しょうが無いのかな？

しょうが無いで結婚していいのかどうかも、わから無いけれど。

「……アスラオ様。今、ご拝見した感じですと、タオジロウ様はもしかして」

「お？　ああ、コイツ色恋やら男と女の事はてんで知らないぞ。俺がこの歳になるまで修行《いじめ》に稽古《いじめ》抜いたせいか、変なとこだけ老成してちぐはぐなんだわ」

いじめって言いました⁉

ねぇ父様、いじめって今言いましたよね⁉

「……一つ、お聞きしても宜しいですか？」

「え、ええなんなりと」

僕自身にはそんな語るべき事なんかそう無いけれど、聞きたい事があるならどうぞ聞いて下さい。

「タオジロウ様は——子種を作れますか？」

「は？」

子種、とは？　一体なんの事です？

「ああ、丁度少し前に『お通し』があったらしいな。うちのカミさん達が嬉しそうに報告してきたのを聞いている」

僕への質問なのに、父様が代わって答えを返す。

「お通しってなんです？」

お客様を奥の部屋にご案内する事？

それなら、もう何時だったか覚えてない程小さい頃からしてますけど……。

商談相手とかお客様とか、他所の村の方とか。それはもう数えきれない。

でも母様たちが嬉しそうにする程の事じゃあ無いし、何を今更って感じだし。

「……なら、大丈夫ですね。取り繕っていてもすぐに露呈してしまうと思われますので、アスラオ様やタオジロウ様には正直に、私の目的をお伝えしておきたいと思います」

あ、あの。何で二人とも僕の質問を無視するんですか？

ねぇ、『お通し』ってなんの事です？

「ほう、何だ？　言ってみろ」

えぇ……父様？　本当に無視するつもりなんですか？

僕の結婚の話なのに？

全然人の話を聞いてくれない二人を交互に見ていると、ナナカさんがおもむろに右手を自分のお腹の少し下、おへその部分に当ててゆっくりと目を瞑った。

優しく押し込むように添えたその手。ぴくりとも動かない表情からはなんとなくだけど、何故か酷く辛そうな印象を受ける。

そして再び目を開けた時、僕は背筋にゾクゾクとした怖気と寒気を感じて、身震いする。

暗い。

深く、そして底を感じ取れない程暗く、虚な瞳。

先程までの翠色の水晶の様な、キラキラと輝かしい瞳では無い。

吸い込まれるようなと形容したけれど、まるでそこに『落ちて行くか』の様な、深い深い奈落の目。

ゆっくり、ゆっくりとナナカさんは口を開く。

さっきまで、綺麗だと僕が見惚れていたその白い肌を病的に青ざめさせて、やがて弱々しくも奇妙な力強さを感じさせる息吹で――。

「……私の目的は、すぐにでもタオジロウ様のお子を孕み、私と私の妹の居場所を揺るぎ無い物にする事です」

お子？　誰が、誰の子供を？　妹って、ナナカさんの妹さん？

僕は全然話が理解できず、ナナカさんの顔を、口を開けて呆けながら見る事しかできない。

「私はすでに、子を孕める身体です」

最後に一言そう言うと、ナナカさんは閉じた目を開こうともせずに押し黙る。

混乱した僕の視界の端に映った父様の顔が、本当に怒っている時の――凄惨な笑みを浮かべていた。

◆◆◆◆◆◆◆◆◆◆◆◆◆◆◆◆

く、空気がとても重い。

ナナカさんの静かな――そして重い意思表明から一時間程が経過していた。

僕は宿の部屋のベッドの端っこで横になり、ひたすら窓の外の宵闇を眺めている。

何故なら入口の隣に設置されているテーブルで、ナナカさんが静かにご飯を食べているからだ。

無言である。とにかく声を全く発しない。

木製のお椀の底に当たる、これまた木製の匙の音と、乾いた硬い麦パンを食《は》む咀嚼音しか、この部屋には存在していない。

さっきまで僕が居た部屋はこの隣。今は父様《とと》が一人で使っている。

ナナカさんの言葉を聞いて表情を変えた父様は、すぐに詰まらなさそうな顔になると、こう言った。

『……あー、お前の目的は良く分かった。んじゃあ、お前は亜王院に嫁ぐ事に何の異論もなく、むしろ望んでいるって事で良いんだな？』

ボサボサの頭をボリボリと掻きながら歩き出し、窓際の椅子にドスンと腰を下ろして父様は言葉を続けた。

『んじゃあ、後は好きにやれ。坊主を説得すんのも無理矢理手籠めにすんのもお前の勝手だ。隣の部屋はお前らで使えば良い。せいぜい一晩、じっくり話し合うんだな』

そう言いながら持参していた徳利から、これまた持参していたお猪口にお酒を注ぎ、チビチビと舐め始める。

状況に全く付いて行けて無い呆けた僕は、ナナカさんに手を引かれるがままに部屋を移動し、やる事も身の置き場も無かったのでとりあえずベッドの隅っこで身を丸めている。

テーブルの上には、さっき宿の人が持ってきた僕の分の夕食もあるけれど、ついさっき見たナナカさんの暗い瞳を思い出すと、一緒に向き合って食べる気になんてなれない。

ていうか、え？

もしかして今日、僕らは同じ部屋で並んで寝るの？

家族以外の女の人と、二人っきりで眠った事なんか無いんだけど。

い、いびきとか大丈夫かな。寝相は悪く無い筈なんだけど、心配だ。

「タオジロウ様」

「はいっ⁉」

びっくりしたぁ！

突然の声に背筋を伸ばして振り向くと、ナナカさんがベッドの傍で僕をじっと見下ろしていた。

ぐぅっ、未熟。

考え事に集中しすぎていて、全然気づかなかった。恥ずかしい。

「先だって湯浴みは済ませておりました。身を清めず、身を整えずにタオジロウ様と顔を合わせる訳には参りませんでしたので」

「は、はぁ」

ん？

あぁ、僕も入ってこいってことかな。ならお言葉に甘えてゆっくり――。

「ですので、準備の方はもう万端でございます」

「――え？」

はらり、と。彼女が身につけていたスカートが落ちた。

仕立ての良さそうな素材でできた、真っ白な下履き《パンツ》が露わになる。

「早速ですが、お胤《たね》を……頂きとうございます」

「――まままっ、待って！　ねぇ待って、何で突然服を脱ぎだしたの⁉　なななっ、何で近寄ってくるの⁉」

どうしてブラウスのボタンを全部外すの⁉　良い加減、一つくらい僕の質問に答えてくれても良くない⁉

僕もう分からない事だらけで、そろそろ頭が爆発しそうなんけど‼

「……なるほど。女性の裸体を見て恥ずかしがる程度には、情緒は育っているみたいですね」

「ナナカさん落ち着いて‼　頼むから、お話から始めようよ！　ほらっ、趣味とか好きな食べ物とかさ‼　僕らには圧倒的に話し合いが、会話が足りていない‼」

上体を起こしてベッドの窓際――壁へと急いで後退する。

完全に下着だけの姿になったナナカさんは、ベッドの端っこにお尻を乗せて、その綺麗な金色の髪を、両手でばさりと掻き上げた。

「大丈夫ですタオジロウ様。知識だけなら持っていますから。貴方様には決して痛みなどありません。むしろ痛いのは私のほ――いえ、これは忘れて下さい。興醒めされては困りますから」

「だから、何言ってんだよっ‼　全然分かんないんだってばっ‼」

二番目の母様っ、貴女の言っていた通りでした！

女の人は怖い！　一体何を考えているのかさっぱりです‼

おかしいなー！　里の女の子達は全然怖く無いし、普通に仲良く遊べるんだけどなー！

「……どうしても怖かったら、天井のシミを数えたら良い……と、私の読んだ文献には書いてありました。できるだけすぐに、終わらせますから」

その目！　ほんとその目、怖いからやめて欲しい！

僕ににじり寄る毎に色を失っていくその瞳に、吸い込まれてしまいそうだ。

形容するならば、それは深淵。落ちたら戻れぬ虚《うつろ》な闇。

その瞳に宿る感情の名前を、僕は知らない。

「タオジロウ様、お胤を――」

じりじりとベッドの上を器用に膝と手を使って這い寄り、ついにはナナカさんの顔で僕の視界が埋まってしまった。

未知の恐怖で渇き始めた僕の喉が水分を欲して、ごくりと出ない唾を無理矢理飲み込む。

瞬きを一回する度に少し、また少しとその姿が近づいて来て、やがて喉を動かす事、それすらも憚られる。

「――私に貴方の、お子をくださいませ」

そして――僕は気づく。

何でも無い様に、決して感情など見せない様にと振る舞う彼女の無表情の奥底に、僅かに怯えが見て取れる事を。

肩が――ふるふると、震えている。

細い腕が、その華奢で小さな手が、じんわりと汗ばんでいる。

きめ細やかな白い素肌と端正に整った彼女の顔が、病的なまでに青ざめている。

彼女が今、僕に何をしようとしているのかは分からない。

分からないけれど、きっとそれは彼女の本意では無いんじゃないだろうか。

さっき僕と父様の前で静かに語った彼女の目的とは、何か大切な物を、取り返しのつかない物を犠牲にしてでも得ようとしているのでは無いだろうか。

それはきっと、ナナカ・フェニッカという一人の女性の根幹を揺るがす様な事なのでは無いのだろうか。

冬だと言うのに冷えた汗をかくその肩に、僕は努めて優しくそっと手を乗せる。

「——僕、外で待っているから。風邪引いちゃいけないから、早く服を着て下さいね」

「……え?」

力を込めずにゆっくりとその肩を押すと、何の抵抗も無く、その身体を押しのける事ができてしまった。

細い。細くて脆くて、とても弱い。

僕らと違って、きっと剣など握った事も無いだろうし、そもそも争い事とは無縁な人なんだろう。

そんな弱々しい女性が、本心では忌避している事を、歯を食い縛って我慢してやろうとしているんだとしたら。

そう思うと、もう彼女の姿に恐怖なんて微塵も感じなくなった。

「着替え終わったら呼んで下さいね。ゆっくりで良いので」

「——あっ、タオジロウさまっ」

何かを言いたげに僕へと詰め寄る彼女を無視してベッドから降り、毛布を一枚掴んで扉へと歩を進める。

廊下、きっと寒いんだろうなぁ。

「……わ、私は」

部屋を出る直前に、震えるナナカさんの声が耳に届いた。

僕はその声が聞こえないフリをして、そっと扉を閉めた。

君と並んで朝食を

◆◆◆◆◆◆◆

「起きろ坊主」

「ぐえっ！」

腹を蹴られた。吸い込んだ空気が大きな塊となって肺と喉を圧迫し、自分の無様な悲鳴と猛烈な痛みで目を覚ます。

「何でお前、廊下で寝てんだ？」

「がはっ、がっはっ！　もっと別のおっ、起こし方があったでしょう!?」

そんな乱暴にしなくても良いじゃないですか！

この父様は本当にもう！

「厠《かわや》に行こうとしたら気付かなくて蹴っちまったんだよ。こんな所で寝ているお前が悪い」

「蹴る前に起きろって言ってましたよね！　絶対気づいてましたよね！」

「気のせいだ」

態《わざ》とらしい嘘をよくも！　せめて取り繕うぐらいして下さいよ！

どうせ昨晩飲み過ぎて、まだ足元がおぼつかないだけだな⁉

くっそう。里に帰ったら、この件も含めて旅中で父様がした悪行を全部、母様達に絶対言いつけてやる。

「さぁ、さっさと支度しろ。昨日の内に里へ文を飛ばしてある。シズカ達は昼にでもここに来るだろう。今日はちっと忙しくなるぞ」

「はえ？」

母様達が？　ここに？

「な、何故？」

「お前と嬢ちゃんの披露宴があるからな。向こうの親族との顔合わせもしなきゃならん」

披露宴って、先々月ぐらいにアタ兄さんとユラ姉さんがやっていたみたいな奴ですか？

里中の人間を集めて盛大な立食会みたいな事をした、あれ？

「いくらなんでも、急過ぎません？」

そんな焦ってやる事ですか？　アタ兄さん達のは、もっと時間を掛けて準備していたじゃないですか。

「ここら辺に滞在すんのも、もう僅かだからな。里が『近いうち』に諸々を済ませておきてぇんだ。一度離れちまったら、少なくとも六年は戻って来れん。嬢ちゃんは貴族の娘だ。今となってはアルバウス家もクソみたいな貴族になっちまったが、だからこそ付け入る隙を与えたくねぇ」

付け入る隙って。貴族に対して披露宴をしないと、何か都合の悪い事でもあるのだろうか。

「流石に里の全員って訳には行かねえが、二十名くらいならラーシャでも運べるだろ」

そりゃ、大翼飛竜《ジャイアント・ワイバーン》のラーシャならそれくらい余裕で運べると思うけど……。

「それに、向こうは身内の嫁入りだっていうのに、亜王院家との格に見合った金額の持参金を出す余裕なんて無ぇはずだ。必然的に披露宴は全部一族が取り仕切る事になる。普段偉そうにしてる貴族がビタ一文用意できねぇなんて、恥でしか無いからな。こりゃあど偉い『貸し』になるぜ」

ああっ、悪い顔をしている。何でこの人はこうも悪巧みにだけはすぐに知恵が回るんだろう。我《オ》が父《レ》ながら恐ろしい……。

「ほら、何時までボサッとしてんだ。お前の披露宴だからと言って、朝の稽古はサボらせねぇぞ」

「あっ。はっ、はい！」

その言葉に慌てて立ち上がる。

このチャランポランに手足が生えた様な人は僕の父で、亜王院一族の家長で、そして何より大勢の部下を抱える一座の頭領でもあるが、それ以上に僕の剣の師匠だ。

その言葉には息子で長子の僕と言えども、抗う事はできない。

「急げよ」

そう言って、父様は大きな欠伸をしながらのっしのっしと廊下を厠へ向かって行った。

「ほんと、何もかも滅茶苦茶なんだからもう」

未だ鈍く痛む腹を摩りながら父様に対する愚痴を零しつつ、包まっていた毛布を両腕でぐるぐると巻き取って左の脇に抱える。

そして右手のゲンコツで部屋の扉を優しく三回、コンコンコン。

……返事が無い。まだ寝ているんだろうか。

まぁそうだよな。僕らは朝稽古を日課としているから慣れて居るけど、外はまだ夜の残滓を漂わせながらも白み始めたばかり。眠っていたとしても、何もおかしくは無い。

「……は、入りますねー？」

起こしてしまわない様に一応小さく声を掛けて、ゆっくりと扉を開ける。

軋んだ音と共に開かれた先にあるのは、質素な宿の質素な部屋。

卓の上には未だ昨夜のまま置かれている、僕の分の冷めた夕食。

熱々だったじゃがいものスープは完全に冷めていて、もともと硬かった麦パンは乾いて更にカッチカチになっていた。

そうそう。昨日は結局部屋に戻らず、一緒に持って出た毛布に包まって廊下で一夜を明かしてしまったんだ。

ベッド脇の床には、ナナカさんが脱ぎ散らかした服が昨夜のまま散乱している。

そのベッドの上に視線を移すと、薄い毛布がこんもりと盛り上がっていた。

音を立てずに静かに近寄って覗いてみると、猫の様に丸まったナナカさんが頭まで毛布を被り、すうすうと寝息を立てていた。

その綺麗で端正な顔立ちは穏やかで、昨夜の無表情で虚なナナカさんと同じ人とはとても思えない程、あどけない。

「ん？」

横向きに寝ているナナカさんの目尻に、うっすらと涙の跡が残っている。良く見ると瞼の周りは赤みがかっていて、枕も点々と濡れていた。

……あの後、ずっと泣いていたのか。

泣き疲れて眠ってしまうくらい。夜通し、ずっと。

一体何がこの人を、ここまで追い込んでいるのだろう。

初対面とは思えない程僕にグイグイと迫って来たのは、彼女にとって、きっと僕なんかじゃ計り知れない覚悟を伴った行動だったのだろう。

夢を見ながらも涙を流す程の事が、この女性《ひと》をあんな行動に駆り立てたのだろう。

……んー。考えてもやっぱりわからない。

分からない事を何時までも考えていても、何も始まらない。

ナナカさんは、このままもう少し眠らせておこう。朝稽古が終わってもまだ起きていなかったら、その時は起こしてあげようか。

部屋の隅っこに置いてある荷物に括っていた木刀を手に取り、僕は足音を立てないように気をつけながら、部屋の扉へ向かう。

「――ヤチカ」

「ん？」

ベッドの上のナナカさんがボソリと溢し、もぞもぞと寝返りを打った。

寝言だろうか。

その声はとても、優しい響きだった。

◆◆◆◆◆◆◆

「――昨夜は、本当に申し訳ございませんでしたっ」

父様との過酷な朝稽古を今日も何とか生き延び、血や泥や汗を流す為に宿の裏手で湯浴みの準備をしていた時だ。

水を張った盥《たらい》に拳大の熱水晶を入れてお湯が沸くのを待って居たら、後ろから声を掛けられ、振り向くとナナカさんがバツの悪そうな顔で立っていた。

「あ、いや。大丈夫ですよ。こう見えてもほら、僕も鍛えてますから」

寒い廊下で一晩を明かすくらい、たまに行う冬の山籠り行に比べれば天国みたいなものだ。

身を刺す吹雪が吹き荒れる人跡未踏の険しい山脈の中を、僕を含めた里の子供達だけで十泊するあの荒行。一つ年下のヤエモンやキサブロウなんかは、本当に死にかけて大変だったもんな。

アレに比べれば、いくら寒くても風の吹かない屋内なんて快適過ぎる。

「ナナカさんも大分疲れていたみたいだし、一晩ベッドで寝れなかったくらいじゃ僕らは何ともありません。気にしないで下さい」

父様や里の大人達よりはまだまだ全然弱い僕だけど、それでもそんなにヤワな鍛え方はしていない。

見習いで末席とは言え、亜王院一座の刀衆《かたなしゅう》は、それくらいでないと到底務まらないのだ。

それに僕はテンショウムラクモの次期頭領。つまり、いずれ亜王院の長になるべき男だ。

未熟だからといって、言い訳や泣き言ばかりを言っていられる立場じゃ無い。

何事も修行である。

「……それもありますが、昨夜のベッドの上での事と、アスラオ様やタオジロウ様の前で、あまりにも失礼な事を言った事など。全てについてです」

目を伏せ奥歯を噛み締めて、そんな辛そうな顔でまた深々と頭を下げるナナカさん。

「うーん」

正直昨日は色々な事が突然すぎたし、僕には理解できない事が多かったせいで、全然事態に付いていけていなかった。

だからナナカさんが何を謝っているのかすら分からない。分からないんじゃ許しようも無いし、そもそも僕はちっとも怒っていない。

少し未知の恐怖を味わって混乱しただけだ。本当だよ？

「……朝ごはん、食べました？」

「へ？」

僕のその問いかけにナナカさんは顔を上げ、面食らった表情を向けてくる。

「まだなら一緒に食べませんか？　僕達、会ってから今まで殆どお話をしていないから」

「……あっ」

そんな事にすら気づかないくらい、この女性《ひと》は余裕を失っていたのか。

「どうです？」

「……ご、ご一緒させて、下さい」

恥ずかしそうに顔を真っ赤に染めて、ナナカさんはこくりと頷いた。

そんな仕草も愛らしくて、やっぱりこの人は綺麗だなぁ、なんて。

ぼっ、僕は何を考えているんだっ！

◆◆◆◆◆◆◆◆

「披露宴、ですか？」

部屋に戻って服を着替え、宿の一階にある食堂《ダイナー》を訪れた。

お客さんは他に一人も居なかったけれど、まだ時間はお昼前だから当たり前。ちょっと遅めの朝ごはんを食べに来た僕らの方が変なのだ。

いくつかあった円卓は、まだ清掃中らしく椅子が上に持ち上げられていたので、僕らはカウンター席に並んで座っている。

「はい。僕の母や里の何人かが今日やって来て、明日のお昼に簡単な結婚披露宴をするんですって」

里を出る際には必ず持ち歩く様にしている僕のお箸で、カリカリの塩漬肉《ベーコン》をつまみながら、ナナカさんの問いに答える。

僕は小柄だから、朝昼夕はがっつり食べるように心掛けて居る。

筋肉オバケで背丈も態度もデカい父様みたいになりたくて、毎日沢山食べて沢山動く事を自分に課しているのだ。

僕は母様似なので、もしかしたらこのまま小さいままなのかも知れないけれど、それでもできるだけ大きく高くなりたいのだ。

僕の今朝の献立は分厚い塩漬肉《ベーコン》が七枚と卵を三つも使った目玉焼き、それに温かい肉団子のスープ。

白米が無いのはかなり寂しいし、本当はお味噌汁も飲みたいのだけれど、このあたりの国じゃ白米を食べる習慣は無いし、お味噌なんて造られてすらいない。

贅沢は言えないのだ。

「で、でも。実家には私の披露宴に出せるお金も品も——」

「父様がすっごい悪い顔をして貸しを作ってやるーみたいな事を言っていましたから、大丈夫だと思いますよ？」

ナナカさんの献立はふっくら仕立ての麦パンケーキに、とろっとろのホットシロップ。

確か、この田舎を含む近隣三つの貴族領では、寒い地域にしか根付かない木から取れる、凄く上品な甘さの上質な木の蜜が名産品だったと記憶している。

……うーん。美味しそうだ。

「タ、タオジロウ様。どうされましたか？」

左隣に座るナナカさんのフォークの先をじっと見ていたら、不思議がられてしまった。

おっと、御行儀が悪かったかな？

「ナナカさん。それ、一口貰っても良いですか？」

「この麦パンですか？」

「うん」

出来れば今フォークに刺している、シロップのたっぷり掛かった奴が良いな。

「……は、はい」

少し照れ臭そうに頷くと、ナナカさんはフォークに左手を添えて僕に差し出す。

「あむ」

パクリと一口。すぐに口の中に広がる豊潤な香りと甘みに、僕は目を丸くする。

「んー！　んまーい！」

うわっ、何これ、すっごく美味しい！

とろっとろのシロップの甘さが、プレーンな麦パンを高級品みたいな味にしている！

よーしよし。これはメモらなきゃ。

着物の懐から、去年母様に貰った手帳を取り出して括られていた紐を解き、差し込まれていた筆を握る。

「もきゅもきゅ。うん、これすっごい」

さらさらと思った事を素直に、出来るだけ細かく描写する。この手帳もすでに七冊目。

そろそろ内容を整理しなければならない。

「……タオジロウ様は、何をされているのですか？」

近づき過ぎない様に気をつけながら、ナナカさんは僕の手帳をそろりと覗き込んでくる。

「これですか？　僕らは旅の商団《キャラバン》の一族だから。こうして各地の名産品とかを調べて、仕入れたり売りさばいたり仲介したりして、お金を稼いでいるんです。だから、僕も色んな所に行って珍しい物を見つけたり食べたりしたら、忘れない様にとメモしておく事にしているんです」

「タオジロウ様も、そのお仕事をなされているんですか？」

「まさか、僕はまだ修行中の身で、商いに関しては専門の仕入れ担当や搬送担当、交渉担当の役所の仕事ですよ。僕は刀衆。里の為に戦うのがお仕事です」

「じゃあ、何故メモを？」

何故、と言われても。

「僕は次期頭領ですから。知っていた方が、知らないより全然良くないですか？　それにこれが何時の日か、一族の皆の役に立つ時が来るかも知れないし」

父様はああいう人だから、裏稼業やテンショウムラクモの制御なんかについてはとても頼もしいんだけど、表の商売に関してはさっぱり役立たずだ。

だから、他の大人達が一生懸命頑張って、そんな父様と里を支えているのを僕は知っている。

ああ見えて人徳みたいな物に恵まれているのは、我が父ながら凄いと思う。

今の僕には到底真似出来ない事だから、出来る事からコツコツと積み上げるしか無いのだ。

遠い未来の話だけれど、僕も次期頭領として、そこの所はしっかりと考えておいた方が良いと思うんだ。

父様の裁量次第では、僕以外の兄弟が頭領に選ばれるかも知れないけれど、その時が来るまで僕は精進を怠らない。

母様に小さい頃からそう言い聞かされてきたもんね。

「おっ母《かあ》っ、大変だ！」

食堂の扉を突然凄い勢いで蹴破って来たのは、使い込まれた鍬《くわ》を担いだ小太りの男の人だった。

「こらアンタ！　お客さんの前で騒ぐんでないよ！」

厨房から出て来た、これまたふくよかなおばさんが男性を叱る。

この食堂のおかみさんだ。てことは、男性は旦那さんかな？

「そ、それどころじゃねぇぞ！　西の空からどデカい竜が飛んで来て、村の外に降りやがった！」

旦那さんは慌てた様子でカウンターの向こうの厨房に入り、おかみさんの手を握った。

「逃げるぞおっ母！」

「竜なんて、見間違いじゃないのかい⁉」

顔面蒼白な旦那さんの剣幕にたじろいだおかみさんは、されるがままにカウンターから連れ出される。

あー、そっか。もう到着したんだ。

「タオジロウ様、りゅ、竜です！　私達も早く避難しなければ！」

あれ？

ああ、そっか。

ナナカさんは知らないもんね。

最後に取っておいた肉団子のスープを勢いよく飲み干した。

ん、ナナカさんももう食べ終えてるみたいだ。もともと量が少なかったもんね。

「御馳走様です。よっと」

手を合わせて一礼し、勢いを付けて椅子から飛び降りる。

い、椅子が高すぎて床に足が着かないんだよね。決して僕の背丈が小さすぎるわけじゃ無い。本当だよ？

「おかみさん、大丈夫ですよ。その竜は、この村に何の危害も加えませんから。安心して下さい」

「へ？」

「え？」

疑問の声を上げたのはおかみさんと、そしてナナカさんだ。

「ほ、本当かい？　だって竜だよ？」

「そうだぞお客さん！　あんなでけぇ竜、俺ぁ今まで見た事ないぞ!?」

御夫婦揃ってわたわたと、身振り手振りで説明して来る。

「ええ、あの子は人や村を襲ったりなんかしませんから」

ラーシャは確かに大きくて、立派で、しかもとっても強いけれど、チビの時から一緒に育ってきた僕の友達――兄弟だ。

何せ、卵の時から面倒を見て来たんだ。

ラーシャの事なら、僕はなんでも知っている。

大人しくてのんびり屋さんで、それにお昼寝が大好きな可愛い奴。

しかもあの子、テンショウムラクモの動力炉から漏れ出す魔力の霞しか食べないんだよ？

人なんか襲う筈が無い。

「ナナカさん、母様たちが到着したみたいです」

「……お、お義母様？」

きょとん、と目を白黒させてナナカさんは少し身動《みじろ》いだ。

「お迎えに行きましょうか。おかみさん、お代はここに置いておきますね」

「あ、ああ。ありがとうね……」

「タオジロウ様？」

何が何だかさっぱりな様子のナナカさんの手を握り、カウンターの上に代金の銅貨を置いた。

おかみさんと旦那さんは、そんな僕らを呆けた様に見ている。

「タオジロウ様、ど、どういうことですか？」

「大丈夫ですよ。母様はお優しい方です」

あ、そういえば。手を握ったのも始めてだな――なんて。

ちょっと照れ臭くなって頬を染めながら、僕はナナカさんを連れて食堂を後にする。

母、来たりて

◆◆◆◆◆◆◆◆◆

「ラーシャ！」

ナナカさんの手を取って田舎村を早足で歩き抜けると、森と隣接している広い原っぱに出た。

そこに寝そべり、大きな口で欠伸をしている大翼飛竜《ジャイアント・ワイバーン》の姿は、捜すまでも無く、すぐに見つかった。

ラーシャはお昼寝が大好きだから、この時間帯は本当は眠くてたまらないのだろうに、頑張ってくれていて、僕はそれがなんだかとても誇らしい。

「きゅう？」

普通の翼飛竜《ワイバーン》よりも何倍も体格の大きいラーシャは、僕の声に首を持ち上げキョロキョロと辺りを見回した。

それだけで風がブオンと音を立て、近くの森に生えていた冬の枯れ木がゆっさゆっさと揺れる。

「ラーシャ、こっちこっち！　久しぶりだな！　元気にしていたか⁉」

「きゅうっ、きゅううぅぅううん‼」

僕がぶんぶんと手を振って居場所を知らせると、その姿を捉えたラーシャは、太くて長い尻尾を同じ様にぶんぶんと振る。

「きゅうっ！　きゅうううううっ！」

「ははは、喜びすぎだって！」

卵を拾った時は子供の頃の僕が抱えて持てるくらい小さかったのに、いつの間にか大きくなったなぁ。

ラーシャの足元を見ると、何人かの里の大人達が背中から荷物を降ろしていた。

「若っ！　ラーシャを喜ばせんでくだせぇ！」

「ああっもうっ、せっかく綺麗に降ろしたっていうのに！」

「ラーシャもだ！　ジッとしてろって言ったろ！」

派手に喜んだラーシャのせいで荷が飛んでったり傾いたりしたので、みんな僕の事を恨みがましそうに睨んでいる。やばい、後でちゃんと手伝おう。

「きゅ、きゅううん……」

ごめんラーシャ、僕もそんなつもりじゃ無かったんだ。可哀想に……。

それにしても、何だあの荷の量。

各地のバザールに定期的に卸している商品よりも、荷物の数が多い気がする。

父様ったら、一体何を運ばせたんだろう。

この様子だと、たとえ背中の大きなラーシャでも、一往復じゃ運べなかったんじゃ……。

「たっ、タオジロウ様、危のうございますっ！　あれはワイバーンです！」

ナナカさんが全身を強張《こわば》らせて、足を地面に突っ張って僕を引き止めようとしていた。

気づくのが遅くなったために、結構引き摺ってしまった様だ。僕は足を止めてナナカさんの身体を引き寄せる。

おっと、簡単に引っ張れてしまった。

華奢な人なだけあって、その力はとても弱々しい。

「大丈夫ですよ。あの子はラーシャ。僕が四歳の時に卵で拾って来た――兄弟みたいな奴なんです」

「だ、大丈夫と申されましても」

逸る気持ちが抑えきれずここまで急いで来てしまったせいで、ナナカさんの額と手の平にはじんわりと汗が滲んでいた。

白い肌が紅潮していて、何だかとても苦しそうだ。

悪い事しちゃったなぁ。反省しないと。

「身体が大きくて勘違いされちゃう事が多いんですけど、あの子は本当に大人しくて優しい子なんですよ？」

何でみんな、ラーシャの事を怖がるんだろうか。目を見れば分かると思うんだけどな。

とっても穏やかな瞳をしているのに。

以前に南の国のお祭りを二人でこっそりと見に行った時なんか、そこの国の騎士団とか法術師に総攻撃されちゃったっけ。後で父様にバレて滅茶苦茶怒られたなぁ。

「タオ～、こちらですよ～」

「あ！」

ラーシャの足元で手をゆらゆら振っているのは、僕の母様《かかさま》だ。

旅衣装である黒に近い濃紺の着物の上に浅葱《あさぎ》色の肩掛け、更にその上から冬用の狐の毛皮を首に巻いている。

とても長い黒髪を冬の冷たい風に靡かせて、何時もと変わらない温かく優しげな笑顔。

やはりその顔を見ると、とても安心する。

「母様！」

「きゃっ、タオジロウ様速すぎます！」

「あっ、ごめんなさい」

またナナカさんを強く引っ張りすぎてしまった。

一月ぶりに母様の顔が見られたからって、少しはしゃぎ過ぎちゃったみたいだ。

僕ももう十二歳になったんだから、少しは母親離れをしないとダメなのに。ナナカさんに子供っぽく思われちゃう。

「あ、あと。お手を離していただければ、と」

「へ？」

何で？

「なっ、ナナカはその……恥ずかしゅう、ございます」

そう？

里の小さな子供達は手を繋いでいないと危なっかしくて、僕ら年長者がいつもこうして引っ張って歩いているくらいだ。そんなに恥ずかしがることじゃ無くない？

「ナナカさんがそう言うなら」

握っていた手を離す。ナナカさんは大事な物を抱えるように、その大きな胸元に手を隠した。

大丈夫かな。お顔が赤過ぎる気がする。

風邪？　やっぱり急がせ過ぎちゃったかな。ナナカさん、身体も弱そうだもんな。

そうだそうだ。

「ナナカさん、はいこれ」

ちょっと心配だったから、僕の上衣を一枚その肩に掛けてあげた。

旅衣装の中でもけっこうお気に入りの一枚で、背中に荒獅子の刺繍が施されている。

母様が縫い上げた、父様とお揃いの品。

「……え？」

その綺麗な翠色の瞳をぱちくりと瞬かせて、ナナカさんは僕の顔を見た。

「どうしました？」

「い、いえ。な、なんでもございませんっ」

じゃあ何故顔を背けたんだろう。僕、今何か変な事をしたかな。

「――落ち着くのよナナカ。相手は歳下じゃない」

「何か、言いました？」

「な、なんでもございませんってばっ」

そ、そう？

本当にどうしたんだろう。謎だ。

◆◆◆◆◆◆◆

「タオジロウ、久しぶりですね。また逞しくなって」

そう言いながら母様は、僕の頬や頭や髪を撫でる。

「たったの一月程度ですよ母様。そんなに変わる物じゃありません」

グニグニと撫でられまくりながらの僕は、もうされるがまま。

くすぐったいからやめて欲しいって、昔から何度も言ってるのに、絶対にやめてくれない。

友達とかに見られたら恥ずかしいんだよなぁ。

「きゅあっ！　きゅううぃっ！」

「ラーシャっ、ははは。お前もくすぐったいよ」

ラーシャはそのお大きな鼻先を、撫でて欲しいと僕にスリスリと擦り寄せてくる。

いくつになっても甘えん坊なんだから、こいつぅ！

おーしおし。ほらほら、ここが気持ち良いんだろう？

「きゅあああああっ、ぐるぐるぐるっ」

大きく両手で抱き抱える様に鼻を撫でてやると、ラーシャは嬉しそうに目を細めて喉を鳴らした。

「男子三日会わざれば刮目して見よ、と言う言葉もあるではないですか。荒旅、御苦労様でした」

頭を撫でるのをやめた母様が、両手で僕の顔を包んでまた微笑んだ。

うん。母様の顔を見ると不思議と安心する。

「へへへっ、ありがとうございます」

何だかとても気恥ずかしくて、僕は鼻の頭をポリポリと掻いて微笑み返した。

本当に、この田舎に来るまでの旅路は険しい物だったもんなぁ。主に全部父様のせいだけど。

わざわざ人の通らない険しい道を通ったり、魔物の巣を好奇心で突いたり、夜の火の番も全然交代してくれなかったり！

あの人は本当に、やる事なす事が滅茶苦茶なんだ！

そもそも、こうしてラーシャに乗ってきたら一日も掛からず、むしろまっすぐ来たら徒歩でも三日で来られるような旅に一月も掛かったのは、全部あの人のせい。

ようし、こうなったら全部母様にチクってやろう！

今朝お腹蹴られて起こされたのも含めて、全部！

「――それで」

この旅における父様の色んな悪行を思い返していると、母様の視線が僕の後ろ――ナナカさんへと移った。

「貴女が……タオのお嫁さんね？」

そしてにこり、と微笑む。

「はっ、はい！　ナナカ・フェニッカ・アルバウスと申します！」

見ていて可哀想になるくらい緊張しているナナカさんが、ふわふわの金髪を思いっきり揺らして勢い良く頭を下げた。

ああ、ダメダメ！

それ以上頭を下げたら地面に付いちゃう！

せっかくの綺麗な髪が土で汚れちゃう！

「顔を上げなさい。ナナカ・フェニッカ」

うん？

何か、母様の声がとても重く聞こえる。

それは、父様が何か大変な事をしでかした時に良く聞く、静かに激怒している時の母様の声。

頭の天辺から爪先まできーんと凍り付くような、世にも恐ろしい声。

「——はっ、はい」

その恐ろしさを感じ取ったナナカさんは、何かを覚悟した表情でゆっくりと頭を上げた。

えっと、何で急にこんな重たい空気になったの？

あれ？

何で皆、僕らから離れて行くの？

ラーシャから縄梯子で降りてきたばかりのヨシヒサ叔父さん、何でそんな引き攣った顔をしているの？

「私の名前は亜王院シズカ。タオジロウの生みの母です。アスラオ様——ウチの人の文《ふみ》で、貴女の境遇については大体理解しております」

薄い微笑みを浮かべたまま、母様はナナカさんに少しずつ近づいて行く。

じりり、じりりじりりと。まるで追い詰める様に。

ナナカさんはその母様の歩みを辛そうな顔で、じっと見つめている。

顔を見ない様に俯いて足元を見ているのは、発せられる圧に耐えられないからか。

「わ、私の境遇——やはりアスラオ様は全て御存知なのですね。借金代わりの婚姻など、本来は唾棄されて然るべき鬼畜の所業。シズカ様がお気分を害されるのも尤《もっと》もでございます。この度の縁談の破棄、私から父に——」

目を伏せてスカートの端を両手でギュッと握り締めながら、ナナカさんは早口でまくしたてる。

母様を止めるべきだろうか。彼女の様子がいよいよおかしくなって来た。

それにしても境遇って、一体何の事だろう。昨日言っていた妹さんの事と関係あるのだろうか。

母様とナナカさんはもうお互いの手が届く程に近づいている。

やっぱり、僕が止めなきゃ——。

「母様っ、何をっ!?」

遅かった！

「——っ！」

母様の右手が持ち上げられて、開かれた時。

僕はナナカさんが叩かれると思い、身を構えた。

ぎゅうっと目を閉じて唇を噛み締め、身体を一層強張らせたナナカさんもそう思ったのだろう。

だけど——。

「──可哀想な。なんて、可哀想な子」

「えっ？」

僕らの予想を裏切って、母様はナナカさんを優しく抱き締める。

ナナカさんは、戸惑った声を上げて目を開いた。

「良いのです。もう良いのですよ。貴女は今日から亜王院の嫁。私の義娘《ムスメ》です。私が貴女も貴女の妹も──全て守ってあげますから」

スリスリと、その金髪に愛おしそうに頬ずりをして、母様はナナカさんをしっかりと胸に迎え入れ、背中に手を回してぎゅうと締め付ける。

「しっ、シズカ──様？　あの、えっと、その」

「辛かったでしょう？　苦しかったでしょう？　大丈夫です。我が一族は貴女を快く迎え入れます。もう我慢する事も、耐え難い理不尽を受ける事もありません。全てこの母と、そしてタオジロウに任せなさい」

それはまだ小さかった頃、泣いていた僕をあやしていた時と同じ穏やかな口調。母様の優しさの発露。

「──だって。でも、私はタオジロウ様に、とても酷い事を。あんな、失礼な」

「仕方が無かったのでしょう。そうするしか、聞き入れるしか無かったのでしょう。自分で自分にそう言い聞かせて、ずっと歯を食いしばって堪えていたのでしょう？」

オロオロと狼狽し、何とか解放されようとするナナカさんを離さじと、母様の手がより一層力強くその身体を引き寄せた。

「本当に、貴女は強くて良い子ね。ナナカ」

「――っ！」

母様のその言葉を聞いたナナカさんの、何かが決壊した。

ふるふると大きく肩を震わせて、目に玉の様な涙を浮かべ、小さな口をぎゅっと引き締めて。

「――ひっ、ひぐっ、ふえっ、ふああああああああっ!!」

でも耐えきれず、ナナカさんは声を上げて泣き始めた。

幼子がそうする様に、強く『母』を掴みながら、人目も気にせずわんわんと。

僕はそんな二人を、ぽかんと口を開けて見つめる。

今までずっと二人で居たのに、ナナカさんが何故泣き始めたのか、そんな気配すら察する事が出来なかった自分を不甲斐なく思い、無力感に苛まれて動けない。

差し出そうと伸ばしかけた手をそっと下ろして、僕はただ二人を見つめ続けた。

◆◆◆◆◆◆◆◆◆◆

しばらくして、嗚咽を上げて泣きじゃくるナナカさんは、母様に連れられて村の宿屋へと向かった。

僕はといえば、何故か後を追ってはいけない気がしたから、大翼飛竜《ラーシャ》からの荷下ろしを手伝って居る。

母様も自分に任せて欲しいみたいな顔をしていたし、気がかりだけど、もし付いて行ったとしても僕に出来る事は何も無いだろうから。

頭の片隅では、ナナカさんの泣き顔とその声が何度も何度も、繰り返し想起されている。

知りたい。あの女性《ひと》が何を思って、顔も知らなかった僕との結婚という苦痛を飲み込み、何を思って僕と一緒に居たのか。

一体、何が彼女を苦しめているのか。僕は何故だか、無性に知りたい。

ん？

なんか、胸がちょっと……痛い、ような。

何だこれ、風邪？

「タオ兄！」

「タオにいさま、みっけみっけ！」

突然、僕の頭上、遥かラーシャの背中の上から声が響いてきた。

「テンジロウ！　キララ！」

僕を含めて五人居る兄妹のうち、下の弟と妹がひょっこりと顔を出して手を振っていた。

三男テンジロウと、次女キララ。

我が家の悪ガキ・お転婆娘が、満面の笑みを浮かべて僕を見下ろしている。

「まっててねまっててね！　いまおりるから！」

大きな二つのぼんぼり頭は、トモエ様に結って貰ったのだろうか。

亜王院家の証である父様譲りの赤い髪を可愛らしく揺らし、お転婆は藤色牡丹柄の着物をはためかせて、ラーシャの背中でぴょんぴょんと跳ねている。

「そーれっ！」

「おっ、おバカ！」

その高さから飛び降りる奴があるか!?

慌ててキララの落下地点を予測して、僕は走り出す。

ほんと、何考えてんだ一体！

「っとぉ！」

間に合った！

「わぷっ」

僕の胸目掛けて落ちて来たキララを何とか抱き締め、落下の威力を消す為に背後に倒れ込む。

そのままの勢いで後頭部を強《したた》かに地面に打ち付け、あまりの痛さに涙が出て来た。

「にいさますっごい！　ねっ！　もういっかいやっていい!?　やっていい!?」

「ダメに決まってるだろうっ!?」

この怖い物知らずはっ、何でそんなに楽しそうなんだ！

「何やってんだキララっ！　お前が危ないことしたら、テンが母様に怒られるんだぞ！」

テンジロウはきゃんきゃんとがなりながら、縄梯子《なわばしご》をスルスルと器用に下りて来た。

僕らと同じ真っ赤な髪を全部後頭部で纏めて、短い尻尾の様にしている。

大事な時にしか髪を切らず、基本的に長い髪型の僕らなのに、テンジロウだけ短くしているのには理由がある。

お仕置きされたのだ。

それは今から三月《みつき》程前の事。

宵の晩酌を楽しみにしている父様が、大事に大事に呑んでいたとある大吟醸。

たまの祝い事の時にしか開けないほどのソレに、南方の名産品である、死を体験する程に辛い事で有名な『臨死唐辛子《リンシ・スパイス》』の粉末を大量に入れ、あの筋肉オバケのデタラメ親父に里中に響く悲鳴を上げさせたのだ。

その結果が——丸坊主。

流石の里一番のイタズラ小僧も五分刈りは応えたみたいで、皆に怒られながらわんわんと泣いていた。

そんなテンジロウの髪は今でこそ少し長い程度だけれど、ウチの男子は皆、父様と同じく長い髪型をしている。

特にそういうしきたりがある訳では無いのだけれど、やっぱり父様みたいな強い男には憧れるのだ。

それ以上に母様があの髪型が大好きって理由の方が、もしかしたら強いのかも知れない。

「タオにいさま、タオにいさま」

「ん？」

僕の頬を両手でぺちぺちと叩きながら、キララはニヤニヤと嫌な笑みを浮かべている。

「あのね。あのねっ」

「あっキララ、ズルいぞ！　一緒に言うって決めたじゃんか！」

テンジロウがパタパタと急ぎ足で僕らに近づいて来た。

「テンにいさまっテンにいさまっ、せーのだよっ？　せーのでいうんだからねっ？」

「何だよ一体」

僕の末の弟と妹が何かを企んでいる。不穏な笑みが父様そっくりで凄く嫌だ。

この二人はいつも落ち着きがなく、里中を駆け回ってはイタズラばっかりしている。

だから僕が警戒するのも、普段の行いが悪いからだ。しょうがない。

「わかったわかった。よいしょっと」

「うぁー」

テンジロウがキララの両脇に手を差し込み、無理矢理僕から引き剥がした。

イタズラ小僧なんて言われちゃいるが、なんだかんだでテンジロウは下の子の面倒見がとても良い。

里の仕事や稽古なんかで忙しい僕らや母様達の代わりにと、キララや他の小さな子を見てくれている。

充分に遊んでやれないのが、兄としてとても心苦しい。

長男なのに、不甲斐無い。

「今日は何を企んでいるんだ？」

キララが離れた事で身軽になったので、土埃を払いながら立ち上がってそう言った。

僕の腰ぐらいの身長しか無いキララの頭を撫でながら、テンジロウの顔を見る。

何かを言いたくてうずうずしている。ウチの三男坊はまだまだ可愛いもんだな。

「えへへ」

僕に撫でられてニマニマと笑いながら、キララはテンジロウと顔を見合わせる。

「準備は良いか？」

「うんっ」

大きく一回頷いた後、キララは僕から一歩離れてテンジロウと手を繋いだ。

「せーのっ」

テンジロウの掛け声と同時に二人して勢いよく頭を下げた。

『タオジロウにいさま！　ご結婚おめでとうございます！』

「えっ？」

息ぴったりに声を揃え、僕の可愛い弟と妹が、小さな頭を嬉しそうに揺らしている。

笑みが溢れるのを我慢出来ないのだろうか。

それにしても驚いた。まさか二人から祝福されるなんて。

結婚なんて、難しくてまだ理解出来ないだろうと思っていたのに。

「タオにいさまっタオにいさまっ。はいコレっ」

キララが何かを差し出してきた。着物の帯に括り付けていた巾着のようだ。

可愛らしい桃色の花柄の巾着を、腰を曲げて受け取る。

「テンからも、はいっ！」

テンジロウも色違いの、こっちは青い色の巾着を差し出して来た。

「お、お前達……」

感動で少しだけ震え出した僕に構わず、弟と妹は咲き誇る満開の花の様な笑顔で僕を見上げて袖を引く。

「はやくはやくっ、あけてあけて！」

「テンたちのお小遣いで買ったんだぜ？」

二人の小遣い？

って言っても、お前ら小遣いなんか滅多に貰えないじゃないか。

里の中じゃお金なんか使わないし、まだ幼い二人は母様達が一緒じゃないと、里の外に出る事も許されていない。

だから二人が小遣いを貰えるのは、母様達の用事で一緒に里を出る時だけだ。

その時に居る国の物価に合わせて、大体出店の食べ物が二つ分買えるくらい。

それ以上は母様か父様におねだりしないと買ってもらえない。そして父様も母様方もお金の使い方にはとても厳しい。これは小さい頃の僕に対してもそうだったから、亜王院家の決まり事みたいな物だ。

だからお小遣いなんて、殆ど手元に残らないだろう。

つまりは、二人にとってのなけ無しの全財産。

それなのに、僕の為にそんな大事な小遣いを使って祝いの品を買ってくれるなんて。

嬉しい。兄様ほんと、泣きそうなくらい嬉しい。

「どれどれ？」

まずは先に渡して来たキララの巾着袋から、雑に縛られた口紐を丁寧に解く。

「これは——花？」

中には赤・白・黄色と三色の、小ぶりな花が三輪入っていた。白い糸で綺麗に纏められて、花束に仕立てられている。

「いわいばな！　とちゅうのむらでかってきたの！」

祝い花か。

なるほど。たしかこの周辺では、結婚祝いに花束を送る習慣があると聞いている。

母様方からその話を聞いていたのか。僕の妹は何て良い子なんだ！

「ああっ、とても綺麗だな！　ありがとうなキララ！」

「えへへー」

嬉しさに任せてぐしぐしと頭を撫でると、キララはクネクネとくすぐったそうに身悶える。

さぁ、次はテンジロウがくれた方だ。

こちらはキララの物より口紐がもっと雑に巻かれていて、殆ど意味を成していなかったけれど、それでも出来るだけ丁寧に解いた。

「どれどれこれは——色石《いろいし》？」

大小十個ほどの色が塗られた平べったい石が、こちらも赤・白・黄色と三色揃っている。

これは街で小さな子が良く遊んでいる——確かおもちゃだったと思う。

「ほんとはテンも花にしようと思ってたんだけど、キララが花にするって言うからこっちにした！」

だからって、何も子供用のおもちゃを買ってこなくても。ていうかこれ、実はお前が欲しかった物じゃないのか？

「ありがとな。テンジロウ」

とはいえ、僕の可愛い弟が真心を込めてくれた贈り物だ。

それが仮令《たとえ》どんな物だろうと、兄様は死ぬ程嬉しい。

「へへへっ」

テンジロウは鼻の下を右手の人差し指でかきながら、照れ臭そうに笑う。

それがとても愛くるしくて、キララにしたのと同じ様に、その頭を加減を忘れて撫で回した。

「タオ兄、くすぐったいって。あははっ」

ケラケラと快活に笑うテンジロウ。

「ずるいずるいっ、キラもキラも！」

僕とテンジロウの間にぐいぐいと割って入って来るキララとも一緒になって、しばし兄妹の戯れを続ける。愛くるしい弟と妹に祝われて、僕は何て幸せ者なんだろう。

「——タオ坊。久しぶりだね」

背後から凛と響くその声に振り向くと、そこには僕のもう一人の母様であるトモエ様が立っていた。

「御無沙汰しています。トモエ様」

「母様！」

「かかさま！」

母様大好きなチビ達二人が、全くの遠慮無くトモエ様に飛びつく。

「ん。元気そうで何よりだ。アスラオ様は？」

テンジロウとキララを難無く制して、トモエ様はキョロキョロと周囲を見渡した。

「朝稽古の後から見てませんね。もしかしたら、宿で飲んでるんじゃないかな」

「ったく。あの人ったら、出迎えぐらいしてくれても罰は当たらないってのにねぇ」

僕の言葉に白い着物の前で腕を組み、口をへの字に曲げたあと、トモエ様はにっかりと笑う。

この人ほど屈託のない笑顔の似合う女の人を、僕は未だに見た事が無い。

「叱ってやってください」

「もちろん。今回の件、姉様とアタシは何の相談もされてないからね。本当にもう、大事な長男の結婚だってのにさ」

「あははっ」

父様を叱れる人は少ない。

何せあの人には、大きい態度相応の実力と実績、そして貫禄がある。

僕が知る限りでは、里の頭脳であるタツノ先生と年寄組の人達、それと母様二人だけが父様を諫められる数少ない大人だ。

トモエ様は父様の二人目のお嫁さんで、テンジロウとキララ——それとここには居ないけど、長女のサエの生みの母。

僕にとっても育ての親で、そんなトモエ様に僕は頭が上がらない。

「それにしても……あの小さかったタオ坊がもう結婚かぁ。アタシも歳を取ったもんだねぇ」

「そ、そんな事無いですよ」

僕の記憶をいくら辿っても、母様とトモエ様は今の姿とそう変わらない。

老いなど微塵も感じさせないその快活な姿で、何時だって僕らの事をしっかり叱ってくれている。

白髪とはまた違う真っ白な髪は、お日様の光に透けてキラキラと輝き、背中で一本に括られている。

トモエ様は白が好きだ。小さい頃は自分の白い髪が嫌で嫌で仕方が無かったらしいけれど、父様に出逢って容姿を褒められてからは、自ら好んで白を纏う様になったらしい。

だから着物も白。持ち物も殆ど白。

ちなみに母様は黒が好き。そんな二人はとっても仲良しだ。

「トウジロウやサエは？」

「二人はちょうど隣国の港町への買い付けに同行していてね。今日の夜にでもまたラーシャに飛んでもらって、明日の朝にはこっちに到着すると思うよ」

そっか。

道中で手に入れた、トウジロウに約束してた物、渡したかったんだけど。

次男のトウジロウは少し病弱で、剣を握れない代わりにとても頭がいい。僕なんかの何倍もだ。

だから、たまに大人と一緒に買い付けや交渉の場なんかに付いていって、色々勉強をしている。

長女のサエとトウジロウは同じ日の同じ時に生まれたからか、二人はいつも一緒だ。

双子と言っても違和感が無い。

「姉様はもう宿に向かったのかい？」

「はい。ナナカさ——僕のお嫁さんを連れて」

紹介していないナナカさんを知る筈が無いなと思って言い換えてみたんだけど。何だかお嫁さんって呼ぶのがかなり恥ずかしかった。

「かかさまかかさまっ。タオにいさまのおよめさんっ、キララもあってみたい！」

「あっ、テンも！」

チビ達がトモエ様の着物の裾をぐいぐい引っ張って大声で呼ぶ。本当に母様が大好きだなお前らは。

「なーに言ってんのあんたら。ほら、荷下ろしを手伝いな。あんたらもテンショウムラクモの里の一員なんだから」

「えー」

「めんどくさーい」

二人して口を突き出し、ぶぅぶぅと文句を言う。

うむ。これはいけない。ここは兄として、率先して二人の見本とならねば。

「よし、テンジロウ。兄様と競争しよう」

テンジロウの頭を一回雑に撫でて、ラーシャの背中から降ろされたばかりの荷を指差す。

「競争？」

「おう。僕より早く、あの小さい荷を全部、台車まで運べるかな？」

テンジロウが持てそうな程度の大きさ。数にして十個ぐらいだ。

僕が運ぶのはそれより大きな、その向こう側に置かれている奴。小さいのに比べてかなり多いけれど、あれなら良い勝負になりそう……いや、それでも僕が圧勝してしまいそうだ。加減しなきゃな。

「タオにいさま！　キララもキララも！」

「よーし、じゃあキララとテンジロウで兄様と対決だ。ヨーイ、ドン！」

「あっ、にいさまっずるいずるい！」

「行くぞキララ！」

チビ達を置いていかない速さを気にしながらゆっくりと走る。

「自分の披露宴の荷物を自分で運んでどーすんのさー」

後ろでトモエ様が笑っている。

ああ、そっかこれ。僕らの披露宴の荷物なのか。

◆◆◆◆◆◆◆◆◆

ラーシャから荷を降ろし終え、右手にキララ、左手にテンジロウを引き連れて戻ってきた宿屋の前で、母様が僕を待っていた。

「タオジロウ。ナナカさんが貴方とお話ししたいそうです」

真剣な顔でそう告げてくる。

ちなみにラーシャは沢山お水を飲んだ後、次の荷物やトウジロウ達を迎えに里へと戻って行った。難儀を掛ける。

戻って来たらいっぱい遊んでやろう。

「お話し……ですか？」

「はい。とても大事なお話しです。貴方とナナカさんの婚姻にまつわる、貴方が聞かなくてはならないお話し」

目を伏せ、どこか辛そうな表情をする母様。

「ナナカさんは、今どちらに？」

右を見ても左を見ても、何処にも彼女の姿は見当たらない。

「お部屋で貴方を待っています。泣き止んだばかりだから、優しくしてあげなさい」

宿の中に促す様に手を差して、母様はゆっくりと微笑んだ。

「は、はい」

言われなくても、彼女に酷いことなんかしないのに。

「シズカさまシズカさま！　キラね！　シズカさまといっしょにかったおはなっ、タオにいさまにわたしたよ！」

パタパタと元気良く駆け出して、キララは母様の着物にしがみ付く。

「あらキララ、もう渡しちゃったの？　明日の披露宴の時に渡すって言ってなかった？」

その頭を優しく撫でながら、母様はキララと同じ目線まで腰を下ろす。

キララは末の子で寂しがり屋だから、僕ら家族はついつい甘やかしてしまう。

あの傍若無人な父様だって、キララにはデレデレとだらしなくなる程だ。

親馬鹿だなぁ、と思うけど。僕だって兄馬鹿だと自覚しているから口には出さない。

「あのねあのね！　おはなってすぐにかれちゃうんだって！」

「あらそうね。だから早く渡したかったのね？」

「うん！」

頭の上で結ってある二つのぼんぼりを揺らして、キララは大袈裟に頷いた。

「テンの色石も一緒にあげたんだ！」

テンジロウも母様の側に駆け寄って、小さな身体を目一杯反らし、自慢げに報告する。

母様は亜王院の中心的な存在。僕らは皆、母様やトモエ様が大好きだ。

「そう、兄様は喜んでた？」

「うんっ、喜んでた！」

「テンジロウが一生懸命選んだ物ですもの。兄様はきっと喜ぶと思っていました」

両手でキララとテンジロウの頭を撫でる母様。

僕も少し前までは二人みたいに堂々と母様に甘えていたっけ。

テンジロウが生まれてからは、昔みたいに母様にくっつく事も無くなったけど。

「シズカ姉様、アスラオ様は部屋に居た？」

「いいえ。あの人、外に飲みに行ったみたい。私達に怒られるのが怖くて逃げてしまったのね」

「はぁ、いつまで経っても、あの人ったら子供なんだから……」

母様二人が困った様に顔を見合わせて大きな溜息を吐く。

父様は何時も威張り散らして傲慢に振る舞う癖に、母様達の前ではまるで借りてきた猫の様に大人しくなる。紅蓮獅子《ぐれんじし》が聞いて呆れるよ本当。

「タオ坊。アタシ達へのお嫁さんの紹介は夜でも良いから、まずはちゃんと二人でお話しをして来なさい」

トモエ様にトンっと優しく背中を押された。

「は、はい。行って来ます」

僕は宿屋の扉を開けて、室内に入る。

「キラもキラも！　およめさんみたいー！」

「こらキララ、我慢しなさい。兄様はこれからとても大事なお話しをしなけりゃならないんだから」

閉まる扉の向こう側から、キララの我儘を戒めるトモエ様の声がした。

やっぱり……トモエ様も、ナナカさんの事情を知っているのかな。

◆◆◆◆◆◆◆◆◆◆◆◆◆◆◆◆

「先程はお見苦しい所をお見せしてしまい、申し訳ございません」

ベッドの上で三つ指をついて、ナナカさんは深々と頭を下げている。

「い、いいえ。気にしてませんから。顔を上げて下さい」

その姿に慌てた僕は、両手と首をブンブンと振った。

びっくりした。突然謝罪されるなんて思ってもいなかった。

「あ、その着物……」

「あ、はい。私、先程の服しか持ってなくて、シズカさ——いえ、お義母様《かあさま》からお借りしました」

朱色の生地に大きな蝶の刺繍が施されたその着物は、確かサエに強請《ねだ》られて仕立てていた、手製の着物だった。

「うん、似合ってますね」

「へ？」

成長が早いサエに合わせて、少し大きめに仕立てたのが良かったみたいだ。

今のナナカさんの背丈にぴったり。

「綺麗です」

まるで最初からナナカさんの為に誂《あつら》えたみたいだ。

「あ、ありがとうございます。お世辞でも嬉しいです」

「いや、お世辞じゃ無いですよ。本当にとても良く似合っています。さっきまでの服も、あれはあれでとても綺麗でしたけど、今のナナカさんも僕は好きです」

謙遜する事なんて無いのに。本当にとても良く似合っていて綺麗だ。

自慢じゃないけど、お世辞を言える程僕は頭が良くないんだ……いや本当に自慢にならないな。

「た、タオジロウ様は怖いお人です」

そう言ってナナカさんは顔を赤くして俯いてしまった。

えっと、僕はただ綺麗だって言っただけなのにな。

何か、怖がらせちゃったかな。

「こ、こほん……シズカ様にお時間を頂きました。タオジロウ様はまだまだ俗世について詳しくはないとお聞きしましたので、私の身の上を全てお話ししなければ、と」

ナナカさんの瞳に真剣な色が宿る。

翠色のその瞳は、昨日見た深く暗い奈落の様なあの瞳では無く、とても澄んだ強い光を宿していた。

「俗世?」

俗世って言われても、何だかんだで僕は結構里から出てるんだけどな。

まだ一人で旅をした事は無いけれど、父様と一緒に山籠りとか買い付けとかは頻繁にしている。

こう見えて結構色んな所に行った事があるのだ。

「はい。この世にはタオジロウ様の想像が及ばぬ様な、とても酷い事が満ち溢れております。私などの身の上など、まだ優しい方……ですが、私にとっては」

キツく唇を引き締めて、ナナカさんは辛そうに顔を歪めた。

うん。

これは、ちゃんと全部聞こう。

結婚するからとかしないとかじゃなくて、僕の心と頭は彼女の事を知りたがっている。

だから全部……教えてくれるっていうナナカさん本人の口から聞かせて貰おう。

「分かりました。お隣、良いですか?」

「……は、はい」

ナナカさんが正座のまま器用に身を捩り、僕が座る分の場所を空けてくれた。

その場所に腰を下ろし、僕も姿勢を整えて正座をする。

「お待たせしました。それでは、聞かせて下さい」

お互いの目を真っ直ぐに見ながら、僕たちは向かい合う。

身を縮こまらせたナナカさんは、この場に酷く居辛そうに見えた。

それほどまでに、言い難い事なのだろうか。

やがてナナカさんはゆっくり大きく息を吸い、そして目を閉じて言葉を紡いだ。

「私は現アルバウス家当主、スラザウル・スマイン・アルバウス様の三番目の妻であるムツミ・フェニッカ・アルバウスの娘として生まれて来ました。つまり妾腹の子です」

妾。

里の外では二番目以降のお嫁さんをそう呼ぶという事は、僕でも知識として知っている。

ムラクモの里でお嫁さんを二人以上娶る事を許されているのは、一族の長であり頭領でもある亜王院の家長——つまり父様だけだ。

同じ亜王院に連なる家系でも、父様の弟である叔父上なんかは叔母上一人しかお嫁さんを娶っていない。

これには色々と理由があるのだけれど、今は関係無い話だから考えるのはやめよう。

「伯爵家は代々、茶に近い赤毛の家系です。私の母はアルバウス伯爵領より遥か南方の生まれで、黒髪でした」

「ん？　あれ、でもナナカさんは——」

とても綺麗な金髪……だよね？

「はい。母はずっと否定していましたが、私はもしかしたら――母と知らぬ男との密通の末の、不義の子なのかも……知れません」

「は、はぁ」

不義……。不義とは一体、何だろう。

「……わかっておいでで無い様ですので、説明致します。つまりは旦那様以外の男との子、なのかも知れないのです」

「えっと」

それは大変な事、だよね？

「そしてそれが――私が今回の婚姻を望む理由に、大きく関わります」

ナナカさんの顔がまた、辛そうに歪んだ。

まるで一言吐き出す度に、自らの精神を痛みつけているみたいだ。

僕は彼女のその表情に、自分の胸が締め付けられるような。

そんな錯覚を覚えながら、彼女の話に必死に耳を傾けた。

貴女の涙を拭えるのなら

◆◆◆◆◆◆◆◆◆

悲痛な声でナナカさんが僕に語ってくれた話は、こうだ。

ナナカさんのお母様であるムツミ・フェニッカ様は、アルバウス伯爵領があるアルベニアス王国より遥か南方の島に住む、ある部族の族長の一人娘として生まれた。

その島国では代々族長の娘は巫女としての修行を受け、神事などを取り仕切っていたそうだ。

当然ムツミ様も巫女としての修行を受け、歴代でも優秀な力を持つ巫女姫として島民から尊敬されていた。

ところがある日、敵対する隣接した島の部族に突如として攻められ、ムツミさん達の部族はこれを何とか退ける。

だが、争いによって田畑や家畜などを失い、島民は明日の食料さえままならない状況に追い込まれてしまった。

誰しもが明日を見失い、生き続ける気力さえ失い始めていた。

ムツミ様も巫女としての自らの力不足を憂い、無力感に苛まれて絶望していた。

そこに現れたのが、以前より交流を持っていたアルバウス領の領主である、スラザウル・スマイン・アルバウス伯爵だ。

名産の果物などを船で輸出していた島民と、その大口の買い手という関係である。

アルバウス伯爵は莫大な金銭や物資、そして兵力を以ってして食糧支援や復興を一手に担い、島民達は辛うじて命を繋げる事が出来た。それは正に、『貴族』に相応しい正しい行いだ。

部族の民が彼を英雄の様に扱い、心から尊敬の念を抱くのも不思議な話では無い。

そんな英雄の大きな恩義に報いる為に、部族の長であるムツミ様のお父様——つまりナナカさんの祖父は、アルバウス伯爵にこう告げた。

『我らは貴方の財に比肩しうる宝物も、それに見合う金も持ち合わせていない。だが我ら部族は決して貴方への恩を忘れない。何でも良い。我らに出来る事を言ってくれ。どんな頼みでも我らは喜んで受けよう』

その問いに、アルバウス伯爵はこう返す。

『族長。貴殿の娘のムツミ殿を——我が妻として迎え入れたい』

その頃のムツミ様は、アルバウス伯爵に淡い恋心を抱いていた。

部族の危機を、大切な家族の命を救ってくれた男性だ。そんな彼に恋慕の情を抱く事には、何の疑問も無い。

アルバウス伯爵家はアルベニアス王国でも古く、そして由緒正しい貴族だ。

だから、彼がすでに二人もの妻を持っていても、それは当然の事。きっと彼の先妻たちは、こんな田舎島の娘である自分よりも、貴族の名に相応しい美しく素晴らしい女性達なのだろう。

それでも、そんな自分を伯爵が欲してくれるのならば、断る理由は見当たらない。むしろ光栄で喜ばしい事——と、ムツミ様は後年ナナカさんに語っていたそうだ。

そしてめでたく、二人は多くの人の祝福の内に婚姻に至る。

ムツミ様は巫女姫の座を辞して親元を離れ、遥か遠くアルバウス領へ。

そこにはいくつもの困難が待ち受けているかも知れないが、愛し合う二人の未来には一点の曇りもなかった。

幸せになれると信じて、疑わなかった。

待望の子供である——ナナカさんが生まれるまでは。

伯爵領内でも噂される程に仲睦まじかったムツミさんとアルバウス伯爵だが、そんな二人の間に生まれたのは、伯爵家系では生まれる筈の無い、金の髪色を持つ女の子。

伯爵は、あろう事か妻の不義を疑った。

疑ってしまった。

ムツミ様がどんなに否定しようとも彼は一言も耳を貸さず、怒りを露わにして愛する妻を口汚く罵倒した。

先妻である第一夫人や第二夫人もそんな伯爵を諫めず、むしろ日々燃え上がる猜疑心を煽るかの様に、根も葉もない憶測を吹き込んだ。

愛していた筈だった。

お互いがお互いを尊敬し、尊重していた筈だった。

だからこそ——深く深く愛していたからこそ、裏切られたと感じた伯爵の想いは激しく『裏返る』。

ムツミ様の言い分もロクに聞かず、涙を流して冤罪だと訴える妻を領内の僻地へと追いやり、屋敷に幽閉した。

不貞の証拠もその相手も見つからなかったから、妻を正式に罪に問う事はしなかった。

その考えに至れる程伯爵が冷静だったのは、せめてもの救いだろう。

アルバウス領を国土として持つアルベニアス王国では、不貞・不義・密通は死罪である。

それは貴族家の者とて例外では無い。

彼は裏切られたと感じていても、心の底ではまだムツミ様を愛していたのだろう。

だからこそ、妻とその娘を罪に問わず、これ以上憎んでしまう事を怖れて、出来るだけ離れた場所に遠ざけたのでは無いだろうか。

ムツミ様とナナカさんが、アルバウス家の別邸がある領の北部へと連れて行かれたのは、ナナカさんが産まれてから一年が経とうとしていた頃だ。

だがそれからの七年間、伯爵が妻と娘に会う事は唯の一度も無かった。

物心付いたナナカさんが初めて父親の顔を知ったのは、彼女が八歳の頃。

豪奢な馬車に乗った、恰幅の良い男性が屋敷を訪ねて来た時である。

それが自分の父だと知ったのは、その夜にムツミ様が喜びの涙を流して話してくれたからだ。

アルバウス家別邸は男子禁制となっていた。

妻の不義を疑った伯爵により、住み込みはおろか出入りの使用人や業者ですら女性しか立ち入りを認められていなかった。

だからナナカさんにとって伯爵は、生まれて最初に認識した『男性』であり、『未知』であり『恐怖』だったと言う。

その晩、ムツミ様は嬉しそうに顔を綻ばせて、涙を流しながらナナカさんにこう語った。

『お父様が私への誤解を解いて下さいました。私とナナカを愛して下さっておりました』

初めて見る母の涙に、ナナカさんは父から感じた言い様の無い恐怖を飲み込んで、共に喜んだそうだ。

冬の間だけ屋敷に滞在していた父親とは、一切の接触を禁じられていた。

ただ夜になるとムツミ様だけが伯爵の寝室に呼ばれ、そして朝まで戻って来ない。

そんな生活がしばらく続き、めでたくムツミ様は懐妊する事となる。

腕利きの術師や医術士などによって子の存在が確定すると、寂れた屋敷に仕える数名の使用人達は、皆がムツミ様を祝福し、そして大いに喜んだ。

だが――――それから八ヶ月後。

お腹の中の子供の性別が術師の術によって判明するや、その空気はガラリと一変する。

『またも女児を身籠もるとは、とことんワシの期待を裏切る愚かな女だったな』

屋敷を去る際に父が告げたその言葉を――ナナカさんは忘れられない。

伯爵家には後継が居なかった。

先に妻とした二人も、ムツミ様の後に迎えた妻も、何故か男児を産む事が無かったのだ。

彼が七年の時を経てムツミ様に会いに来たのは、許しを与える為でも、愛を伝える為でも無く、全ては貴族家の後継を孕ませる為。

そこには妻と娘への想いなど――ただの一欠片も存在していなかったのだ。

その日から父は、以前と同じ様に別邸には一切近寄らなくなり、やがてナナカさんの妹、ヤチカ・フェニッカ・アルバウスは嵐の夜に、たった三名の使用人達の助産によってこの世に生を受ける。

髪の色は、ナナカさんと同じ金色。

同じ色なのだ。

だが、今度はナナカさんの時とは状況が違う。

屋敷の使用人は全て女性で、ムツミ様は屋敷の敷地内から一歩も外には出られない。

密かにムツミ様の監視を命じられていた使用人が、幾ら伯爵に潔白を証明した所で――ムツミ様への疑いは一切晴れなかった。

そしてヤチカちゃんが生まれて、三年後。

ムツミ様は胸の流行り病を患い、懸命な闘病生活も虚しく――亡くなってしまう。

葬儀は貴族家には似つかわしく無い質素な物で、たった十名にも満たない使用人と娘達の手により行われ、御遺体は屋敷近くの森に囲まれた、寂れた霊園に埋葬された。

その僅か、一週間後。

ナナカさん達姉妹は突然、アルバウス家本邸へと呼び戻される。

理由は隣国アラガマの宰相、バダン・ペルテッシ大司祭への貢物として、ナナカさんの結婚話を纏める為。

ナナカさんはアルバウス家の家名を高める為の、ただの道具として父に欲せられたのだ。

最愛の母の死を嘆く時間も僅かに、遠く離れた見知らぬ土地を訪れた姉妹を待っていたのは——

まるで地獄の様な日々。

腹違いの三人の姉達は二人を不義の子と誇《そし》り、酷く痛め付けた。

頬を張られる。

腹を蹴られる。

乗馬用の鞭で打たれる。

水瓶に顔を押し込まれる。

縄で首を絞められる。

熱した鉄の棒を押し付けられる。

それは、いじめなどという軽い表現では足りない——残酷な拷問。

どんな深い傷跡でも、貴族家に仕える優秀な医者や法術師の手にかかれば綺麗に消せてしまう。

だから証拠は一切残らない。

よしんば傷が残り、それを見せて誰かに助けを求めようにも、本家の使用人達は皆姉達の味方であり、ナナカさん達はむしろ、伯爵家の家名を汚す存在だとして忌避されている。

もちろん父はそんな行為を黙認し、義母達はあろう事か笑って、より酷く煽る始末。

逃げ場も、救いの場も用意されていない——絶望。

だけどナナカさんは、そんな地獄を歯を食いしばって耐え抜いていた。

心は深く深く堕ち、光など一切見えない暗黒の渦中にあっても、決して折れずに耐え続けていたのだ。

何故なら、ヤチカちゃんが居たから。

伯爵や夫人達、娘達にも僅かに近親の情が残っていたのか、幼いヤチカちゃんにだけは手出しをしなかった。

だが、それを期待し信用するのは余りにも愚かだと、ナナカさんは理解していた。

あえて口答えをしたり、わざと激しく歯向かったりと身を挺して、その矛先がヤチカちゃんに向かわないようにと振る舞った。心の底から溢れる憎悪や怒りの感情すら細かく噛み砕いて飲み干し、心さえ殺して只々日々を耐え抜いた。

せめて幼い妹だけはと、それだけを心の拠り所として。

頭の片隅に在るのは妹の身の不安のみ。妹さえ無事であれば、それだけで良かった。

だが、一日を乗り切る毎に安堵では無く危機感が、ナナカさんの精神を蝕んでいく。

アラガマの宰相、バダン大司祭との婚姻は、もう殆ど纏まりかけていたからだ。

姉達が嬉々として語ったバダン大司祭の悪評を知り、自分の命などとうに諦めていたナナカさんだが、妹のヤチカちゃんだけは諦めきれない。

今まで矢面に立って守っていた自分が居なくなると、姉達の悪意は全て妹に向かってしまう。

それはほぼ間違いないとナナカさんは確信していた。

期限は刻一刻と迫っている。程無くしてナナカさんはアラガマへと送られ、無残にも殺されてしまうだろう。

何の後ろ盾も権力も無いナナカさんに人脈などある筈も無く、拭いきれない焦燥感だけが日々募って行く。だが事態はどう足掻いても止められない。

そんなある日、昨日の昼の事だ。

アルバウス伯爵家の屋敷に、一人の男が訪ねてきた。

その身の丈は馬より高く、その身体は分厚い鋼の様な筋肉に覆われていて、そして誰よりも偉そうで誰よりもふてぶてしい男。

名を亜王院アスラオ。僕の父様である。

『よお、スラザウル。元気にしてた——っぽいな。まぁ無様に醜く太りやがって。さぁ、貸しっぱなしの借りを取り立てに来てやったぜ。有難く思いな』

何十人と居る使用人や警備の兵を堂々と押し退けて屋敷へと無理矢理入って来たその男は、粗暴で砕けた口調で伯爵に詰め寄る。

ちょうどその時、ナナカさんは雑用という名の姉達の嫌がらせに遭っており、伯爵の部屋で掃除を行なっていたそうだ。

まるで奴隷の様なボロボロの服を着せられて、無体にも首に紐を掛けられた屈辱的な格好だったらしい。

『あ、あああっ、亜王院の頭領⁉　き、貴様っ、何の断りも無くワシの屋敷に押し入るとは無礼が過ぎるであろう‼』

突然現れた筋肉オバケの様な男の言葉を聞いた父は、今まで見せた事も無い動揺を露わにした。

『昔はもっとマシな顔をしてやがったが、すっかり貴族っぽい姿になりやがって。みっともねぇなぁ。なぁ、スラザウル』

『貴様っ、ワシの話を聞け！』

恐怖。

伯爵がその時見せた感情は、間違い無く恐怖だ。

大量の脂汗を垂らし、腰などブルブルと暴れ回っているかの様に震わせて怯えている。

『んで、どうするんだよ。お前、確かあの時言ってたよな？　金が揃い次第すぐに使いに持たせて俺らに届けると。あれから何年経ってると思ってんだ。あぁん？』

そう言って男は伯爵の部屋の大きな執務机に足を掛け、力任せに蹴飛ばし容易くひっくり返す。

まるでチンピラの様な態度なのに、どこか『当然』と納得させる不思議な振る舞い。

男が一体何者なのか、この時のナナカさんには全く理解出来なかった。

何せ伯爵は、曲がりなりにもこの地の領主だ。

そんな彼に上から物を言えるのは、この領の統治を任命したアルベニアス王陛下ただ一人のみで、他の誰にも伯爵に反抗する権限など与えられていない。

『かっ、金は今は無いぃ！』

『おう、だからどーすんだって聞いてんだよ馬鹿野郎』

だが、目の前の尊大な態度の男は、そんな事情など関係ないと、粗野な物言いで伯爵へ指図する。

『なっ、無い物はどうする事も出来んだろう！』

男に対する伯爵の態度は、地位や権力にしがみついた惨めでちっぽけな虚栄心から来る物だと、その時のナナカさんは見抜いていた。

いつも偉そうに、そして無慈悲に振る舞う自分の父親が、みっともなく足腰を震え上がらせて怯えるその姿に、胸が空く思いで目が離せなかったらしい。

『遅れたら利子を付けるって、俺はあの時確かに言ったよな。万が一返せない場合どうなるのか、お前ならばよーく理解していると思ってたんだがな』

倒れた机の上に胡座を掻いて座り、呆れた様子で伯爵を見下ろす男——僕の父様は、どこか伯爵を哀れんでいる様にも見えたそうだ。

『きっ、貴様　陛下よりこの地の統治を賜りし栄光ある伯爵家のワシをっ、脅しておるのか⁉』

『関係無えんだよ。お前らんとこの王も、そして貴族もな。我ら亜王院一座は何者にも屈せず、何者にも縛られない。戦《ヤ》るってんなら受けて立つぜ？　俺の刀衆の力を、もう一度その曇った眼《まなこ》に焼き付けてやろうか？』

その言葉に、伯爵の顔が情け無く歪む。

『そっ、そうだ娘！　ワシの娘をやろう！　ほら見ろアレだ！　どうだ美しかろう⁉』

『あぁん？』

その時初めて、父様はナナカさんの顔を見た。

半目で睨み付ける様に、だがしっかりと見透かす様に。

『ワシの自慢の娘だ！　貴様らに払う筈の金と同じ価値があると思う！　どっ、どうだ⁉』

ゆっくりと緩慢な動きで伯爵へと向き直った父様の顔を、この時のナナカさんは見ていない。

見なくて正解だった、と僕は思う。

何故なら父様の眼力は、弱い者なら自ら生を諦めてしまう程の――殺気を放つから。

『ひっ！　ひぃぃぃぃぃっ！』

伯爵が上げた悲鳴は、まるで鶏の首を絞めた時の鳴き声にそっくりだったそうだ。

『――てめぇ、このクソ野郎が。俺に人を買えと抜かしたか？　我ら亜王院は旅の商隊《キャラバン》の一座だが、奴隷売買などと言う下衆な商売はしてねぇんだ‼』

一言一句を告げる度に空気を振動させる程の怒気が、屋敷全体に瞬く間に広がって行った。

『ちっ、違う！　こっ、婚姻だ！　ワシらと亜王院家との婚姻を結ぼう！　それならっ、それなら借金を踏み倒す恐れは無くなるであろう⁉　金は必ず払うっ！　なっ、どうか！　どうかそれで許してくれっ！』

『何故、我らがお前らクソ貴族と血縁にならねばならんのだ。そんな下卑た真似をするくらいなら、お前の命を持って借した金の足しにしてくれるわ‼』

『まっ、待て！　あの娘はウズメの部族の血を濃く受け継いでいるっ！　貴様らも聞いた事があるだろう⁉』

再びナナカさんへと向き直った父様の目は見開かれ、そこには驚きの色が浮かんでいたと言う。

『それは――確かか？』

野生の獣の様に獰猛なその瞳に気圧されたナナカさんは、金縛りに遭った様にその場から一歩も動けず、声も出せなかったらしい。

『たっ、確かだ！　アレの母はウズメの部族の巫女姫だった！』

『――だがあの部族は何年か前に、どこぞの蛮族に攻め滅ぼされその血が途絶えたと聞いている。今まで外界に出る事の無かったあの部族が、何故貴様と血を混ぜた？』

ゆっくりと伯爵へと向き直った父様の声色は、怒りを隠そうとしない程荒く険しいモノだった。

『滅ぼされるその前に娶ったのだ！』

『なら、何故部族の危機に助力しなかった。血縁である貴様であれば、部族の窮地など容易く知り得た筈だ』

伯爵が一歩、また一歩と。父様の言葉に後退して行く。

『アレの母が不貞を働いたからだ！　その娘とてワシの実の娘では無いかも知れぬ！　なぜ儂が、あの売女の為に兵を動かさねばならぬのだ！　そこまでしてやる義理などとうの昔に無くなっている！』

その時の父様の表情を、僕なら容易く想像できる。

それはきっと、我が子である僕ですら震える程に恐ろしい――憤怒。

『だから、妻の身内の死を放っておいたか――スラザウル、貴様っ!!　若かりし頃の気高き精神を何処に捨てて来た!!』

『ひっ、ひぃいい！』

ついに父様の圧に怯みに怯んだ伯爵は、盛大に小便を漏らして床に倒れ込んだ。

しばらく部屋には伯爵の情けない小さな悲鳴だけが流れ、その場に居た数人は全く動けずにいた。

長く続いた沈黙の後、父様はようやく口を開く。

『……よかろう。あの娘は亜王院が頂く。俺の息子の嫁にでもしてやろう』

『じゃ、じゃあ！』

『無様に堕ちたかつての英傑よ、心して聞け。これは我が一族が貴様らに送る最後通告だ。これ以上、人の道に悖《もと》る姿や振る舞いを見せた時、この俺が一切の慈悲などかけず、無様に殺してやる』

そう言って父様は執務机から勢いよく飛び降り、緩慢な足取りで部屋の扉へと歩き出す。

ナナカさんの隣を、ゆっくりと。

『娘、名は？』

突然話しかけられたナナカさんは、思わず身を強張らせた。

『なっ、ナナカ・フェニッカ・アルバウスと申します』

『そうか。俺はアスラオと言う。急いで支度をしろ。屋敷の門で待っている』

そしてナナカさんの頭を一度優しくポンと叩き、部屋を出て行く。

伯爵家の屋敷に突如飛び込んできた小さく荒れ狂う嵐は、色んな余韻を残して消えた。

『ひっ、ひぃ、ひぃいいいい』

弱々しく息を吐きながら震える伯爵に、ナナカさんは思わず駆け寄った。

父の身が心配だった訳ではない。勝手に決められてしまった自分の婚姻について問う為だ。

本来ならば、あと一年の猶予があった。

その間にどうにかして、妹のヤチカちゃんを安全な場所に匿うつもりだった。

だけど、たった今、突然その猶予が無くなった。

『お、お父様っ、あっ、あの』

『くひっ、くははは！　うはははははははっ!!』

小便を漏らした情け無い姿の父が、その身を歪ませる様に笑った。

狂気を孕ませた、甲高い声で。

『こっ、これはまたと無い好機だ！　いいかお前！』

腕を引かれて強く両肩を掴まれ、ナナカさんの身と心は激しく揺さぶられる。

『一刻も早く亜王院の子を孕め！　お前の子を、あの一族の頭領とするのだ！　そうすればっ、あの強大な力はワシの物だ！　アルバウス家が亜王院を手に入れられるのだ！　アレらの強大な力さえあれば、この国はおろか近隣諸国全てを統べる事すら造作も無い！　ひひっ、ひひひひひっ!!』

『いっ、痛いですお父様。離して、離して下さいまし』

身を捩ってその手を振り解くと、伯爵は勢いそのまま前のめりに床に倒れ伏す。

首を持ち上げ、血走った目を見開いてナナカさんを凝視する伯爵は、およそ人のして良い顔をして居なかった。

『アラガマの宰相には領内の若い未婚の娘を十人程あてがえば許してくれるだろう！　あの色狂いは、ただ若い女を甚振《いたぶ》り殺したいだけだからな！　だが、心しろ売女《ばいた》の娘！　貴様がワシを裏切ればっ、あの変態の許に嫁いで無残に死ぬのは、貴様の妹の方だ！』

『なっ!!』

『二年、二年やろう！　二年経って亜王院の子を宿せなかった時、お前の妹は死地に嫁ぐ！　良いか忘れるな！　貴様の子が亜王院の頭領となって、ワシとアルバウス家に未来永劫尽くすのだ！』

それは新たな絶望が、ナナカさんの身へと降り注いだ瞬間だった。


僕はこの話を、ただ黙って聞いていた。

胸の内に宿る生まれてこの方知らない熱を強く強く感じながら、一言も発さず。

その熱の正体は、暗く重い、忿怒に塗れた漆黒の炎だった。

◆◆◆◆◆◆◆◆

話し終えたナナカさんは一度大きく深呼吸をして、そっと目を伏せた。

正座した膝の上でずっと強く握られていた手は、痛々しいまでに赤く変色している。

辛かったのだと思う。

自らの境遇を語る事で、亡くなったお母様や残してきた妹の事、そして自身に降りかかった災難を、頭の中で反芻してしまったのだろう。

前髪で隠れている目元に、キラリと光る粒が見えた。

それは一筋の線を頬に描き、顎を伝い、そしてナナカさんの手に落ちる。

たった一粒。それだけしか涙を流せない。

本当なら、大声で泣き喚きたい筈だ。

どうして自分がこんな事に、どうして妹がこんな事に、どうして母があんな辛い目に遭わなければならなかったのかと、きっと彼女は喉が裂ける程叫びたい筈だ。

だけど、彼女は堪えている。

一度蓋を外せば、もう止められなくなるから。

先刻、僕の母様の胸の中で見せた子供みたいに泣き喚くあの姿は、涙で満たされた器の縁に優しさがそっと触れたから。

あれだけ泣いて、あれだけ声を嗄《か》らせて。でも彼女の悲しみは、全く癒せない。

今こうして耐えて居られるのは、一度全て溢したからで。でも器はもう悲しみで満たされている。

「……これが、私がタオジロウ様との婚姻を望む理由です」

まだ微かに震える唇から出たその声は、申し訳なさと情けなさの混じったか細い声。

「失礼なお話です。例えどんな理由があったとしても、身勝手で打算的な結婚など、罵倒されて当然だと思います」

そうだろうか。だって彼女は、全てを詳《つまび》らかにしたじゃないか。

黙って居れば良いのに、喋らなければ良いのに。

わざわざ僕にその理由を語ってくれたじゃないか。

「――どうして、話してくれたんですか？」

聞かなくても良い事なのは分かっている。でも僕は知りたい。

彼女の余りにも不幸な身の上を聞かされて、目の前で彼女の表情を見て、僕は心からそう思っている。

自分でも不思議だった。

「……アスラオ様に対するお父様の姿を見て、隠す事は決して私の得にならないと悟りました。あの方は多分、私どもの浅ましい考えなど、全てお見通しなのだと確信しました。でも一番は――」

ゆっくりと顔を上げ、ナナカさんは僕の目を真っ直ぐにジッと見つめる。

瞳の翠色は鮮やかに、そして優しくも強い光を宿している。

「――貴方様が、お優しい顔をされていましたから」

僕のお嫁さん――いや、お嫁さんになる人は、そう言って薄く微笑んだのだ。

「騙す訳にはいかないと。昨日出会った貴方様の一挙手一投足に、こんな愚かな私への気遣いがありありと見て取れたから。こんな優しくて素敵な人を、私達姉妹の事情に巻き込んではいけないと、思いました」

僕は。僕は何も知らない子供だ。

今まで剣を振る事しかして来なかった。どうしようも無いガキだ。

女の子の気持ちなんて考えた事無かったし、どう接して良いのかも分からない。

ナナカさんは綺麗で、そして強くて弱い人だった。

自分の弱さを知っていてなお、困難に抗う心の強さを持った素晴らしい人だった。

優しいのは僕じゃない――この女性《ひと》だ。

僕は正座の姿勢を解き、ベッドから降りる。窓に歩み寄って外の景色を見た。

外はすっかり暗くなっている。ナナカさんの話を聞いていたら、いつのまにか夜になっていたらしい。

冬の星空は明るく、雲一つ無い。下弦の薄く細い月が、淡い光を発しながらも燗々と輝いている。

その月の姿と、ナナカさんの姿が重なって見えた。

朧げに見えても、確かにそこで輝く美しい姿が。

うん。心は決まった。

僕に出来る事、僕が彼女にしてあげたい事。

「ナナカさん」

ベッドの上で正座をしながら顔を伏せているだろう彼女の名を呼ぶ。

「……はい」

覚悟を纏った小さな声で、彼女は小さく返事をした。

事情を話したのは、僕に結婚を破棄させる為。それは、彼女の話を聞いている内に理解していた。

だけど――。

「……分かっております。此度の縁談、亜王院にとってもタオジロウ様にとっても、無礼この上無い話。私は明日、屋敷に戻ってお父様に縁談の破棄を――」

「――結婚、して下さい」

僕は決めたんだ。

「――え？」

細い驚嘆の声にゆっくり振り返り、ナナカさんの姿を見る。
僕より少しだけ身長が高い、彼女。
儚げで、弱々しく、触れれば壊れそうな程に華奢なその身体。
どこまでも美しく、また可愛らしく幼さの残るその顔。
誰よりも妹への愛が深く、そして強い自己犠牲の精神。
彼女の尊厳は、まだ誰にも汚されていない。
だから僕は――決めたんだ。

「僕と、夫婦《めおと》になって下さい」

その瞳から流れ落ちる綺麗な涙を、少しでも良いから拭いたいと。
僕は自分の心に強く、願ったんだ。

非道なる行い・妖蛇の森へ急げ！

◆◆◆◆◆◆◆◆

「という訳で僕達、結婚する事になりました」

「ふ、不束者ですが、よろしくお願い致します」

僕の声に続いて、ナナカさんが深々と頭を下げる。

「……いや、そりゃあ結構なんだがよ。何でお前、そんな汗だくになって顔を真っ赤にしてんだ？」

宿屋の一階部分にある大きな食堂を兼ねた広間の一角。

円形の卓を囲んで座っている僕の家族達、その上座で頬杖をついて偉そうにしている父様が、僕に問う。

「い、いえ僕は普通ですよ？」

努めて平静を装い、僕は慌てて父様から顔を逸らした。

「何かあったの？」

簡単な報告を終えて、椅子を引いて座る僕とナナカさんに、トモエ様がこっそりと耳打ちをしてくる。

「あ、あの……私の話の中で分からない事があったそうで。その、詳しく説明したら……」

僕が一生懸命動揺を隠してるんだから、どうか聞かないで下さいな！

好奇心に負けて、ちょっと尋ねてみただけだったんだ。

ナナカさんの身の上話を聞きながら、どういう事なんだろうなー、なんでだろうなーってずっと思ってたから。

全てを理解した今となっては、とんでも無い事を女の子に聞いてしまったと、己を恥じるばかり。

自分の無知が恨めしい。


まさか子供がそんな方法で作られていたとは。

そっかー、そういう事だったんだなー。

小さい頃から、夜は父様達の寝室に近寄ってはいけないって言い付けられていたのは、そういう事だったのか。後、母様方が遅く起きて来る日があった理由も。

現場を目撃していなくて、本当に良かった。気まずいにも程がある。

「まぁ良い。お前らが納得したってんなら、俺らから言う事は何も無い。精々仲良くやれ」

「明日の披露宴、楽しみになって来ましたね？」

父様のぶっきらぼうな言葉に、母様がにこやかに続けた。

「おりょうり、いっぱいでるでる⁉」

「ケーキ、また食べれるの⁉」

キララとテンジロウが顔を見合わせて、ぴょんぴょんと飛び跳ねて喜んでいる。

つい先々月、テンショウムラクモの里で盛大に開かれた披露宴。

主役である鍛冶衆のアタ兄さんと、その奥さんであるユラ姉さんは、昔からそれはもう仲睦まじく、その門出を祝おうと里の住人総出でお祝いをした。

その時に出て来た、西方の国の甘味であるケーキという食べ物の虜になってしまったチビ二人は、あれ以来、次は何時食べれるのかとしきりに聞いてきて煩いくらいだ。

弟と妹がまだ純粋無垢で、兄様は本当に嬉しい。

「ああ、この村の住人の台所を幾つか借りて、里の奴らが急いで仕込んでるからな。キララ、明日は牛のお肉がたっぷり出るぞ」

「うしうしー！」

父様に頭をぐわんぐわんと揺さぶられながら、キララは椅子から落ちそうなほど大袈裟に喜ぶ。

「母様、たくさん食べていいよね⁉」

「ああ、食いな食いな。残すのも勿体無いからね」

ニシシと笑みを浮かべて、トモエ様はテンジロウの頭をさらりと撫でる。トモエ様は普段から子供達が食べる姿を嬉しそうに見ているお人だ。

「朝になればトウジとサエも到着するだろうし、メシも衣装も会場も滞りねぇ。今ざっと見た感じじゃ天気も良くなりそうだし、急拵えだが門出を祝うにゃ充分な日になりそうだ」

「アスラオ様、祝言は里で行うのですよね？」

母様が、里から持参したお気に入りの湯のみで一度お茶を啜り、父様へと問う。

「ああ、クソ親父も初孫《タオ》の晴れ姿を見てぇだろうから、乱破衆《らっぱしゅう》に命じて捜させてる最中だ。連れ戻せたら、ゆっくり日取りを決めようか」

「お義父様《とうさま》、今は何処を放浪していらっしゃるのかしら」

母様は、湯呑みを握っていない方の右手を頬に添えて窓の外を見る。

爺様《じじさま》かぁ。しばらくお顔を見ていないな。

あの人は、一年に一回くらい突然ふらっと帰って来たと思ったら二、三日里でダラダラしながら僕らと遊んでくれて、また知らない内にどっかに行っちゃう不思議なお人だ。

僕の父様がテンショウムラクモの里と亜王院一座、そして刀衆の頭領になったのは僕が生まれる僅か数年前。

先代頭領である爺様は、その呼び名を『緋緋色《ひひいろ》シュウラ』と言う。

曰く。『緋よりも更に緋に濃い色』の亜王院シュウラ。それは戦場で誰よりも鮮烈に血に濡れた姿を表す恐ろしい渾名。

大きく派手な武勇伝こそ父様程は聞かないけれど、当代に負けず劣らずの武闘派だったらしく、今でも父様は爺様を『化け物クソジジイ』と嫌味ったらしく言う。

僕ら孫にとってはかなり変わった所があるけれどお優しいお祖父様で、特に僕なんかは初孫だったから滅茶苦茶可愛がって貰っていた——稽古をつけて貰える年齢になる前は。

……爺様の稽古は今思い返すだけでも背筋に冷たいモノが走る。

父様の稽古もその内容はかなり辛いけれど、実は僕らの体力の限界をちゃんと見極めてくれている。

だけど爺様の場合はその限界を笑って無視し、本当に死ぬか死なないかの瀬戸際まで追い込んで来るのだ。

ケラケラと笑いながら『タオ坊、まだ行ける筈じゃろ？』とか『なーに、この程度じゃ死なん死なん。ほーれ』とか言いながら、僕が知覚出来ない一撃を的確に急所にぶち込んで来る。

だから父様とは別の意味で僕ら――特に男の孫は――爺様が怖くて怖くてたまらない。

「さぁな。おっ死んでなけりゃ良いんだがな」

そう言いながら父様は、卓の下に忍ばせていた徳利にそろーっと手を伸ばす
そんなにお酒が飲みたいのか……バレバレなんだから、もう。

「また、あなたはそんな事を言って」

さすがのトモエ様がそれを決して見逃さず、軽く父様の手を叩いて止めた。

お昼も酒場で飲んでいたらしいから、きっと今夜はもう許してくれないだろう。

「あんなクソジジイ、さっさとくたばっちまえば良いんだ。なぁキララ？」

ああもう、子供みたいに拗ねちゃって。みっとも無いなぁ。

「キラは、じじさますきすきー！」

「テンも！」

おじいちゃん子でもあるウチのチビ達が、父様のその言葉に異を唱えた。

爺様は本当に小さい子供に甘い人だから、テンジロウやキララ、それに里の小さな子達には大人気だ。僕やトウジロウやサエは、好きかと聞かれたら『刀を握っていなければ』という注釈が付く程度には好きだ。刀を握っている爺様に対しては、父様と同意見である。

と、宿の食堂でそんな我が家の団欒が繰り広げられる中で、ナナカさんは所在無さげにじっと座っている。

時折話に軽く相槌を打ったりしながら、でも自分の身をどう割り振れば良いのか分からず困惑しているのが、鈍いこの僕にですら分かるくらいだ。

そうだよな。ほぼ初対面の人達に、知らない人の話で盛り上がられても、さっぱり分かんないもんね。

僕が何か話題を振ってあげないと——などと考えていたら、父様の背後、食堂の壁際に見知った顔が立っている事に気づいた。

「おう、来たかウスケ」

「——来たかとは随分ですね頭領。こうして身を粉にして働いて来た部下に、労いの言葉一つくらいくれてやっても、バチは当たりませんぜ？」

そうだよね。未だ存在感が薄くてハッキリしないけれど、この顔はウスケさんだよね。

「え？」

突然の父様の声で壁へと振り向いたナナカさんは、驚いた顔をして僕の肩へと身を寄せた。

うん。気持ちは良く分かる。

僕も昔はウスケさんにこうやって驚かされては、からかわれていたから。

位置的には、ちょうどナナカさんの真横。

ウスケさんはおそらく、最初からそこにずっといた。

食堂の柱の影になっている壁に背を凭れかけ不敵な笑みを浮かべている彼こそは、亜王院一座の諜報部である『ムラクモ乱破衆』の筆頭にして、『刀衆《かたなしゅう》』の番付き十名の一人である【六刀《ろくとう》】、音葉《おとのは》ウスケさん。

忍び装束の頭巾を被り、ゆるゆるで黄色いド派手な着物を着流して、いつも軽薄そうにヘラヘラと笑っている人だ。

鼻の頭から頬の上の両端にまで真一文字に刻まれた刀傷は、かつて戦場で付けた名誉の勲章と言うのは本人の談。

「あら、ウスケさん。来てらしたの？」

「そういやアンタ、一ヶ月ぐらい前から姿を見なかったね。今気づいたよアタシ」

「奥方様達、そりゃ無いですよ」

ウスケさんは、母様達の言葉に大袈裟にがっくしと肩を落とす。

この人、かなり不思議と存在感が無いんだよね。

派手派手でチャラチャラしていて、いつも里中の女の人に気安く声をかけては怒られているのをよく見るのに、でも居ても居なくても全く気づかない。

乱破衆の、つまりは影の者……だから？

「んでウスケ、どうだったよ」

「はい。近辺の村人達に聞いた限りだと、やっぱり陰では相当貯め込んでるらしいっすよ。あの伯爵」

「だよな。ここ数年ここいらじゃ戦《いくさ》なんざ一戦も無いって言うのに、領民の顔が暗過ぎる。となりゃ真っ先に考えられるのは重税だ」

「大正解。そこのお嬢さ――いや、若の奥様が生まれた時くらいを境に、伯爵領の税の取り立てが二倍三倍と年々増えて行ってるそうです」

ウスケさんと父様の会話に、ナナカさんと顔を見合わせる。

「わ、私――ですか？」

ナナカさんの問いかけに父様はゆっくりと腕を組み、難しい顔でそっと目を閉じた。

「……昔、まだタオが生まれる前に出会った時のスラザウル――伯爵は確かに貴族らしい貴族だった。だがそりゃ良い意味で、だ」

「良い意味？」

僕の問いに、父様は無言で頷く。

僕にはまだ、悪い貴族と良い貴族の区別はつかない。

「清廉って言うか実直って言うか、まぁそんな所だ。アルバウス家は数少ない、この王国の建国時から存在している古い貴族家系だ。だからかあの家は、昔から規律や生き様を何よりも重んじていた」

建国時って、そりゃあ古いな。タツノ先生の座学で習った限りだと、確かこのアルベニアス王国は約千年もの歴史を誇っているのだと記憶している。

「建国当時の王家の傍系ですな。名前もほら、アルバウスとアルベニアスで似ていますし」

ウスケさんが懐から取り出した紙を広げて、忍び頭巾の上からポリポリと頭を掻く。

蒸れているんなら、外せば良いのにな。こだわりなんだろうか。

「近頃アルバウス伯爵家の悪い噂を耳に入れる事が、あまりにも多かったんでな。借金の取り立てついでに探りを入れてやろうと、里を出る前にウスケに情報収集を命じてたんだわ」

里を出る前って、僕らが出発したのはもう一月《ひとつき》も前じゃないか。

この田舎は辺境にあるとはいえ、真っ直ぐ歩けばテンショウムラクモが『今』居る所から三日も掛からない距離だ――あ、もしかして。

「色々と遠回りをしていたのって、ウスケさんの報告を待っていたんですか？」

「お前の修行ついでに、な。何せ辺境である伯爵領は無駄に広い。流石の『音超えウスケ』さんも、たったの三日じゃ大した情報を集められないだろ？」

なるほど、だからか。

わざわざ地元民でも寄り付かない山脈に足を踏み入れたり、冬眠している魔物の巣を突っついたり、盗賊や山賊をしらみ潰しに壊滅させたりと、幾ら父様でもやり過ぎだと思ってたんだ。

暇潰しだったのか。うん、納得。

納得した所で許しはしないけどな！

「頭領、それ絶対イヤミですよね？」

「んで、お早い事に、つい三日前にウスケからの報告が上がって来たんで、俺が直々に屋敷に乗り込んだって寸法よ。まあ、タオの嫁を貰って来るつもりなんかは、全く無かったんだがな」

「頭領、無視しないで下さい」

ウスケさんの非難をサッと受け流し、父様は卓の上にいつの間にか用意されていたお猪口を取った。

今度はトモエ様の手も間に合わなかったのか。

トモエ様がようやく気がついて、ふくれっ面で父様をじっと睨んでいる。

「多少面影は残っちゃいたが、ありゃあ俺の知ってるスラザウルじゃねぇよ。幾ら何でも変わり過ぎだ」

「そんなに、昔と変わってたんですか？」

僕はスラザウル・スマイン・アルバウス伯爵の顔を知らない。

知っているのは、ナナカさんが話してくれた、吐き気を催すほどの悪行だけ。

「やべぇぐらい太っていたな。コロコロコロコロコロとみっともなく。昔は剣の腕も評判で、顔も良いと言われた優男だったんだが、何をどう不摂生にすりゃあ、あそこまで太れるのか。不思議でたまらねぇわ」

「アスラオ様みたいに、毎日お酒を飲みながらゴロゴロしてたんじゃない？」

トモエ様が半目で父様を睨む。

「バカ言え。たかが酒程度の不養生じゃ、あそこまで贅肉に包まれたりしねぇよ。それに俺はこう見えてもしっかり働いてるんだぜ？」

「ととさまがたまにおしごとサボって、みんなからかくれておさけをのんでるの、キララはしってるよ！」

「バカ、キララお前――っ！」

「貴方」

「――すまん」

キラ ラの密告に慌てた所で、もう遅い。

トモエ様だけじゃなくて母様にまで睨まれて、父様は肩を丸くして縮こまる。

里のみんなが頑張って働いてるってのに、何をやってるんだこの人は。

「と、とにかくだ。今日の昼も村の酒場で村人の話を聞いて来たんだよ。伯爵家の悪い噂って奴をな？」

「一緒にお酒も飲んだのでしょう？」

「トモエ、お前の旦那はそこまで信じられない男か？」

「お飲みになられたんでしょう？」

「いや、だからな？」

「――大事な息子の披露宴の前日だっていうのに、準備を全く手伝わずに、楽しくお酒を飲まれましたよね？」

「――飲みました。いやだって、酒場に来て飲まねぇなんて、あまりにも不自然じゃねぇか！」

結局飲んでるじゃん。

「昨日も夜遅くまで飲んでいたのに」

僕はここぞとばかりに、ぼそりと打ち明ける。一回本当に怒られれば良いんだこの人は。

「あら、タオジロウ。それは本当？」

母様がにっこり笑顔で首を傾げて僕に問いかける。

「はい。朝に寝ぼけて僕のお腹を蹴る程度には、酔われていたみたいですよ？」

「あらあらあらあらあら。アスラオ様、旦那様？　大事な長男のお腹を稽古以外で蹴るなんてどういうおつもりか、このシズカに教えて下さいまし？」

怒ってる怒ってる。やーいやーい。

「あ、いや、あの、それはだな」

「姉様、これは本気で禁酒をさせなきゃダメね」

「ええ。半年ほど」

「んな阿呆な、タオてめえ！」

知りません。父様が悪いんです！

筋肉オバケに蹴られて起こされた、僕のお腹の痛みと恨みを思い知るが良いんだ。

「話を戻させて貰いやすよっと。この一ヶ月、オレが足を棒にして走り回って領民に聞いた限りじゃあ、アルバウス家――いや、伯爵個人は隣国アラガマとズブズブっすね」

アラガマって、確か。

僕はナナカさんへと振り向き、その表情を窺《うかが》う。僕と目が合った彼女は浅くコクリと頷き、そのまま暗い表情で顔を伏せた。

「嬢ちゃんの元々の嫁ぎ先だな。今でこそ辺境に追いやられてはいるが、アルバウス伯爵家は王国貴族の中でも、まだ発言力の残っているそこそこの重鎮だ。そんな王の忠実な臣下であるべき貴族が、敵対とまではいかねぇが長年いがみあってる隣国と通じてるってのはさすがに拙《まず》いわな」

「頭領の推測通りでしたな。まぁ出るわ出るわ。やれ娘を無理矢理伯爵家に取られて、アラガマ貴族の使用人として売られたとか、息子が伯爵家の随伴として隣国に連れて行かれたきり、戻って来ないとか、考え得る限りの最悪な話がボロボロ出て来やしたぜ」

僕はその話を聞きながらも、ナナカさんの表情から目が離せない。

聞けば聞く程、知れば知る程に彼女の顔色が悪くなって行くからだ。

自分がそうなっていたかも知れないという恐怖なのか、それとも自分の父親のした悪行を聞いて心苦しいのか。もしくはその両方なのか。

「それで、アスラオ様は結局どうされるのです？」

話が長くて眠くなったテンジロウがよじよじと膝の上に登って来るのを支えながら、トモエ様は切り出す。

「スラザウルの状態が俺の考えている通りなら、まあ話は『本業』に移るわな」

椅子の背に凭れ掛かりながら、父様は天井を見上げてそう言った。

亜王院一座の『本業』。それすなわち、戦。

ああ、そういえば今日ラーシャの背に乗ってやって来た里の人達、全員が刀衆の人だった。何で気がつかなかったんだろう。僕はやっぱり未熟だなぁ。

「ナナカ」

「は、はいっ」

今まで口をつぐんでいたナナカさんが、父様の呼びかけに顔を上げて返事をする。

「明日の披露宴、こっちとしては穏便に済ませてぇ所だが、あの伯爵がどういう態度を取るのかが読めぬ。だから最初に伝えておく」

「……な、何でしょうか」

僕は、明らかに怯えているナナカさんの肩にそっと手を置く。放っておいたら倒れてしまうと思ったから。

「我らは、お前の親父を」

天井から目線をナナカさんに移し、父様はゆっくりとナナカさんに告げる。その目つきは憐れみとも怒りとも、どちらとも取れる複雑な色をしていた。

「殺さねばならぬやも知れぬ」

それが、亜王院一座のやるべきことなら。

◆◆◆◆◆◆◆◆◆

一夜明けて、翌日の朝。

僕は田舎村の郊外へと続く道をのんびりと歩いている。

「ふぁあああああっ」

大欠伸を一つ。とても眠たい。

朝稽古を終えて湯浴みをしていたら、途端に眠気が襲って来たのだ。

昨夜は殆ど眠れなかったからな。

もう『子作り』をする必要は無くなったから、ナナカさんが突然脱ぎ出す様な事は無かったけれど、前日に僕を廊下で眠らせてしまった事を、とても申し訳無く思っていたらしい。

ベッドを誰が使うかで揉めに揉めた結果、もういっその事、二人で寝ちゃえって言う結論になったのだ。

疲れていたのか、ナナカさんはすぐに寝付けたけれど、僕はと言えば知ってしまった『子作り』の知識の衝撃と、自覚してしまった『男女の営み』を意識し過ぎてしまい、隣にナナカさんが寝ていると言う事実に緊張して、全く眠れなかった。

寝返りをうつナナカさんにビクッとしたり、良い匂いが鼻をくすぐってドキドキしたりと、気にし過ぎと言えば気にし過ぎだったかも知れない。

噛み殺した欠伸を口の中で咀嚼しながら、僕は田舎道を先へと進む。

僕らの披露宴の日だっていうのに、父様の稽古《いじめ》は易しくなったりなんかせず、むしろいつもより厳しかった気がする。

「にゃむにゃむ」

昨日の晩に母様達に色々とチクった事、まだ根に持ってるんだ。

自分の子供より子供っぽい人なんだから。本当に父様は仕方がない人だ。

本日の僕らの披露宴は、村の郊外にある大きな空き地で行われる段取りになっている。

大きな円卓とか人数分の椅子とかの設営は里の人達が行なっていて、そこにアルバウス伯爵家の方々や村の住民を招待し、立食会みたいな形にするらしい。

朝も早くから母様やトモエ様が指示を出したり、料理の味をみたりと大騒ぎだった。

ナナカさんは起きたら直ぐに母様に連れて行かれて、お化粧や衣装合わせをしているらしい。

披露宴の始まりはお昼。みんなとても忙しそうだ。

でも、もう一人の主役である僕は、なーんにもやる事が無い。

披露宴って言ったって、僕らが特に何かをする訳じゃない。

父様曰く、『後からやったやってないで文句を言われたくねぇし、貴族家にとっちゃ、持参金も品も料理も出せねぇ血縁の披露宴なんざ、恥でしか無ぇからな』との事で、要するに当てつけで意地悪みたいな物なのだ。

僕らの里流の祝言は後日、日取りの良い日にきっちりやる事になった。

そっちはそっちでやる事があり過ぎて、念入りな準備が必要だ。だから、僕が忙しくなるのは里に戻ってからと言う事になる。

本日の冬空はとても冷たく寒いけど、雲一つ無い快晴。風も大人しく吹いている。

突然過ぎて意識なんか全然出来ていないけれど、僕ら二人の門出の日としては、申し分無いんじゃないだろうか。

「危ねぇぞ！」

「おおおっ⁉」

突然、のんびりした村に似つかわしく無い風体の荒馬車が、背後から僕の側を駆け抜けて行った。

所々穴が開いて煤けて汚れたボロボロの幌《ほろ》に、車体が傾くくらいガタガタの車輪と車軸。

車体なんか分解寸前とも思えるくらいベリベリに剥げていて、振動に合わせて上下に歪み跳ねている。

何とも怪しい印象しか抱けないその馬車は、気性の荒そうな馬の嘶《いなな》きを響かせながら遠ざかって行く。

あれだけ思いっきり走っているという事は、荷物も乗客も載せてないんじゃないか？

だからと言って、こんな広い道でわざわざ歩行者を押し退ける程の速度を出さなくても……。

「あ、危ないなぁ。何だってんだもう」

せっかく気分良く考え事が出来ていたのに、台無しじゃないか。

馬車は、僕の目的地である郊外の空き地とは別の方向へと向かって行った。

確か、向こうには深い森と渓谷があったはず。

この村の近郊には二つの森があって、一つは村人達の狩場でもある、至って普通の森。

多少は魔物も出るけれど、余程深くまで入り込まなければ子供でも問題無い、比較的安全な森だ。

もう一つは、奥の渓谷に妖蛇の巣があると言う、村人も近寄らない禁忌の森。

広く険しい渓谷に隣接したその森は、渓谷から這い出て来た妖蛇が餌を求めて徘徊していて、腕に覚えのある人でも下手すれば命が危ぶまれる場所だと聞いている。

今の馬車が向かったのは、妖蛇の巣がある方の森だ。

その先は両側を険しい山脈に囲まれていて、森に入るしか選択肢のない筈なんだけど、余程の理由でもあるのだろうか。

何か、気になるなぁ……。

◆◆◆◆◆◆◆◆◆◆◆◆◆◆◆◆◆◆

「あらタオ坊。早かったね」

「トモエ様」

着物の両袖をたすき掛けに捲り上げたトモエ様が、両手で大きな籠を抱えている。

ここは披露宴会場。村人達が座る予定の小さい椅子と、円卓が所狭しと並んでいた。

「僕も、何か手伝いますよ」

「なーに言ってんのさ。アンタは今日の主役の一人なんだから、そこでドシッと構えておきなさい。

トウ坊とサエ、もう来てるわよ」

トモエ様はそう言いながら、籠を支えている右手の人差し指でピンと指し示す。

その指先が示す方へと視線を向ければ、協力して円卓に布を敷いている男女二人の姿が見えた。

僕の弟と妹。次男のトウジロウと、長女のサエだ。

「トウ坊ー、サエー。兄上がいらっしゃったわよー」

トモエ様の呼びかけに二人は、若干怖いくらいの勢いで振り向いた。

「兄上！」

「タオ兄！」

パァっと笑顔で表情を明るく変え、僕の弟と妹は元気に駆け寄って来る。

父様譲りの赤毛を背中まで伸ばしている僕と一緒の髪型を、めいっぱい大きく揺らして走るトウジロウなんて、まるで尻尾を振って喜ぶ犬の様。そんなに走ると眼鏡ズレるぞ？

一方のサエは、これまた同じ赤毛を肩より上で切り揃えて後頭部で一本に括っている。こちらは馬の尻尾の様だ。

同じ日・ほぼ同じ時刻に別々の母から生まれた二人は、まるで双子の様にそっくりだ。

「兄上！　この度はご成婚、本当におめでとうございます！」

トウジロウが眼鏡を太陽光にキラキラと光らせて、勢いそのままに僕に詰め寄った。

「タオ兄、おめでとう！」

後から来たサエも、鼻と鼻がぶつかる勢いで僕へと肉薄して来る。

「おっ、おう。ありがとう」

二人のあまりにも激しい勢いに少したじろいだ僕は、思わず一歩後ずさってしまった。

相変わらずグイグイ来るな、この二人は。

僕と同じ母様から生まれたトウジロウは、少し身体が弱い。

運動よりも勉強の方が得意で、父様なんか『馬鹿の親父から大天才が生まれた！』なんて、誰よりもトウジロウを自慢している。

酒が入ると『ウチの次男は凄いぞ！』と言って回るのが、里の大人達が良く知るお約束。

一方トモエ様から生まれたサエはと言えば、まるでトウジロウが持ち合わせていなかった分の体力や気概を備えているかの様に、女だてらに剣を振り回す程元気でお転婆だ。

同い年の男の子達より遥かに腕が立ち、たまに僕の稽古に付き合ったりもする。

荒削りで未熟な点も多々あるけど、時折僕でさえひやっとする剣筋を披露したりと、兄が若干の危機感を持つ程の剣の才を持っている。

この二人は喧嘩も多く、常に言い争ってはいるが、実はとても仲が良い。

大抵一緒に行動しているしね。本人達はそう茶化されるのを何故か嫌がるけど。

「びっくりしました！　兄上が結婚するなんて突然で、また父様の嘘に違いないって！」

「サエもびっくり！　でもタオ兄のお嫁様だから、きっと良い方だよね!?」

待って待って。二人で同時に喋らないで。お前らの兄様、そこまで器用じゃ無いから。

「あ、ああ。お前らはまだ、ナナカさんには会っていないのか？」

おかしいなぁ。衣装合わせは会場近くでやるって言ってたから。とっくに顔合わせを済ましていても、おかしく無いんだけど。

「朝一番でご家族の方々がお見えになったとかで、僕らがご挨拶をする前に父様と一緒に出迎えに行かれたと聞いています」

「シズカ様も一緒だって聞いてる。だからサエ達は出迎えから帰って来たお嫁様の後ろ姿しか見てないの」

アルバウス伯爵と、その家族が？

「そうか、ありがとう。どっちに行った？」

何か、嫌な予感がする。

昨日聞いた伯爵家の悪行と、父様の懸念。それを考えると、どうにも不安がこみ上げて来る。

これは、すぐにでも顔を見に行かないと。

僕はナナカさんの夫になるんだから、ご挨拶をするのもきっと不自然じゃない筈。

父様と母様が付いているのも、きっとそういう事だと思う。

「はい、あそこの家です」

「あそこ、今日の為に家主から借り受けたんだって。前室にしてるとか何とか」

二人が同時に指差したのは、会場の側にあるあんまり大きいとは言えない木造の家だった。

「分かった。ありがとうな」

「はいっ、会場作り、頑張りますね！」

「あっ、トウジずるい！　サエの方が頑張るからね！」

「僕の方が！」

「サエがっ！」

喧嘩をするんじゃない！

何でお前ら二人は、いつも僕の事で張り合うんだ。

ほら後ろ見ろって。トモエ様が笑って見てるぞ？

目線で火花を散らし始めた二人を置いて、僕は教えられた家に向かう。

ん？　あの家の前に立ってるのは、ウスケさんと――リリュウさんだ。

刀衆の【六刀《ろくとう》】と【三刀《さんとう》】が二人も揃って、一体何をやっているんだろう。

「ウスケさん、リリュウさん。おはようございます」

家の扉を挟むように立っている二人に挨拶をする。腕を組んで立っている二人は、まるで門番みたいだ。

「おはようです若。今日は良い天気になりやしたね」

ヘラヘラと笑いながら、ウスケさんが僕に手を振った。

「……若様。もう少し暖かい格好をされた方が。ここいらはまだまだ冷えますゆえ」

「い、いや。稽古あがりで湯浴みも済ませたんで、大丈夫ですよ？」

口元を顎当てで隠した、目つきの鋭いこの人は斬斬《ざんぎり》リリュウ。

こと対人戦にかけては無類の強さを誇る、刀衆でも指折りの実力を持つ三の刀。

人呼んで、『人斬り龍』。

すらりと背も高く、漆黒の長い髪で無言の威圧感を醸し出している、寡黙な人だ。

僕の剣の師匠でもある。

「何をしてるんですか？」

「一応、警護っすね」

「……今到着していて手の空いた刀衆が、俺らしか居なかったのです」

そういえば一月前、僕が里を出発する時には、リリュウさんは任務に出て不在だったな。

刀衆の【番付き】十名が全員、一堂に会する機会なんて、年末年始の神事の時くらいしか無い。

その年末も、急ぎの任務で二・三人が出払ってる事もザラで、この二人が一緒なのを見たのはもしかしたら初めてかも知れない。

ペラペラといつも煩いウスケさんと、無口で時々しか喋らないリリュウさん。

本当に、対照的な二人だ。

「ご苦労様で――」

『――何て事を!!』

二人を労うべく声を掛け様としたら、家の中から大きな怒声が響いた。

この声は――ナナカさんだ。

「あっ、若！」

僕は挨拶もそこそこに、ウスケさんの制止を振り払い、急いで扉を開ける。

まず目に入って来たのは、大きな斧だった。木こりを営んでいる人の家なのだろうか。壁に立てかけられているその斧は、良く手入れがされていて、見た感じ状態も良い。

「このっ、ひとでなし‼　人殺し‼」

一枚壁を隔てた隣の部屋から、またもナナカさんの大きな声が聞こえて来る。

涙を堪えた悲鳴にも似た声に居ても立っても居られず、急いで部屋に飛び込んだ。

「どうしたんですか！」

慌てて飛び込んだ室内には父様や母様、そして見知らぬ三人の女性に囲まれたナナカさんの姿があった。

上質な絹で誂えた真っ白な着物に、綺麗に纏められた髪型。

披露宴に向けての化粧を施されたその顔はとても青白く、そして涙に濡れている。

「あの子にそんな事を言ったらどうなるかくらい、貴女方は知っていた筈です！　どうしてそんな事が出来るんですか⁉　仮にも貴女方を姉様と呼ぶ、小さな小さなあの子に、何でそんな真似が出来るの⁉　一体あの子が何をしたと言うのよ！」

鬼気迫る、というのはこういう顔を言うのだろうか。

今にも飛び掛からんばかりのナナカさんの勢いに、まだ事情を知らない僕ですら怖気付いてしまった。

ナナカさんが声を張り上げた先には、露出度の高い悪趣味でド派手なドレスを着た、感じの悪そうな顔の女の人が三名。

赤・青・黄色と色を揃えた、これまた悪趣味な程豪華に輝く多数の宝飾品を、これでもかと身に付けている。

「はっ、人の所為にしないで欲しいわ。悪いのは、すぐに嘘だと分かる様な話を信じて、真っ先に飛び出していったあの子じゃない。私達の嘘なんて可愛い物よ」

「そうそう。しかもあながち嘘でも無いのよ？」

「『祝い花を貰えない花嫁は幸せになれない』なんて、アルバウス領の子供なら誰でも知っている話だわ」

「そこら辺の花でも毟って花束にすればそれで良いのに、それすらも知らないなんて、ほんと無知で馬鹿な子よね」

「わざわざ妖蛇の巣にしか生えていない花なんかを取りに行ったら、命が幾つあっても足りないなんて、普通ならすぐに気づく筈です」

「そんな事も教育していないなんて、姉である貴女が悪いんじゃなくて？」

あらかじめ話す順番でも決めていたのか、三人のド派手な女性は入れ替わり立ち替わり交互に話す。

ちょっと待て。今なんて言った？

妖蛇の巣にしか生えていない花、とか言った？

「あの子はまだ四つなのよ!?　そんな話を知っている訳無いじゃない！　それに、あの子を屋敷の外に出してくれなかったのは、貴女達やお父様じゃないですか!!　私達は誰とも会えず、誰からも何も教えて貰ってなんか居ないのに!!」

話が見えない。ていうか、ナナカさんは多分、僕が入って来た事にも気付いていていない。

「仕方が無いであろう。あの娘が自ら御者に命じて飛び出して行ったのだからな」

暗い部屋の奥で偉そうに座っている恰幅の良い——と言うより明らかに肥満過ぎる体型の男性の存在に、僕はその時ようやく気付いた。

鬱陶しいと感じるほどの量の髭を摩《さす》りながら、不機嫌そうにお茶を飲んでいるこの人が……スラザウル・スマイン・アルバウス伯爵？

その後ろで我関せずと控えている、二人の中年女性は誰だ。

化粧と香水の匂いが濃過ぎて、見た目は小綺麗な身なりなのに、ヤケに醜く感じる容貌をしている。

「アルバウス家の使用人が私やヤチカの命で動く筈がっ——ま、まさかお父様方は、その場面をご覧になられていたのですか!?」

ナナカさんは怒りでわなわなと震えながら、ふらふらと覚束無い足取りで伯爵らへと躙《にじ》り寄る。

現実を信じきれず、縋る様に差し出された両手はとても弱々しくて、僕は思わず駆け寄ってその身体を支えた。

「ナナカさん、ナナカさんっ！　僕です。タオジロウです！　どうされたのですか!?」

「た、タオジロウさ……ま……」

その顔面は病的なまでに、蒼白。

せっかくの綺麗な化粧も、今の彼女の表情を華やかに彩るには及ばない。

はっきりと見て取れる、余りにも深い絶望の色が、僕の心臓をぎゅっと握り締めた。

「タオジロウ様——タオジロウ様ぁ！　ヤチカが、私の妹が死んでしまいます！　私の妹がぁ！」

僕の胸に顔を埋めて、ナナカさんは頽《くずお》れた。

「しっかりして下さいナナカさんっ！　父様、一体何があったんですか⁉」

窓際に並んで立っている父様と母様へと顔を向けると、そこに見えた表情は嫌悪。そして忿怒《ふんぬ》。

父様の目はギラギラと怒りに燃えて、眉は吊り上がり、眉間に寄せた皺が深く刻まれている。

いつも穏やかな表情を絶やさない母様ですら、今は冷たく凍り付くような視線を伯爵とその家族へと向けていた。

「——屑野郎共が」

父様が呪詛の様な侮蔑の言葉を小さく吐いた。

「シズカ、タオジロウに説明してやれ。俺はアレを取りに行って来る。直ぐに戻る」

「ええ。任せて下さい貴方」

父様はそれ以外一言も発さずに、そのまま扉を開けて部屋の外へ出て行った。

母様はそれを見届けてから、僕らへと歩み寄る。

「ナナカ、落ち着いて下さい。今ならまだ間に合う筈です」

そう言って母様は、僕の胸に顔を埋めたままのナナカさんの背中を優しく支え、撫でる。

「シズカ様ぁ。い、妹が、妹が。ヤチカぁ」

ナナカさんが僕から離れて、母様へと凭《もた》れ掛かった。

僕は、なんて頼りない。

こんな時に、お嫁さんになる女性《ひと》の身体すら、満足に支えてあげられないなんて。

「ええ、ええきっと大丈夫。大丈夫です。タオジロウ、母の話を良く聞きなさい」

「は、はい」

普段の優しい声ではない。こんな険しい母様の声は、生まれて初めて聞いたかも知れない。

僕は自然と背筋をピンと正して、母様へと身体ごと向き直る。

「愚かな姉達とその父母の汚い言葉に騙されて、貴方の幼い義理の妹が、自ら死地へと向かってしまいました。貴方にはナナカの夫として、そして一人の男として、その子の命を守る義務があります。母の言っている事が、賢い貴方なら理解出来ますね？」

つまり――それは。無理矢理思考の回転を速め、考える。

この部屋で拾った断片的な会話や状況を、必死になって汲み取り、組み上げる。

そこに居る三人の女性は、おそらくナナカさんの腹違いの姉。

その後ろで目を閉じて、我関せずと立っている二人が、その姉達の母――ナナカさんにとっての義理の母なのだろう。

婚礼祝いの祝い花。

昨日、僕がキララから貰ったあの花束……この領で祝い事の際には必ず用意するそれを、この人達はわざと用意しなかった。

そしてヤチカちゃんに、こう伝える。

『祝い花すら貰えない貴女の姉は、きっと幸せになれない。だから、今から貴女が取って来るの。花の咲く場所はこの先の森にある妖蛇の巣穴の中。今は妖蛇達も冬眠の最中だから、きっと貴女でも取って来れる』

憶測でしか無いけれど、多分合っていると思う。

そして姉達の命を受けた伯爵家の御者が、ヤチカちゃんを森へと送り届けた。

——さっきすれ違った荒馬車！

アレにヤチカちゃんが乗っていたに違いない！

「……母様、ヤチカちゃんは、一人で森へ行ってしまったのですか？」

確認を取る。

詳しい経緯《いきさつ》なんかはどうでもいい。

幼い女の子が一人で危険な場所に行ったのか、行っていないのか。今はそれだけが判れば、それでいい。

「その通りです」

母様が真剣な顔で頷いた。

沸騰。

僕の血が、意識が、思考が、一瞬にして沸き立つ。

視線をゆっくりと、伯爵とその周りに居る女性達へ向けた。

「ひいっ」

一番年若い女が、僕の視線に気付いて小さな悲鳴を上げた。

「——何故、そんな真似をした」

自分でも驚く程に、無機質な声が出た。

僕の中のありとあらゆる感情が蒸発し僕の中には今、一つの色さえ失った激しい怒りしか残っていない。

「――答えろ。何故、義妹を騙した」

僕の中にこれ程の熱量を秘めた怒りが存在していたなんて、今まで知らなかった。

「わっ、ワシらは何もしとらんではないか！　ヤチカが、あの娘が勝手に出て行っただけの事よ！」

「そっ、そうよ！　あんなたわいも無い可愛い嘘を信じる方が、どうかしてるんだわ！」

「私達は何も悪く無いわ！　何よその目！　伯爵家に向けて良い目じゃないわ！　無礼よ！」

ギャーギャーとやかましく、人でなしたちが醜い言い訳を並べ立てる。

「タオジロウ」

いつの間にか部屋の扉の前に、父様が立っていた。

右手に持つのは見覚えの無い、一本の刀。

「行け」

短くそう言いながら、父様は赤銅色の鞘に収まったその刀を僕に差し出す。

「これは今日、結婚祝いとしてお前にやる筈だったお前の刀だ。お前と同じ産湯に浸かり、お前と同じ年月を掛けて打ち叩かれ、そして磨かれたお前自身だ」

僕はゆっくりと父様へと近寄り、両手でその刀を受け取る。

鞘紐を解き、刀身を検める。

反りは無く、刃《は》は諸刃。何の鋼を使ったのかは分からないけれど、その色は深く濃い空色。

つまりは蒼《あお》。亜王院《ぼくら》の色だ。

「ヤチカはお前の妻となるナナカの妹。つまり、お前の縁者だ。助けに行くのは他の誰でも無いお前であるべきだ」

そう言って父様は、僕を通り越して部屋の奥へと進む。

「スラザウル」

その眼前には、怯えた表情で慄く醜い人でなし達。

「——いや、アルバウス伯爵よ。我らをして『鬼』畜と言わしめる貴様らの所業、最早反吐すら出尽くした。この沙汰はヤチカが無事に戻ってから付けよう。楽には死ねんぞ。覚悟致せ」

「ま、待て！　あの娘を唆したのはコイツらであって、ワシではない！」

——っこの豚野郎！

此の期に及んで一体何を!!

「タオ」

今にも飛び掛からんとする僕を、父様のドスの利いた声が制する。

「今は良い。お前のやるべき事では無い」

「は、はい」

そうだ。僕はヤチカちゃんを、迎えに行かなければ。

「タオジロウ様！　私も！　ナナカも連れて行ってくださいまし！」

母様に抱かれたままのナナカさんが、僕へと目一杯に手を伸ばす。

「で、でも」

「お願いします！　あの子はきっと私を呼んでいるんです！　可哀想に震えてっ、助けてって姉様を呼んでいるに違いないんですっ！　私がっ、あの子をっ！」

そうか。

ヤチカちゃんが待っているのは、まだ顔も知らぬ僕ではない。最愛の姉様、ただ一人だ。

「タオ」

「は、はい」

再び父様に呼ばれた。何時もみたいに不敵な笑みを浮かべ、そして右手の親指を地面に向けてくるりと回す。

「貴様の『禁』を解く許可を出す。連れて行っちまえ」

「――はい！」

そうだ。それなら、僕は全てを守れる。

「ナナカさん！」

「はっ、はい！」

彼女に一歩近づき、その手を取る。

「全力で走ります。絶対に手を離さないで」

「――っはい！」

その声を合図に僕はナナカさんを抱き上げ、駆ける。

待っててください。まだ見ぬ義妹《いもうと》よ。

貴女の姉様が、今貴女を迎えに行きます！

鬼の角・ゆびきりの日

◆◆◆◆◆◆◆◆

ナナカさんの身体を横抱きに抱えて、僕は頭から窓に突っ込んだ。

扉を開けて外に出る時間も惜しい。

もちろん散乱するガラス片に、激しく飛び散る木片。だが、僕の『鬼気《きき》』でその全てを燃やし尽くし、ナナカさんには傷一つ許さない。

ナナカさんは瞼をギュッと閉じて、僕の首に両腕を回して身体を強張らせている。

その姿を一度ちらりと確認してから着地した僕は、すかさず地面に踏み込んだ右足に全力を込めた。

跳躍の一歩。

地面を抉り、大量の土砂と共に僕の身体は宙を舞う。

「――っ！」

その衝撃で彼女の身体が一度大きく揺さぶられるが、僕の腕がしっかりとその身体を保持している。だから大丈夫。

空を悠々と飛ぶ大きな鳥を、猛烈な勢いで追い越した。

鷲に似た黄色いその鳥は、突然現れた僕に驚き、体勢を崩して地面へと真っ逆さまに落ちて行くが、墜落する直前で何とか持ち直す事が出来たようだ。

気持ちよく飛んでいたのに、邪魔しちゃってごめんね。

急いでいるんだ。事は一刻一秒を争う。

今は何を置いても、ヤチカちゃんの無事が最優先。

「た、たお……さま」

震えて力の入らないであろう身体に気力を込めて、ナナカさんは僕に一層しがみ付く。

「舌を噛みますから、今は喋らないで――」

風の壁を一つ超える。

その衝撃は、鍛えている僕なら何て事無く耐えられるものだけれど、鍛錬をしていない弱々しい彼女には、とんでも無い負担だろう。

だから、あらかじめ彼女の身体には僕の『鬼気』を纏わせている。

触れられるくらいに分厚い鬼気で包めば、衝撃はかなり緩和される筈だ。

これで、何とか耐えられるだろう。

「――ヤチカは、泣かないんです」

未だに青白い顔のナナカさんが薄く目を開き、僕の胸の中でぼそりと小さく零した。

僕の良く出来た耳は、けたたましい風の音の中でも、その声をしっかりと聞き分ける。

「――あの子はまだ四歳だと言うのに、泣かないいんです。自分が泣けばまた、私が痛め付けられる事を幼いながらに知っていて、どんなに痛くてもどんなに怖くてもどんなに心細くてもっ、あの子は絶対泣かないいんですっ」

「――うん」

跳躍の切り返し。再び地面を蹴った僕の左足からの振動で、ナナカさんの身体がまた大きく揺れる。

その度に彼女は僕の胸に深く顔を埋め、身体を痛めつける衝撃を堪える。

「スカートの端をギュッと握って、小さな唇を痛々しいまでに噛み締めて。あの子はあんなに小さいのに、我慢しているんです」

「――うん」

焦っていても、急いでいても、僕は彼女の言葉にちゃんと返事をする。

きっと今、怖くて怖くてたまらない筈の彼女が、己を鼓舞するべく勇気を振り絞っているのだから。

だから僕は、そんな強くて偉い彼女に応えてあげないといけない。

「あの子はっ、お母様の顔も朧げにしか覚えていないのにっ、姉である私にすら満足に甘えられないんですっ！　僅かでも隙を見せれば、また私が痛め付けられるってっ！　あの子は知っているから！」

止め処ない涙は、自身の不甲斐無さから来るのか。

僕の身体に縋り付く様に回されているその手が、拳が、手のひらに血が滲む程にギリギリと強く握られている。

細く華奢な彼女の身体の、その全ての力が姉としての自分を呪っている。

誰よりも護りたい存在を、護りきれなかった無念と悔しさで、自分自信に憤《いきどお》っている。

僕は強く彼女を抱き締め、その金色の頭に顔を埋めた。その耳にしっかりと、言葉を伝える為に。

「大丈夫。大丈夫です」

言葉だけじゃ足りないかも知れない。

だけど、こんな時に言葉すら掛けられない、そんな男にはなりたくない。

「これからは僕が護ります。貴女も、貴女の大切な物も。誰にも絶対に傷付けさせません」

耳元で優しく、だけど確かに強い言葉で誓う。

届いてくれ。せめて少しだけでも、その涙を希望で押し留めたい。

「タオ……ジロウ……さまぁ」

これは僕とナナカさんの一生涯の約束。

婚姻でも契約でも無い、只の口約束だけど、魂に誓う僕の覚悟。

儚く、脆く、そしてこれ程までに健気なこの女性《ひと》の涙など、金輪際見たくない。

だから、僕が護るんだ。

もう一度、その身体を強く腕《かいな》に抱き直し、僕は風を置き去りにして空を駆ける。

妖蛇の森はもう、すぐそこだ。

やがて見えて来た森の中に、一際大きな一本の大木が目立つ。

「ナナカさん、上に跳びます」

「——え？　きゃっ!!」

大木の根本から直上へ。

急制動からの急上昇に、胸の中でナナカさんが短い悲鳴を上げた。

ほぼ垂直に跳び上がり、木の突端付近の枝に努めて優しく着地する。

短くも太い生命力に溢れたその枝は頼もしくしなやかで、僕ら二名分の体重を乗せても多少揺れただけだ。

すぐに目を凝らして、周囲を注意深く観察する。

妖蛇の巣は何処だ。

僕の知っている妖蛇と同じ生態であれば、本来の巣を悟られぬように、幾つもの似た様な穴を掘っている筈。

それを少しでも絞り減らす事が出来れば、僕の『鬼術』で巣の内部を探査出来ると思うんだけど。

キョロキョロと忙し無く、だが何一つ見落とさない様にじっくりと見ていると、森の奥の渓谷に、見覚えのあるボロボロの馬車を発見した。

あれだ。さっきすれ違った幌馬車。

あれがヤチカちゃんを運んだ、伯爵家の馬車に違いない。

「見つけました」

「ど、どこですか!?」

返事もそこそこに改めてその身体を強く抱きしめた僕は、両足を折り曲げて力を溜め、木の枝から高く跳び上がる。

突然の跳躍に驚いたナナカさんが、また身体を強張らせる。

森の上空を、木々の枝から枝へと跳び移って行く。

渓谷付近の上空には鳥型の魔物が何匹か居たが、殺気を込めて睨むと一目散に逃げて行った。

魔物と言えど鳥は警戒心が強い。自分より強いと本能に知らしめたら、決して襲い掛かって来る事は無い。

無駄な争いは避けるべきだ。時間が惜しい。

更に前へ前へと跳び進み、やがて渓谷へと辿り着いた。

「あの馬車、見覚えありますか？」

岩の地面に優しく着地して、少し離れた場所に停車していた馬車の姿をナナカさんに見せた。

「あ、あれです！　伯爵家の一番古い馬車で、もう使い物にならなくて廃棄する筈だったのに、私達への当てつけで使い続けている馬車です！」

一体何なんだ伯爵家の連中は。底意地が悪いにも程があるだろう。

「少し隠れていて下さい」

抱えていたナナカさんをそおっと地面に降ろして、見つからない様に迂回しながら馬車の御者台へと近づく。

そこに座って居たのは、いかにもガラの悪そうな中年の男性だった。

決して良くない誂えのシワシワの服に、穴の開いたボロボロの頭巾を被っている。

馬車を引く老いた馬の手綱を持ちながら、巻きタバコを燻《くゆ》らせて暇そうに欠伸をしていた。

僕は先程父様から頂いた刀を背中に隠しながら、そろそろと御者の背後へ回る。

「おい」

「うおっ⁉」

声を掛けたら、驚いて飛び上がった。

キョロキョロと辺りを見渡して突然放たれた声の出所を探している。

「な、なんだなんだ⁉」

「こっちだ」

再び声を掛けてやると、ようやく僕を見つける事が出来た御者は、顔を見るなり分かりやすく安堵し、胸を撫で下ろす。

「な、なんだよ坊主。驚かせんなって。な、何の用だ？」

「アンタこそ、こんな辺鄙な場所で、一体何をしているんだ？」

冷や汗を掻きながらタバコを吸う中年御者に、少しずつ歩み寄る。

目的は、ヤチカちゃんの居場所を聞く事。

今の僕の鋭敏な感覚で、既に馬車の荷台にヤチカちゃんが乗っていない事は分かっている。

この御者は、ヤチカちゃんが何処に向かったかを知っている筈だ。

「お、おうよ。ちょ、ちょっとした野暮用でな？」

何かを察したのか、御者がじりじりと尻で御者台を後ずさる。

「そうか。その野暮用ってのは、幼い女の子をここまで連れて来る事か？」

「なっ——ひっ！」

充分近づいた事を確認して、僕は鞘に収めたまま刀の切っ先を御者に向けた。

少し前に突き出せば、鼻の頭を小突ける距離だ。

「答えろ。その女の子はどこに行った」

父様に比べたらまだまだ未熟だし、今の僕の身体は『禁』が施されたままなので、大した力も出せないが、鬼術の一種である鬼瞳術《きどうじゅつ》はある程度学んでいる。

「う、うわぁあああああっ！」

「黙れ、黙らねば殺す」

今放っているのは『威圧』の瞳術《どうじゅつ》。

「——っ、たっ、助けっ」

「質問に答えろ。女の子は何処だ」

抵抗する術を知らないこの御者には、僕の姿がとても恐ろしい物に見えている筈だ。

ある程度の鍛錬をしている者には殆ど効果が無いが、とても強者には見えないこいつはまるで心臓を鷲掴みにされていると錯覚する程の恐怖を感じているだろう。

そしてこの瞳術は、深く深く術を施せば、掛けられた者の本心を暴き出す事が出来る。

「さっ、さっき！　一刻程前に渓谷の中に入って行ったたっ!!」

ちっ。遅かったか。

刀の先で御者の顎を持ち上げる。

「ここがどんな場所か、お前は勿論知っている筈だな。どうして止めなかったんだ？」

「しっ、仕事なんだ！　あのガキをここに送り込むのがっ、俺の仕事！」

なるほど、これでこの男に掛ける情けは消滅した。

「そうか。それでその仕事って言うのは、一体どれくらい儲かるんだ？」

また『威圧』を重ねて施す。湧き上がるこの男への怒りが僕の思考を煮え立たせた。

術の支配下に置かれた男は夢に浮かされた様に小刻みに震え出し、混乱から来る汚らしい笑みを浮かべ始めた。

「へ、へへへっ。きっ、金貨二枚だ！　あのガキ一人を妖蛇の巣に放り投げて、逃げない様に少し待機して見張っているだけで、俺の日当一年分だぜ⁉　まぁ、アイツは俺が睨み付けたら勝手に怖がって渓谷に入ってってたけどな！　だはははははっ！」

金貨二枚。たったのそれだけで、ヤチカちゃんをこんな危険な場所に、一人で。

「三途の川の渡し賃にしちゃあ、充分過ぎたな」

もう良いだろう。この男は、もう存在を許されない。

「へ？」

薙ぐ。

汚い笑みが良く似合うこの下衆には、貰ったばかりの刀を振るう事すら勿体無い。

鞘に刀を納めたまま、首の付け根を横一文字になぞった。

「閻魔の前でも、同じ事を言うんだな」

「あ――くぁああ？」

その喉元から漏れ出す空気音は口から吐き出された奇妙な声と同時に鳴り、御者の頭が身体を離れ、どさりと地面に落ちた。

振った刀でそのまま続けて、馬を繋いでいる手綱や馬具を斬ってやる。

遅れて噴き出た血を浴びる前に、僕は踵を返してナナカさんの許へと戻った。

自由になった馬は一回高く嘶《いなな》くと、僕に礼をする様に一度頭を下げてから森へと颯爽と走って行った。達者でやれ。

「た、タオジロウ様？」

岩の陰から一部始終を見ていたナナカさんが、青ざめた顔で僕を見る。

「すいません。怖い場面を見せてしまいました。あの男は正真正銘の屑です。ここで野晒しにしておきましょう。失礼します」

彼女の返事も待たずに、もう一度その身体を横抱きに抱える。

「ヤチカちゃんはこの先です。急ぎましょう」

「は、はい」

こくんと頷いたナナカさんの顔を確認して、僕らは渓谷の中へと踏み込んだ。

「――こ、これは」

ナナカさんがその光景に息を呑み、そして軽く絶望する。

渓谷の両側に切り立つ崖には僕の予想通り、夥しい無数の穴が開いていた。

ただ予想外だったのは、穴の数が多過ぎる事。

崖肌いっぱいに気持ち悪い程穿たれたその穴は、一つ一つが妖蛇の巣か、偽物。中で繋がっているかも知れないし、独立してるのかも知れない。

厄介な。

「や、ヤチカ……？　ヤチカっ！　お願い返事をしてヤチカぁ！」

喉が張り裂けんばかりに、ナナカさんは何度も何度も妹の名前を叫ぶ。

だが、一向に返事は帰って来ない。

僕はナナカさんの声の残響を聴きながら、五感に意識を集中させる。

数百と並ぶ巣穴を端から端まで嗅ぎ分け、聞き分ける。

見つけた。

獣と木々と岩の匂いが充満するこの場で、一筋だけ流れる花の様に澄んだ爽やかな香り。ナナカさんと同じ匂いだ。

「こっちです！」

「――きゃっ！」

ナナカさんは急に動いた僕に驚いて声を上げる。

匂いの筋を辿って行くと、他の穴に比べて一際大きな巣穴に出食わした。

「入ります」

「は、はいっ！」

一度だけ確認を取って、返事もそこそこに巣穴へと跳び込む。

「暗くなります。怖がらなくても大丈夫ですから」

「わ、私！　灯火《ともしび》の法術が使えます！」

そう言って彼女は両手を組み、目を閉じる。

やがて僕らに付き従う様に、大きな明るい球体が、何も無い中空に浮かび上がった。

「法術が使えたんですか？」

「ゆ、癒術も……少しだけ。前の屋敷では本しか娯楽が無かったので」

凄い。独学で、しかも本を読んだだけで法術や癒術を使える様になるなんて。

然るべき場所で然るべき人に学び、それでも限られた一握りの人しか開花出来ない筈の才能を、この女性《ひと》は辛い境遇から独学で花開かせた。

尊敬に値する。

「トモエ様が里で一番法術について詳しく、そして一番の使い手です。機会があったら教えてくれる様に頼んでみますね？」

「は、はい」

その時は、ヤチカちゃんも一緒だ。

暗く冷たい巣穴の中を、ナナカさんの創り出した光球を頼りに進んで行く。

牙と鱗で削られたゴツゴツとした岩肌はとても鋭利で、下手に肌を擦り付ければ酷い傷になるだろう。

小さな女の子がこんな暗い場所を、一人で進んで行ったのか。

途中、何度か分岐点に突き当たった。

その度に僕は鼻を鳴らして匂いを嗅ぎ分け、耳を澄ませて音を聞き分ける。

奥に行けば行く程、ヤチカちゃんの匂いは濃くなっていく。

その匂いを標《しるべ》にして、迷う事なく真っ直ぐに、僕達は暗い巣穴を奥へと歩く。

穴は緩やかな下りの斜面になっていて、既に大分地下へと潜っていた。

おかしい。幾ら何でも子供の足でこんな場所まで来られる程、時間は経っていない筈だ。

やがて大きく広まった空洞に出た。ヤチカちゃんの匂いはここで途切れている。

だけど——感じる。

数え切れない数の妖気が、僕らの周りを取り囲んでいる。

壁に幾つも開いた小さい穴。その一つ一つに、大小様々な無数の蛇が潜んでいる。

大空洞とでも呼べば良いのか。その中心で足を止めてナナカさんをそっと降ろした。

「僕から絶対に離れないで下さい」

「はっ、はい」

ナナカさんの前に出て、匿うように背中に隠す。

刀を鞘から抜いて、片手で構えた。

「これ、持っていて下さい」

「か、かしこまりました」

鞘をナナカさんに預けて、周りを見渡す。

どこだ。どこに居る。

匂いは確かにここにある。しかも、まだ新しい。

右、違う。

左、いやそうじゃ無い。

後ろ……いや、前か？

どちらでも無い。

精神を研ぎ澄ませながら、耳に全神経を集中させる。

「——上かっ！」

柔らかいモノが擦れる音を感じ取り、僕は頭上を見上げた。

ナナカさんの操る光球が僕の首の動きに合わせて天井を照らす。

「——っヤチカぁ！」

見上げた先には、大きくとぐろを巻いた巨大な蛇の顔。

真っ赤に染まった邪なる瞳で、僕達を真っ直ぐに睨んでいる。

ベロベロと揺れる舌先のその口元の端。

鋭く鈍い光を放つ牙に引っ掛かっていたのは。


泥で汚れた無残な姿の、小さな女の子——ヤチカちゃんだった。


僕は刀を両手に構え、真上に跳躍する。

「ふっ！」

跳んだ勢いのまま、下から掬い上げる様に刀を振るう。

今まで稽古で使っていた竹光とは比較にならないほど、この新しい刀は僕に馴染んでいる。

『シャアアアアアッ！』

「はぁっ！」

顎《あぎと》を開けて襲い掛かろうとする大きな妖蛇に先手を打って、その頭を縦に真っ二つに切り裂いた。

「捕まえたっ！」

下顎の牙にぶら下がっているヤチカちゃんを出来るだけ優しく掴んで、引き抜く。

良かった。息はある。

身体が牙に貫かれている様にも見えていたけれど、ブラウスの端っこが引っ掛かっていただけのようだ。

大妖蛇を断った切り口から、どす黒い血液が噴き出して周囲の岩肌に巻き散らばる。

饐《す》えた不快な匂いと何処か耳障りな水音を鳴らし、そしておどろおどろしい煙を立ち上らせながら、岩肌が焼け付く様に溶けて行く。

これは——毒か？

すぐに地面に着地して、手早くナナカさんを小脇に抱えると、後ろに大きく跳躍した。

少しの時間を置いてゆっくりと、天井から溶解性のある血液と共に大妖蛇の頭部が落ちて来る。

下顎から眉間までをぱっくりと割られた状態では、流石の大妖蛇もすぐに絶命した様だ。

後から落ちて来た胴体部分が、しゅるしゅると大妖蛇の頭の上でとぐろを巻いていく。

「ヤチカっ！　ヤチカぁ!!」

抱えられた状態のままナナカさんはヤチカちゃんへと縋り付いた。

僕は二人を地面にそっと降ろして、また刀を構える。

「あぁ——ヤチカぁ。ごめんねぇ、ひっく、怖かったよねぇ。いっ、痛かったよねぇ？　ふぅっ、ねっ、姉様が、ヤチカの側に居なかったからだよねぇ。あぁっ、あああぁ。可哀想にっ」

ポロポロと大粒の涙を零しながら、ナナカさんはヤチカちゃんの身体を持ち上げて、穏やかに目を閉じるその顔に強く頬ずりをした。

小さい。本当に小さな女の子だ。

姉と同じ金髪で、その長さは肩口まで。真っ直ぐな髪のナナカさんと違いふわふわと巻いていて、まるでタンポポの綿毛の様だ。

ぷっくりとした可愛らしい頬は、今は泥と擦り傷から流れた血で汚れている。

ワンピースに付着した泥やその身体の傷を見る限り、彼女はここまで蛇に引き摺られて来たのだろう。

巣穴の入り口からこの大空洞まで、こんな小さな子が短時間で辿り着くとはとても考えられない。

手に固く握られているその白い花は、渓谷の至る所に咲いていた物だ。

つまり、ヤチカちゃんは洞窟の外で花を摘んでいた最中に蛇に襲い咥えられ、ここまで引き摺られて来たのでは無いだろうか。

酷い。酷過ぎる。

「今っ、治してあげるからね。姉様が絶対に治してあげるからね」

ナナカさんはヤチカちゃんを強く抱き締めて、涙で濡れた目を閉じた。

その身体が、淡く綺麗な緑色の光を発する。

癒術《ゆじゅつ》だ。

教会の秘匿する【回復の奇跡】や、法術使い達が数人がかりで行う【大回復】の術式とは違う、とても珍しく強力な術――だったと記憶している。

僕自身が法術なんて使えないから、あんまり詳しく無いけれど、癒術とは才ある者が何年も何年も修行して、ようやく修める事の出来る極めて高度な技法だった筈。

「だ、大丈夫ですか？」

恐る恐る、二人の顔を覗き込む。

「はっ、はぁっ。はいっ。大丈夫——です」

とてもそうは見えない。

癒術はどうだか分からないが、法術による治癒とは、術者の体力と気力の消耗がとても激しい術だった筈。

トモエ様みたいに元気で、しかもちゃんと毎日の修行を怠っていないならまだしも、ナナカさんは何というか——体力とかそういうのは心許無い印象。

しかもヤチカちゃんの怪我は全身の広範囲に亘っている。

その全てを癒すなんて、果たして体力が保つのだろうか。

何か、僕に出来る事は無いだろうか。

だが。

「——その前に」

僕は刀をもう一度構え直して前を向く。

先程斬り殺した大妖蛇の、子供達であろう。

壁一面にポコポコと開いた穴。その中には夥《おびただ》しい数の子蛇達が蠢いている。

母の仇、か。

なるほど、一理も二理もある。

お前らの母を殺《あや》めた、この僕へと向ける憎しみ。

それは間違いなく、僕の咎《とが》だ。

その恨みと殺気を込めた視線には、筋と道理がある。

ならば来い。だが忘れるな。

ここで死ぬ気も無ければ彼女達を死なせる気も無い僕は、例え仇討ちだろうが容赦なく反撃する。

小蛇共《おまえら》には悪いが、これも巡り合わせ。

合縁奇縁の果てに殺し合うが定めなら、せめて苦しまない様に殺してやるのが僕の情けだ。

僕とナナカさんの間に、視界の中だけで架空の線を一本引いた。

「ナナカさん、絶対にそこから動かないで下さい」

この線が、最終防衛線。

この線を蛇が一匹、例え僅かでも越える様な事があれば——僕の負けである。

「タオジロウ……様？」

奴らの強さなど、正直大した事は無い。

父様に連れられて、この程度の妖蛇退治なら今までに何度か経験している。

本当なら、『禁』が施された状態の僕でもたやすく殲滅出来るが、今回はもしもすら許されない。

だから僕は生まれて初めて——本気で刀を振るう事にした。

「六十九代目当主、亜王院　阿修羅王《アスラオ》の名において——この戒めを解く」

解呪の一行目を唱えると、僕の両腕に彫られた禁呪の紋が白く輝いた。

「亜王院《アオオニ》が戦鬼」

僕の両ふくらはぎに彫られた禁呪の戒めが、わなわなと胎動する。

「禁じられし我が名は、亜王院　倒士郎《タオジロウ》」

僕の背中と腹に彫られた禁呪が、急速に熱を帯びる。

「――いざ、推して参る！」

そして僕の身体は――恐らく十二年振りに――全てから解《と》き放たれた。

全能感、とでも言えば良いのか。

自分の身体の中にこれ程の存在感を持った力があるなんて、僕はついぞ知らなかった。

生まれてすぐに封じられた、僕の本来の力。

両腕と両足、それと背中と腹に彫られた『禁』の呪紋。

里の子供達は、幼い頃から力を抑制されて育つ。

鬼の力は凄まじく、自分の身体すら傷付けかねないからだ。

だから僕は今まで、本当の『全力』と言うものを出した事が無い。

何度か死を覚悟した山籠りも、擬似臨死体験を繰り返した爺様の荒行も――僕は『全力』を封じられた状態で何とか乗り越えてきた。

困った。少し楽しくなって来てしまった。

本来の鬼と言う存在は、好戦的な種族と聞く。僕らの数十代前、神話の時代の亜王院は常に神々の戦場に在り、闘う事を生業として暮らして来たそうだ。

何時から里を構え、何時から旅団となったかは定かでは無いけれど、今の僕らはと言えば、かつてのそれ程好戦的では無い。

だが、一度刀を抜けば一鬼当千。

千里万里を風よりも速く駆け巡り、雷光の剣戟で全てを薙ぎ払う。烈火の如く全てを飲み込み、堅牢な山の様に揺るぎない。

それが亜王院《アオオニ》、戦鬼の力。

「――さぁ」

今こうして戦いを楽しんでいる僕の中にも、戦鬼の血が間違いなく流れているのだと、齢十二にして初めて自覚する。

「どこからでも、掛かって来い」

鬼術で高めた五感で捉えている蛇達の動向が、手に取る様に分かる。

発条《バネ》のようにグルグルと身を巻き引き、僕の姿をその目で見据えて時を待っている。

一匹が堰《せき》を切れば、他の子蛇達も一斉に放たれる。

親蛇である大妖蛇の死体を見て、荒ぶっている。昂っている。

奴らがもう少し利口でもう少し育っていれば――もしかしたら僕との戦いを避けていたかも知れない。

僕のこの身から漏れ出す殺気に怯み、巣穴の中で息を殺してじっとしているという選択肢もあった筈。

だが、残念ながらコイツらはまだ年若い蛇だ。

親に守られ育てられている最中で、故に野生の警戒心がまだ育ちきっていない。

不憫には思うが、致し方無し。

寄らば斬ると僕は全身で表現しているのだ。ならば、掛かって来る方が悪い。

「タオジロウ様」

僕の背中越しに、ナナカさんの不安そうな声が耳に届く。

涙で震えるその声に、また一つ力を貰う。

「大丈夫です。ナナカさんはヤチカちゃんだけに集中して下さい」

振り返らずに応えた。

そうだ。まだ彼女は僕の力を知らない。だから不安なのだ。

見せなければならない。

この先、いかなる暴力も彼女の身体に触れる事は無いのだと——僕自身が力を示して証明しなければならない。

自然と口元が歪んでいた。

笑っている——のだろうか。

自分でも良く分からない。

父様は怒れば怒る程、愉しめば愉しむ程に、壮絶で凄惨で獰猛な笑みを浮かべる。

やはり親子か。血は争えない。

嬉しい反面、ちょっとだけ悔しい。

『シャアッ！』

そうこうしてる内に、痺れを切らしたらしい一匹が、巣穴から矢の様に飛び出して来た。

『シュアァッ！』

『シュルルッ！』

『フシャアッ！』

続けて二匹、三匹――そして数えるのも億劫になる程の子蛇の群れが、前後・左右・上下全方位から僕らに襲い掛かって来る。

まるで蛇の雨。

逃げ場など無い。だが逃げる気など、毛頭無い。

「――亜王院一角流」

貰ったばかりの刀を上段に構え、ゆっくりと目を閉じる。

どうせ目を開いていても、見えるのは視界全てを埋め尽くす蛇の蠢きだけだ。

なら、見る必要など無い。

亜王院が持つ刀は刀であって刀で無し。それは遠く長い歴史の中で僕らが失った、鬼の角だ。

だから亜王院の刀法は、刀法ですら無い。

僕らは只、持って生まれた筈の角を振るうのみ。

「鬼嵐角《おにらんかく》……千早《ちはや》の舞！」

払い——薙ぎ——浴びせ——振るい——抉る。

解鬼《とき》放たれたばかりの僕の力全てで、全てを斬る。

斬る斬る斬る斬る斬る斬る斬る斬る斬る斬る。

斬る斬る斬る斬る斬る斬る斬る斬る斬る斬る斬る斬る斬る斬る斬る斬る斬る斬斬斬斬斬斬斬斬斬——。


上から来ようが下から来ようが右から左からだろうが諸共《もろとも》一切を斬り落とし——。

斬って斬って突いて払って薙ぎ払い、更に斬って——。

抉り殺して捻り殺して斬り殺して斬り斬り斬り斬り斬りキリキリ舞って舞って舞い踊る——。


「おおおおおおおおっっ、どりゃああああああぁああぁあああああああああああああああぁあぁあああああああああああああああぁああっ!!」


吠える。

それは謂わば斬撃の結界。

絶対防衛にして不可侵の業《わざ》。

立ち入った者は散り散りに、千の細切れに千切れ飛ぶ。

斬られた事を自覚する前にもう死んでいる。

絶命する前に千度死ぬ。
死の影すら細切れになり、血が飛び散る前に散り果てる。
最早全てを断ち斬ってやる。
天井？
岩盤？
地層？
鉱脈？
——鬱陶しいんだよ！
どうせ後から地上に出るんだ！
こうなりゃいっその事、僕が近道を作ってやる！
斬撃は蛇から蛇を飛び越えて壁を深く抉り、断裂する。
一撃のもとに血に伏せて、地を砕く。
僕、暗いの嫌いなんだよね！
ヤチカちゃんの姿も、ナナカさんの姿も、見え難いんだよ！
せっかくの良い天気だったんだ！
お天道様の邪魔をするな！

「があああああぁああああああっ！！！！！！」

岩盤を一つ断ち斬り、砕いた岩を更に粉微塵に斬り刻む。

ナナカさんやヤチカちゃんにその破片が当たらないよう、剣風で塵を吹き飛ばす。

刀に込めた鬼気が飛び、巣穴の奥に潜んでいた蛇すら飛び出る前にあらかじめ殺す。

殺す!!

僕の嫁とその妹に仇なす者は、寄らば斬るし寄らなくても斬って捨てて斬り殺す！

死ねっ!!

牙在るモノは座して死ね！

毒あるモノはそこで爆ぜて死ね！

害意も殺意も一切を認めない！

誰の、嫁に、牙を向けていると思っている!!

僕の！

お嫁さんだぞ!!

ふざけんな!!

鬼の血族に手を出したらどうなるか――いっぺん死んで!!

しっかりと理解しろ!!

◆◆◆◆◆◆◆

時間にして、恐らく数分くらい経っただろうか。

地下深くに存在していた筈の大空洞に暖かい太陽光が差し出した頃。

床一面に転がる無数の蛇の死体とその血の跡で埋め尽くされた空間に、唖然とした顔のナナカさんと、ナナカさんに抱きかかえられているヤチカちゃん。

そして、鬼気迫る表情で立つ僕だけが息をしている。

「ふぅ」

一息つく。呼吸をするのも忘れて斬りまくってしまった。

これは、反省しないと。やりすぎたかも知れない。

「よっ、と」

刀を勢い良く振って、纏わり付く蛇の血を落とした。

岩すら溶かす毒液でも、この刀の刀身は全く溶かす事が出来なかった様だ。

本当に、どんな鋼で鍛えたのだろうか。

そもそも銘を聞いていなかった。愛刀になる予定なのに、刀に申し訳ないな。

帰ったら、ちゃんと聞こう。

一度真上を見上げた。

天井を崩壊——いや、落盤させた——いやいや、下から斬り掘ってしまった事で日光が差すようになって、明るくなった洞窟内。

冷たい空気も同時に流れ込んで来るが、火照った身体には心地よい冷たさだ。

だがナナカさんとヤチカちゃんにとってはそうじゃ無いだろう。

獅子の刺繍の入った、お気に入りの上衣を脱ぐ。

ちょうど汗を掻き始めた所だったから、僕的にも都合が良い。

振り返って二人を見た。

未だ淡く発光し続けるナナカさんと、その腕で眠るヤチカちゃん。

良かった。新しい怪我はないようだ。

でも念には念を入れておこう。

「ナナカさん、終わりました。無事ですか？」

「はっ――はいっ。私たちは無事でございますっ」

額に玉の様な汗を掻きながら、ナナカさんは僕を見てこくこくと何度も頷いた。

頬が朱に染め上げられていて、何だか息も荒く上気している気がする。

やっぱり癒術は疲れるのだろうか。微力ながらも僕も何かしてやらねば。

「これを」

「あっ――ありがとうございます」

肩に上衣をかけた。

ナナカさんは礼を言いながら、恥ずかしそうに俯く。

ん、何で顔を逸らしたんだろう？

「どうしたんですか？」

横から覗き込んでも、ぷいっと顔を逸らして僕を見ようとしてくれない。

「あっ、あのっ、いや……えっと。その」

もごもごと口の中で言葉を転がし、何かを言い辛そうにしている。

「さっ、さっき」

さっき?

「僕の――お嫁さんって、仰られていました」

――ん?

「僕が?」

「は、はいっ」

確かに、そんな事を考えながら刀を振り回していた気はするけれど――ってまさか。

「……………口に、出てました?」

「で、出てました。あ、あの。誰の嫁にーって、叫ばれてました」

あー。あーそう。

そうですか。思いっきり叫んでましたか。

「……」

「……」

僕とナナカさんの間に、何とも言えない微妙な空気が流れた。

叫んで恥ずかしい僕と、叫ばれて恥ずかしい彼女。

聞いている人が他に誰も居なくて助かった。

誰かに聞かれていたら、頭を抱えてそこらへんを全力で走り回っている所だった。

「ご、ごめんなさい。つい我を忘れちゃって。お嫌で――」

「――そんな事ないです！」

「――した？」

僕の話を食い気味に遮って、ナナカさんはブンブンと激しく頭を振る。

出会って初めて聞く声量で、ちょっとびっくりするくらいの大声で否定した。

「うっ、嬉しかったですっ！　ナナカは本当にっ、本当に嬉しゅうございます！」

頭を振るのを止めて、前のめりで僕へと詰め寄るナナカさん。

座った姿勢のまま器用に上体だけで迫り――これまた出会って初めて見せてくれた、キラキラとした綺麗な翠の瞳を僕に向けて。

「――あ、はい」

呆気に取られた僕はそんな言葉しか返せない。

ど、どうしたんだろういきなり。

「おねえ、さま？」

僕とナナカさんの間から舌ったらずな声が、か細く聞こえてきた。

「ヤチカ！」

ナナカさんの膝の上。

朧げながら意識を取り戻したヤチカちゃんが、弱々しく目を開いて僕らをぼぅっと見ている。

良かった。見れば先程まで痛々しくその頬や額に刻まれていた傷も、殆ど残っていない。

凄いな癒術って。法術でもここまで早く綺麗には治せないのに。

「おねえ、さま。……どうしてここに？　ヤチカは……あれ？」

「良いの。良いのよヤチカ。何も思い出さなくて良いの。疲れたでしょう？　今はお眠りなさい。ゆっくり、休むの」

ナナカさんの瞳からまた、大粒の涙が零れ落ちる。

妹の小さな頭を抱き締めて、自分と同じ金色の髪に顔を埋めて、泣く。

「……おにいさまは、どなたですか？」

その円らな瞳が、僕の顔を捉えた。

怯えを含んだその視線に、居た堪れない気持ちになる。

この子は、姉以外の人間に強い警戒心を抱いているんだ。

だって、今まで彼女に優しくしてくれたのは、たった一人の『おねえさま』と、亡くなった『おかあさま』だけだったのだから。

だから僕は出来るだけ怖がらせない様、努めて優しい笑みを意識して、その頬にこびり付いた泥を右手の人差し指で払う。

「はじめましてヤチカちゃん。僕はタオジロウ。君のおねえさまの――――夫になる人だよ」

「……おねえさま……の」

分かったような、分かっていないような。

まだ覚醒しきっていない幼い頭では、少し話が難しかったのだろうか。

だけど、僕を見るその目から、ほんの少しだけ恐怖が薄れて行くのを感じる。

「……あ、そうだ……おねえさま」

「——なあに？」

顔を上げ、涙を拭う事も忘れて、ナナカさんはヤチカちゃんに微笑む。

慈愛と安堵に満ち充ちた、あんまりにも綺麗なその表情に——僕は思わず見惚れてしまった。

「……これ、おはな」

気を失っていても決して離す事の無かった、手のひらの中の祝い花。

白い可憐な小さな花をそっとナナカさんに差し出し、ヤチカちゃんは目を細めて笑う。

「ごけっこん、おめでとうございます。だいすきなおねえさま」

「——っ！」

ナナカさんは唇を震わせて、嗚咽を堪える。

健気。何て、健気な子なのだろうか。

「……よかった。おわたし、できました」

ヤチカちゃんはふにゃりと、柔らかく笑う。

「ええっ、ええ。ありがとうヤチカっ。姉様もヤチカが大好きよ。本当に、本当に愛しているわっ」

「……おねえさま、くるしい。えへへ」

何よりも大事だから、強く強く抱きしめる。失いたくなかったから、もう決して離さないようにと。

ナナカさんにとっての、宝物。ヤチカちゃんにとっての、宝物。

「いつまでも、おげんきでいてください。ヤチカはとおくはなれていても、おねえさまがだいすきです」

ヤチカちゃんが、その細く小さな腕でナナカさんを抱き締め返す。

ああそうか。もうこれで、離れてしまうと思っているのか。

遠くへ嫁いだ姉と、一人残される妹。

ヤチカちゃんはもしかしたら、これが今生の別れになるかも知れないという自分の境遇を、幼いながらも理解していたから。

だから、悔いが残らないようにと、この祝い花をこんな危ない場所にまで取りに来たのか。

あの卑しい義姉達に騙されながらも、大好きなお姉様を想う強い意思で、来てしまったのか。

でも、もう違う。

昨日まではそうだったのかもしれないけど、状況は変わった。他の誰でも無い、僕が変える。

この姉妹を引き離すなんて真似は、僕が許さない。

ヤチカちゃんもナナカさんも亜王院が——いや、僕が貰って行く。

あのクソ貴族が居る家に、こんな優しい女の子を一人残すなんて、認められない。

伯爵家が何をどう言い訳しようと、力ずくで連れ去って行く。

だから。


「——大丈夫だよ」

僕はそのタンポポの様なふわふわの髪を、優しく撫でる。

「ヤチカちゃんも一緒だ」

「——タオ……ジロウ、様？」

顔を上げたナナカさんが、目を見開いて僕を見る。

「ヤチカちゃんとお姉様は、これからもずっと一緒だ。ムラクモの里が君達のお家になるんだよ?」

「お、にいさま?」

キョトンと可愛らしく、ヤチカちゃんは首を傾げた。

「約束するよ」

右手の小指を差し出す。

「さっき、お姉様にも言ったんだ。今度はヤチカちゃんとも、約束」

「……やくそく?」

「うん」

ヤチカちゃんの右手を取って、その小さな小指と僕の小指を絡める。

ゆびきりげんまん。

「ナナカさんも、そしてヤチカちゃんも」

僕は絶対に嘘なんて言わない。出来ないことを出来るなんて、言わない。

だからこれは僕とナナカさんと、そしてヤチカちゃんとの一生の約束。

「僕が護るよ。ずっと護る。もう二人が泣かなくて良いように。怖い思いなんてしなくて良いように。痛い思いなんて絶対にしないように」

ゆびきり、げんまん。

「約束する」

指は切らない。

本来は切る物だけれど、このまま繋がったままの方が良いと思った。

小指を絡めたまま、ヤチカちゃんの目を真っ直ぐ見続ける。

この言葉だけは決して違えないと、信じて欲しいから。

「……ほんとう、ですか？」

「本当だとも」

「おねえさまと、ずっといっしょ？」

「うん。ずっと」

「とおくにいかれたり、しないんですか？」

「ヤチカちゃんの側に居るよ。そりゃあちょっとは離れる事もあるかも知れないけれど、必ずヤチカちゃんの所に帰って来るよ」

「……おねえさま？」

僕から顔を離して、ナナカさんを見上げる。

僕も一緒にその顔を見た。

ナナカさんは——顔を真っ赤にして——また泣いている。

「タオジロウさまっ……ありがとうございますっ」

そのとめどない涙は、悲しみからでも恐れからでもない、きっと喜びから来る涙。

「あり、ありがとうっ、ございますっ」

「……お礼なんて、いいんです」

僕がしたいと思って、した約束だ。

だからこれは僕の意思。お礼なんて、滅相もございません。

「タオさまっ……ありがとうっ……ございますっ」

でも、ナナカさんはずっと、僕に頭を下げて礼を言い続ける。

だから、僕はもう、何も言わない事にした。

「……おねえさま？　どこか、いたいのですか？」

「違うの……違うのよヤチカ……嬉しいの……姉様は今、とっても嬉しいの」

ぎゅうっとまた、たった二人だけの姉妹は抱き締め合う。

僕は二人の頭を撫でた。

泣き止むまで、満足するまで撫で続けよう。

辛かった。

痛かった。

怖かった。

今まで耐えに耐え抜いて来た二人だから。

だから今は、泣かせてあげよう。

夕暮れはもう間近。

沈み行く太陽の光で真っ赤に染まった、夕暮れの洞窟内で、僕らは暫くそのままで居た。

今掴んだその幸せを、噛み締める様に。

我が一族の力を見よ

◆◆◆◆◆◆◆

当たり前だけど、とても疲れていたのだろう。

気がつけば、ヤチカちゃんはナナカさんの胸の中で、穏やかな眠りについていた。

幼く柔らかな頬をナナカさんの豊満な胸に当てて、すぅすぅと気持ち良さそうに寝息を立てている。

「タオ様、私とヤチカを二人も抱えて、重くないですか？」

「いえ、全然ですよ。むしろ軽過ぎて心配になるくらいです」

僕らの現在地は妖蛇の森の上空。来た時と同じ様に木から木へと飛び移りながら、村へ戻っている最中だ。

行きと違うのは、ヤチカちゃんの身体が揺れない様に速度を落としている事と、空が何時の間にか暮れなずんでいるという事。

うーむ、そんなに長い時間小蛇共を斬り続けていたのか。沢山居たもんなぁ。

ナナカさんも大分疲れている筈だ。

その顔をちらりと窺う。やはり、心なしか眠そうに見えた。

無理も無い。沢山心配して、沢山泣いて、そして更に癒術まで使用したんだもんな。

今の僕らは、僕がナナカさんを横抱きに抱えて、その上にヤチカちゃんを乗せている状態。

先の僕の言葉はお世辞では無い。

ヤチカちゃんはまだ小さいから分かるけれど、ナナカさんは幾ら何でも軽すぎると思う。

その見た目から受ける印象と、実際の体重が釣り合っていない。

よし、里に戻ったら毎日沢山食べさせてあげよう。

今回の婚姻を機に、僕にも畑が与えられるだろう。

これからはその畑と、刀衆の仕事働きの報奨金で僕とナナカさん、そしてヤチカちゃんの食い扶持を稼がなければならない。

うん、頑張ろう。

「……お父様達に、あんまり会いたくありません」

ヤチカちゃんの頭を撫でながら、ナナカさんがぼそりと小さく溢した。

風の音に掻き消されそうなくらい、本当に微かな声だ。

「お母様は、亡くなる直前まで私に言っていました。お父様はきっと何時か誤解を解いて、私達を迎えに来てくれるって」

「そう、ですか……」

僕は一度だけ頷いて、返す言葉に困る。

ムツミ様は病死なされたと聞いた。

自身の身体がお辛い時ですら、伯爵への愛は消えなかったのか。

他でも無い、その伯爵本人から酷い仕打ちを受けたのに、それでもなお……。

「だから、私はどんなに辛くても、お母様のお言葉を信じていれば耐える事が出来たんです。お父様は今はお忙しいだけだから、きっとお母様の仰られていた様な立派な方に戻ってくれるって」

そういえば、確か僕の父様も言っていた。昔の伯爵はあんな人では無かったと。

一体何が伯爵をああまで冷血な、そして傲慢な性格に変えてしまったのか。

ムツミ様の不義の疑いだけで、そこまで人が変わるとは到底思えない。

「でも、もう無理です。私にとってお父様は最早、肉親の情すら湧かない……いえ、憎んですらいます。ヤチカを、私のたった一人の妹をこんな目に遭わせたお義姉様《ねえさま》達の行いを、咎める事もせずにただ見ていただけなんて」

それは、仕方が無いと思う。幾ら肉親としての情とは言え、きっと限界がある。

仮令《たとえ》血を分けた親であろうと、子を蔑ろにして良い理由など何処にも無い。

物では無いんだ。駒でも無ければ、おもちゃでも無い。

「アスラオ様は……お父様を殺すのでしょうか」

「——はい。それは、間違い無く」

父様は、敵対した者や悪人に対する容赦や慈悲の心などは、一切持ち合わせていない。

一族を取り纏める長として毅然に、そしてどこまでも冷酷になれるのが父様だ。

あの人が殺すと決めたなら、その死からは決して逃れられない。

「…………私は、自分が嫌になります」

「それは――」

何故だ？

貴女が貴女を責める理由など、何一つ無い。

むしろ誇っても良い程に、その精神は気高いじゃないか。

「今の私は、実の父や義理の家族の死を望んでしまっている。何て、卑しくて汚らわしい……」

「そんなの、違っ――！」

彼女の自虐を大声で否定しようとして、躊躇した。

貴女はそれだけの仕打ちを受けて来たじゃないか！

貴女に肉親の情を捨てさせたのは、伯爵達の方だ！

その事でナナカさんが気を病む必要なんて、本当は全く無いのに！

でも、僕はその言葉を口に出せない。だって、その感情を知っているのは、ナナカさんだけだから。

受けた痛みも憎しみも、それはナナカさんだけの物。

出会ってまだたったの三日。そんな短い間しか、僕はナナカさんを知らない。

彼女の何を知ったつもりで、何を否定出来るのか。

僕は悔しさを噛み殺して口を噤《つぐ》む。

その代わりに伝わって欲しいと念を込めて、ナナカさんの顔をじっと見た。

でも僕の着物を強く掴んで、自らを憂い押し黙っている彼女には、残念だけど届いて居ない。

また一つ悔しさに歯噛みをして、憂さを晴らすかの様に彼女の身体をより強く抱きながら、僕は木から木へと跳び続ける。

もうすぐ村に着く。伯爵の沙汰は、もう決まっている。

待っているのは父様に手による、断罪しか無い。

◆◆◆◆◆◆◆◆◆

「――あれは？」

僕らの披露宴が開かれる予定の空き地に、沢山の武装した騎馬達が並んでいた。

その傍に綺麗に整列している一団。真っ赤な大きい旗を風に靡《なび》かせながら立て、等間隔で並ぶその人達を、僕は知っている。

「アルベニアス……王国騎士団？」

王国にて最強と名高い騎士団が、夕暮れの田舎町の郊外に堂々と陣を構えている。

「父様！」

空き地のど真ん中に着地して、急いで父様の姿を捜した。

「おう、タオ。戻ったか」

腕を組んで仁王立ちしていた父様をすぐに見つける。

父様は僕と目が合うと、あっけらかんとした様子でひらひらと手を振った。

「こ、これはどういう状況なんですか⁉」

会場の周りを取り囲むように、野次馬みたいに村人達が集まっている。

そんな村人を守る様に、騎士達が下馬で整列している。

一番豪華で目立つ騎士鎧を着た人は、ハッキリと分かるほどガチガチに緊張して父様を見ていた。

「あぁ、後から説明する。それより、その娘がヤチカか」

父様は腕を組んだまま、僕に抱かれているナナカさんとヤチカちゃんを、腰を大きく曲げて覗き込む。

「は、はい。私の妹です」

眠っているヤチカちゃんのお顔を父様に見せようと、肩を使って優しく持ち上げるナナカさん。

「ヤチカ。ヤチカごめんね？　アスラオ様にご挨拶を――」

ゆさゆさと身体を揺らしてヤチカちゃんを起こそうとするが、眠りが深いのか中々目を覚まさない。

「良い良い。怖い思いをしたのだろう？　まだ眠らせておいてやれ。しかし、無事で良かった」

父様がその大きな手でヤチカちゃんの頭を撫でた。

あ、ちょっと。父様の力でそんな撫で方をしたら――。

「ふぁあああぁ……うにゅ」

――ほらぁ、起きちゃったよ。可哀想に。

大きく欠伸をした後、猫みたいに瞼《まぶた》をくしくしと擦るヤチカちゃんは、むくりと上体を起こして周りを見渡した。

しばらくして、頭の上に手を置かれている事に気付き、そして父様を見上げて固まってしまった。

「ど、どなたですか？」

寝起きの眼《まなこ》で父様を見上げ、ヤチカちゃんは分かりやすく怯えている。

「タオ様のお父上よ。ほら、ご挨拶をして？」

「……や、ヤチカ・フェニッカ・アルバウス、です」

おずおずと父様を上目で見ながら、ぺこりと頭を下げる。

目が覚めて、急にこんな筋肉オバケが側に居たら、そりゃあ怖いよね。でもしっかりと挨拶が出来て、本当に偉いなぁ。

「おお、俺は亜王院アスラオだ。宜しくな」

にっかりと笑って今度は遠慮無く、その金髪を無遠慮に荒く撫で回した。

こらこら、それは小さな大人しい女の子にする撫で方じゃ無いですよ。キララじゃないんだから。

「ご、ごめんなさい。あぅ」

「なーんも怒っとらんぞ。あっはっはっ！」

——何でこんなにご機嫌なんだろう、この人。

父様の後ろには、未だ硬い表情でピクリとも動かずに綺麗に整列したままの、騎士団の人達が見える。

えっと、いい加減気まずくなって来たんだけど。そろそろこの状況を説明してくれても良くない？

「タオジロウ。無事で何よりです。ナナカも、その妹も」

両側にテンジロウとキララを引き連れて、母様とトモエ様がやってきた。

後ろからトウジロウとサエも付いて来て、あっという間に僕の家族が勢揃いである。

「はい。間に合って良かったです。ほら」

僕の隣へとやってきた母様に、ヤチカちゃんの姿を見せる。

傷だらけで痛々しかった身体も今はすっかりと癒えていて、白い肌には痕一つ残っていない。

「さすが私達の自慢の息子です」

そう言って一歩詰め寄り、母様はナナカさんとヤチカちゃんの頭をそっと撫でた。

「はじめましてヤチカ。私は亜王院シズカと申します」

「は、はじめまして、し、シズカ——さま？」

「はい。タオジロウの母ですよ」

にっこりと優しく、母様はヤチカちゃんの頭から頬を撫で続ける。

みんな、ヤチカちゃんを撫で過ぎじゃないかな。いや、さっき僕も沢山撫でたけどさ。

でもなんだかヤチカちゃんを見ていると、自然と手が頭に伸びてしまうんだよな。こう、庇護欲をくすぐられるというか。

「私もタオ坊の母よ。トモエと言うわ。よろしくね？」

「……よ、よろしくおねがいします。トモエさま」

母様の側からひょっこりと顔を出したトモエ様は、撫でるのでは無く、その柔らかなほっぺたをつんつんと突く。あ、それ良いなぁ。後で僕もさせて貰えないかな……。

「ええ、お利口さんねぇ。とっても可愛いわ」

されるがままのヤチカちゃんは、オロオロしながら母様達の顔とナナカさんの顔を交互に見やる。

「にいさまにいさまっ、キララにもヤチカちゃんのおかおみせてみせて！」

「お、おお」

キララが僕の着物の裾をぐいぐいと引っ張って飛び跳ねる。

お前は本当、何時も元気だな。

「ほら、ヤチカちゃん。僕の妹のキララだ」

ヤチカちゃんの顔が見やすい様にと、キララと同じ目線まで屈んでやった。

そういえばそろそろ二人を降ろすべきだろうか。

まぁ、ヤチカちゃんはまだ起きたばかりだし、もうすこしこのままでも良いか。

キララは鼻息を荒くしながら前のめりになってヤチカちゃんの顔を覗くと、ぱぁっと満面の笑みを浮かべた。

「こんにちはヤチカ！　わたしはわたしはっ、キララだよっ‼」

ちょっ、ちょっと声の大きさを下げてくれないかキララ。

兄様、今耳がキーンってなってるから。

「……こ、こんにちは。キララおねえさま」

「――はぅっ！」

「お、おいキララ？」

ど、どうした。何で急に胸を押さえて仰け反ったんだ？

どこか痛むのか？

「お、おおおおっ！」

何か唸りだしたぞ!?

兄様本気で心配になって来たんだけど!!

「——おねえさまっていわれたっ！」

「へ？」

「キララ、おねえさまっていわれた！」

う、うん。ヤチカちゃんはお前の一個下だそうだから、お姉様で合ってるぞ？

「へへへ、えへへへ。うえへへへへへっ。ヤチカちゃん、あっちいこあっち！　ケーキがあるの！　たべたことある？　こんなおっきいんだよ！　キララおねえさまがとってきてあげる！」

気持ち悪い笑い声でヘラヘラしだしたかと思えば、今度は目をキラキラと輝かせて声を張り上げる僕の末の妹。兄様、お前の事が分かんなくなって来たよ。

「あ、あの。えっと」

ヤチカちゃんはどうすれば良いのか分からず、ナナカさんとキララを交互に見る。

「いってらっしゃいヤチカ。キララお姉様の言う事をちゃんと聞くのよ？」

ナナカさんがニコッと笑い、ヤチカちゃんを支えていた手を離す。

「は、はい」

「やたっ、はやくいこいこっ！」

ゆっくりと僕の身体から降りたヤチカちゃんの手を、キララがしっかりと握る。

「……お、おねがいします」

「おねがいされました！　されました！」

おずおずと返事を返すヤチカちゃんにまた満面の笑顔を見せて、キララはその手を引いて駆けて行く。

「お、おいキララ！　転ぶからゆっくり歩きなさい！」

「はーい！」

そう言いながらも、速度を緩める気配は全く無い。

いや歩けってば！　まず止まれ！

いつも返事だけは立派なんだよなあいつ！

「テンジロウ、キララとヤチカを見てやってくれない？」

トモエ様が隣で暇そうにしていたテンジロウの頭を撫でて、そうお願いをする。

テンジロウは意外と人見知りをするから、知らない人が多くなったこの空き地が居辛いのだろう。

さっきから所在無さげにトモエ様の後ろに隠れて、つまんなさそうにしていた。

「えー、テンはタオ兄様と一緒がいいのに」

「ほら、タオ兄様は大事な用事があるの。あんたはキララの兄様なんだから、妹達の面倒くらい見てやりな」

「そうやって、いっつもテンだけ仲間外れにするぅー」

テンジロウは拗ねて口を突き出す。

悪いな。

全部終わったら、僕が一日中、目一杯遊んでやるから。

「ほらテンジロウ、僕も一緒に行くから」

「男のくせにみっとも無い拗ね方しないの。ほら行くわよ」

僕に目配せをして、トウジロウとサエがテンジロウの背中を押した。

助かるよ。持つべきものは理解のある弟と妹だな。

テンジロウもキララも、十分出来た可愛い奴らだけどさ。

「トウジ兄様とサエ姉様が着いて来るなら……いいけどさぁ」

未だ納得のいかないテンジロウは、渋々とキララ達の後を追い、トウジロウとサエはその後ろを苦笑しながらついていく。

さて、これで少しは説明が出来る状況が整ったかな？

とりあえず。

「ナナカさん、降ります？」

ヤチカちゃんも起きたから、これで抱きかかえ続ける理由は無くなった訳だし。

「――はっ、はい！　私ったらなんて失礼な！」

ナナカさんは慌てて僕の腕から飛び降りて、着地するや否やぺこぺこと頭を下げた。

「すみませんすみません！　アスラオ様やお義母様方の前でなんてはした無い真似を！」

折角の綺麗な髪が地面に着きそうで見ていてとても冷や冷やするから、もう頭を下げるのは止めて欲しいなぁ。

「タオ」

「はい」

父様が急に真面目な顔をした。だから、ふざけるのもここまでだ。

全てに、結論を出そう。

「あそこに居るのが何なのか、お前には分かるな？」

「この国の騎士団の方達です」

「そうだ。しかも赤色剣軍——生え抜きの精鋭部隊。つまり、この王国における一線級の戦力だ。アイツらは、俺があらかじめ呼んでおいた」

いつの間にそんな事を。

「ウスケの調査のお陰だな。伯爵家の裏帳簿や隣国アラガマとの密書などを先に手に入れて、王都の顔見知りの宰相に送っておいた」

ああ、なるほど。ウスケさんなら一ヶ月もあれば当然、そういう所まで調査している筈だ。

「今日この日、この時間に間に合ったのは偶然だが、これで俺達は王国のお墨付きでアイツを、スラザウルを——殺せるわけだ」

父様が右手でピンと指を差した先に、アルバウス伯爵とその妻、そして娘達が居た。

地に伏されて縄でぐるぐる巻きにされている。

憎しみを込めた悔しそうな表情で僕ら——ナナカさんを睨んでいる。

その側で腕を組み、伯爵を見下ろしているのは誰だろう。

着ている服や紋章付きの外套《マント》を見る限り、かなり位の高い人に見えるのだけれど。

「ああ、あれはこの国の筆頭執政官だ。奴が王の勅命を受けて、伯爵領の視察という名目で騎士団を派兵したらしい」

僕の視線から疑問を察した父様が、欲しい答えを即座にくれる。

「はぁ」

そこらへんの政治的なあれこれは、正直今の僕にはよく分からない。

勉強不足だ。里に帰ったらタツノ先生に色々と教わろう。

「さて、ここからは俺ら亜王院の『本業』だ。俺の予想ではスラザウルもこのままでは終わらんだろう。お前にとっての――初陣となる」

「初陣、ですか」

亜王院の『本業』。

僕らは戦鬼だ。だから戦う事が本来の生業だけれど、亜王院に生まれた男にとっては少し意味が変わって来る。

これまでだって僕は、戦場での実戦や夜盗の討伐、害獣や魔物の退治なんかは、何度も体験している。

でもそれは、亜王院の『戦《いくさ》』では無い。それはムラクモ刀衆としての『仕事』だ。

だから、僕はまだ――『初陣』を済ませてはいない。

「準備は、良いか？」

言葉少なに、父様が僕に覚悟を促す。

生半可な事は出来ない。僕の今までの修行や稽古は、全てこの時の為だと言っても過言では無い。

亜王院として、次期頭領として、見事な戦働きを勤め上げなければならない。

決してみっともない姿など、晒せない。

「――すぅううう……」

一度大きく深呼吸をして、空を見上げる。

うん。大丈夫。

戦える。

ナナカさんの、僕のお嫁さんの為。

ヤチカちゃんの為。

ナナカさんのお母様――ムツミ様の無念を晴らす為。

ナナカさんの顔を見る。

遠くで縛についている自分の父親を、複雑な表情で見つめている。

そうだ。肉親である伯爵にはっきりと裏切られた彼女には、もう僕しか頼れる人は居ない。

それなら、他の誰でも無い僕が、やらねばならない。

僕は父様へと向き直り、真っ直ぐ僕の顔を見つめるその視線を、正面から受け止める。

「――はいっ！」

強く大きな声で返事をした。

父様は嬉しそうにニヤリと笑い、僕の頭を一度撫でる。

「上出来だ坊主。シズカ！　トモエ！」

「はい」

「ええ、貴方」

大声で呼ばれた母様達が、静かに頷いた。

「ガキ共は任せた。ナナカもヤチカもしっかりと守ってやれ」

「もちろんでございます。ナナカも、そして」

「ヤチカも私達の子も同然よ。必ず守ってみせるわ」

息の合った返事を返し、母様とトモエ様はナナカさんの手を取る。

「行きましょう。ここは戦場《いくさば》。男達の場所」

「え、えっと」

「ほらほら、戦地へ赴く夫を見送るのも妻の務めよ。タオ坊に発破の一つでも掛けてやりなさい」

状況に付いて行けていないナナカさんが、困惑の表情で僕と母様方を交互に見る。

「大丈夫です。見ていて下さい」

安心させるように、努めて優しく微笑む。

「――は、はい。お気をつけて行ってらっしゃいませ……私の……タオ様」

「はい。行ってきます」

ナナカさんの頬を右手の親指で拭う。

今はもう涙なんて流れていないけれど、その痕をどうしても拭ってあげたかった。

高揚している。自分でもよく分からない、この気持ちは一体何なのだろうか。

まあ、いっか。後は全部、終わらせてから考えよう。

「行くぞ」

「はい！」

僕の横を通り過ぎる、父様の背中を追う。

大きな背中だ。頼もしい背中だ。
僕も何時か、こんな背中になれるのだろうか。
「準備は済んでるかっ、ムラクモ刀衆よ！」
『おおっ！』
いつのまにか僕らの周りを、刀衆の面々が取り囲んでいた。
各々の得物を構え、今か今かと出番を待っている。
そりゃそうだ。だってここは亜王院の戦場《いくさば》。
その戦場に刀衆が居ないのは、筋と道理が通らない。
何故なら彼らは文字通り——父様の『刀』なのだから。

鬼・装・天・鎧

◆◆◆◆◆◆◆◆◆

「おう、スラザウル。良い様《ざま》だな」

「おのれっ亜王院アスラオぉ、このっ、汚らわしくも卑しき蛮族がっ！」

縄で縛られ屈辱的に地に伏せる伯爵が、父様を憎々しげに睨む。

「なぜ、由緒正しき王国貴族の儂がこんな目に……っ呪われろ！　貴様らの下衆な汚らしい血など、未来永劫呪われればいいのだっ！」

こんなにみっとも無い姿を披露してなお、何故ここまで悪態を吐けるのか、僕には不思議でたまらない。

自らがして来た行いを省《かえり》みれば、絶対にそんな事、言える筈が無いのに。

「自分がどうしてこうなってんのか、分かってない顔だな」

父様は伯爵の前でドスンと腰を落とし、その顔を見下ろす。

「私はアルバウス伯爵家の当主だぞ！　王国に背く行為など、何一つ行う訳が無い！」

今にも噛み付かんばかりの剣幕で、伯爵はけたたましく叫ぶ。

「さっきからこの調子なんだ。あれだけの証拠を突き付けられて、何故に己の罪を認めようとしないのか、私には本当に理解が出来ない」

地に伏せる伯爵の隣で、腕を組んで立つ筆頭執政官さんが、困ったように首を振った。

「アルバウス家の家紋入りの封蝋《ふうろう》が施されたアラガマの宰相への密書とその悍《おぞま》しい内容、厳重に隠されていた多額の裏帳簿。数多くの領民への暴行の目撃情報や誘拐情報。更には不当な重税を取り立てようとしていた現場すら押さえているのに、何故貴様は認めようとしない。誇り高き王国貴族の矜持がまだ残っていると嘯《うそぶ》くならば、神妙にいたせ！」

「ええい煩い煩い！　何一つ身に覚えが無いわ戯《たわ》け！」

執政官さんの言葉に過剰に反応し、伯爵はジタバタと地面の上で暴れまわる。

「儂は王陛下に忠誠を誓った、この国一番の忠義者だ！　その儂を冤罪で縛る貴様らこそ不忠不敬の恥知らず！　陛下に代わってこの儂が、素っ首叩き落としてくれる！」

「——こうですよ。亜王院殿」

その様子に執務官さんは眉を顰《ひそ》めて父様を見る。

「ああ、こりゃダメだ」

父様が汚い物を見る様な目で、再び伯爵を見下ろし睨む。

幾ら何でも、往生際が悪すぎるんじゃあ無いだろうか。

まるで『本当に自分は悪くない』と思っているかの様だ。

「スラザウル、一つだけ聞く。正直に申せ」

「何だ無礼者！」

父様の静かな声と相反して、伯爵の耳障りな声がキンと響いた。

この人は本当に、何かがおかしい。

「かつて、俺がお前らの要請を受けて討滅した『あれ』。あれがあの時には既に失っていた右腕は、お前が見つけたんだな？」

「なっ⁉」

「なるほど。その態度で大体察した。悲しい事に、まぁ予想通りだ」

父様はめんどくさそうに立ち上がり、腰に手を当てて背筋を伸ばす。

首の骨を二、三度鳴らし、右腕をぐるんぐるんと勢い良く回した。

やがて腕の回転が止まった時には。その手に大きな刀を握っていた。

封札で何重にもグルグルと巻かれた、血の色に似た赤銅色の鞘に納まったそれこそが、父様の刀。

亜王院の頭領に代々受け継がれる――神鬼《じんき》、アメノハバキリ。

その刀は、姿は見えずとも常に父様と共に在り、代々の長と共に常にムラクモの里を護り続けた、僕ら亜王院の護剣。

父様は目を瞑り、アメノハバキリを眼前に縦に構えると、強力な鬼術により施された封札を、念じる事で一つ一つ解いて行く。

そして――くすみや傷が一つも無い、青藍色に輝く刀身を解鬼《とき》放つ。

妖しくも美しい光を放つ鋭い抜身の刀を、右肩に雑にポンと置いて、父様は伯爵へと見開いたその目を向けた。

「貴様は『アレ』がどういう存在で、どういう影響をその身や周囲に及ぼすのかを理解した上で、取り込みやがったのか」

「しっ、知らん！　儂は何も知らんぞ！」

脂汗。

ぶくぶくと醜く太ったその身体から滲み出る、汚らしい汁を盛大に噴き出しながら、伯爵はみっともなくがなる。

「執政官殿、悪い事は言わん。離れておれ。これよりここは激しくも悍《おぞ》ましき戦場《いくさば》となる」

その伯爵の様子をあえて受け流し、父様は執政官さんに逃げる様に促した。

「かの高名な鬼一族の頭領がそう言うのならば、我らは離れた方が良いのでしょう。騎士団の力は必要ですか？」

「いらんいらん。むしろ足手まといだ。奴らには村人を全力で守るように言いつけておけ」

しっしっ、と。まるで煩い蠅を追い払う様に執務官さんを追いやる父様。

本当に態度がデカイなこの人は。

代わりと言ってはなんだけど、僕は苦虫を噛み潰した様な表情を浮かべる執務官様にぺこりと頭を下げた。

すいません。ウチの父、こんな人なんです。

「――領主としての力を振り回し、民草に苦痛を強いた悪行。更には自らの血を分けた娘と、その母に働いた非道の数々。最早貴様らを許す口実など、何処にも見当たらん。大人しく首を差し出すのであれば一太刀で楽に殺してやるが、どうせなら精一杯抵抗してくれ。貴様らは、出来るだけ苦しみながら死ぬべきだ」

「わ、私達もですか!?」

「私は何もしておりません！　全てスラザウルが勝手にやった事です！」

父様の言葉に一番に反応したのは、今まで黙っていた伯爵の妻達だった。

家族として夫を擁護する事すら、この女性《ひと》達には出来ないのか。

「そうよ！　殺すならお父様一人にしなさい！」

「私達が一体何をしたって言うの!?」

「私達は被害者なのよ!?」

それに同調する様に、三人の娘達が我先にとがなりたてる。

ナナカさんとほんの少しだけ似ているその顔が、憤怒で醜く歪んで行くのが見ていてとても辛い。

伯爵と同じ様に身を縛られ、数人の騎士にその身を地に押し付けられてなお、我を通さんと尊大に振る舞う。

状況さえ違えば、あるいは一目置かれかねない程の、芯の通った振る舞いにも見えるが、今のこの現状ではただただ吐き気を催すほどに醜悪。

「お母様達は、領内の若い娘の生き血を毎日飲んでいるわ！　私は止めたの！　だから私は見逃しなさい！」

「姉様は、使用人の男の四肢をもいでオモチャにしていたわ！　私はそんな酷い事なんかしていないから、早くこの縄を解いて！」

「娘は、赤子の生き肝を生で食べるのを好んでおりました！　私は脅されて、仕方無く集めただけなのです！」

「そっ、そっちだって、田舎村の井戸に毒を流し込んで民を殺した事、私知ってるんだから！」

「貴女だってそれを喜んで見てたじゃない！　それに、農民と家畜を縛り付けて生きたまま燃やして遊んでいたのは、貴女よ！」

「自分より美しい娘を見たらすぐに捕まえて、股裂をする変態に言われたくないわよ！」

「何よそんなの！　私達よりお母様の方が酷いわ！　領内から孤児《みなしご》を集めて、毎晩毎晩淫らな拷問を楽しんでいたじゃない！」

「貴女、実の母を売る気ですか!?　貴女の為に異国から亜人奴隷を買って、生きたまま開いて標本にして差し上げたのは、この母なのですよ!?」

「そっちこそ可愛い実の娘が死んでも良いって言うの!?　親だって言うなら私の代わりに死んでよ！」

言葉が、出ない。

一体何を言ってるんだ。

こいつらは、何なんだ。

「その目で良く見ろ。タオ、これが俺達の『敵』だ」

父様が心底不快そうな顔をして、伯爵の娘達を指差す。

「昔、お前がまだ生まれる前の話だ。俺達亜王院の刀衆は伯爵の依頼を受けて、この地で『ソレ』

を討滅した」

「しっ、知らん！　儂は何も知らんぞっ！　知らんのだっ！」

父様に指差された伯爵がかぶりを振って、更に大きく声を張り上げる。その声は悲鳴にも似た、聞き苦しい声。

「何故そうなったのかは――知らん。興味も無いし、もうどうする事も出来んからな。だがコイツが、スラザウルが選択を間違えたのだけは確かだ。かつてその目に強く焼き付けた『アレ』の、理不尽にして強大な力を欲し、そしてその身に取り込んだのだ」

父様は『アレ』の名前を口に出す事を嫌う。

どこまでも汚らしい、唾棄すべき存在。

僕ら亜王院の、終生の敵。

一匹一匹、確実に討ち滅ぼさねばならぬ、世界の穢れ。

ただ存在する、それだけで人の心を汚し、そして虜にする、まるで病の様に恐ろしいモノ。

僕らと祖を同じくする――同種。

『青』と『赤』の一族の怨敵。

ソレに魅入られた哀れな罪人が今、僕の目の前に居る。

「時期的には、ナナカの母の嫁入り前後か。貴様は『アレ』の右腕を俺に悟られぬ様に密かに探し当て、そして誘惑に負けて喰らったのだろう？　かつて、俺があれだけ忠告していたにも拘らず、自ら望んで近づいたのか。本当に何て、救い様の無い」

一瞬だけ、父様の表情と声に憐憫の色が混じる。

珍しくも名前で呼ぶ程までに親しかったかつての旧友の変わり果てた姿を、惜しんでいるのだろうか。

「——ちっ、違う！　違う違う違う違う違う違う違う！」

ブンブンと土煙を巻き起こす程に首を振る伯爵。

顔色はみるみる内に青ざめて、脂汗はより一層その量を増す。

「取り入れたつもりが、逆に呆気なく取り込まれ、赤子の様に簡単に心を乱されたのか。自分の実の娘や妻、更には使用人や領民までもを巻き込んで、『アレ』の繁殖に手を貸したのか」

「知らんのだああああああっ!!　儂はっ！　儂のっ！」

「ナナカとヤチカ、そしてその母を遠ざけたのは、貴様の中に最後に残っていた理性と良心からか？自身が狂っていることも自覚できず、そして自分が何をしてるのかも理解できていないのだろう？お前はもう、お前自身すらも見失ってしまったのだろう？」

「儂、儂はっ！　ムツミがっ！　ナナカをっ！　儂の娘が——娘だ……私《わたし》の娘を、守らなければっ！」

「違う。貴様は惨めに、無様に敗北したのだ。一体何の為に力を欲したのかは知らん。知りたくも無い。だが、賭けに負け、そして全てを失ったのだ。妻も、子も！　家名も誇りも何もかも！　惨め！　なんたる惨めな姿よ！　かつての誇りと自信に溢れ、誰よりも気高かったお前は、もう何処にも居ないのだ！　なぁ、スラザウル!!　我が友よ！」

「私は只っ！　本来在るべきアルバウス家の威光を、威厳を取り戻したかっただけだ！『アレ』の力さえ有れば、たかだか法術が使えるだけの新貴族などに、良い顔などさせぬと！　アルバウス家は、再び陛下にその力を認められ、こんな辺境の追いやられた地だけでは無く、我らの本来の領地を取り戻せた筈なのだ！　民は豊かに、心穏やかに！」

「その結果が、多くの民草の命を悪戯に弄び、己の最愛の妻と娘達を苦しめただけなのだと、なぜ分からん!!」

「儂は！　私は！　愛していたのに！　ムツミを深く愛して——愛して……？　裏切られたのは、儂だろう？　なぜ私が責められねばならん……？　なぁムツミよ。何処だ、我が妻は、何処に」

「思い出せスラザウル！　貴様、『アレ』に何を望んだ!!」

「儂が——望んだのは……」

「いやあああああああっ！　死にたくないいいいいいい！」

突然空気を一変させたのは、伯爵の娘の大きな奇声だった。

全身を突っ張らせてジタバタと地面をのたうち回り、顔を歪めて苦しんでいる。

僕は父様から貰った刀を鞘から抜いて、構える。

始まった。全てを歪ませた『元凶』が今、彼女達の身体を捨てて生まれ出て来ようとしている。

もう、誤魔化せ無いと悟ったのだろう。

奴らは卑しく、そして賢しい。

必要が無くなったと分かればすぐ、彼女達『殻』には既に利用価値など無いと見限ったのだ。

「あがあああっ！　痛いっ！　痛い痛い痛い痛い痛い痛い痛いいいいいっ！」

「あっ、あっ、あっ、あっ！　裂ける裂ける裂けるっぅうううう！」

「お願い行かないでぇえええっ！　私を見捨てないでぇえぇ！」

「嫌よ嫌嫌嫌嫌嫌嫌嫌嫌ぁ！　まだ足りないのっ！　もっと私にちょうだい！　もっともっともっとっ！」

「貴方ぁっ！　止めて下さいましっ！　今、これを失えば私達はっ！　私達はっ！」

「死にたく無い！　まだ遊び足りないの！　もっと殺すわ！　もっといたぶるわ！　だからお願い！　私を許してぇぇぇぇぇぇぇぇ!!」

次々と、伯爵家の女性達が暴れ回る。妻や娘だけでは無い。周囲で拿捕されていた、お付きの使用人達も同じ様に苦しんでいる。

まるで陸に打ち上げられ腐っていく魚の様に、縛り付けられたままの手足があらぬ方向に折れ曲がっている事にも気付けず、彼女達が僕の目の前で『死に直して行く』。

「儂は――私は――儂は儂は儂は私は儂は私は私はっ」

「ふんっ……壊れたか」

父様はアメノハバキリを逆の肩に乗せて、一歩ずつゆっくりと後退する。

「頭領、こいつぁ」

いつのまにか父様の側に控えていたウスケさんが、苦しむ伯爵達を見ながら呆れ顔で呟いた。

「ああ。娘や妻達、そして使用人達は眷属に過ぎん。大元はスラザウルだな。このやり口は――なるほど、瑠璃姫《るりひめ》か」

「かぁーっ、最古の一鬼《いっき》の紅一点っすかぁ。執念深いっすねぇ」

額に手を当てて、ウスケさんは態とらしく溜息を吐いた。

「……若様。決して無理をなさらぬように。初陣では皆が気負い過ぎて、負わなくても良い怪我を負ってしまう事が、まま有ります故に」

これまた、何時の間にか僕の前に立っていたリリュウさんが、左手で僕の身体を庇いながら長刀の先を伯爵に向けた。

「りょ、了解です！」

せめて足手まといにならぬよう、頑張らないと！

「……返事と威勢が合っておりませんな。仕方ない。俺が若様の補佐に回ります」

「かかっ！　お前は相変わらず若に過保護だなっ！　しかしまぁ、若と一緒に『本業』の戦場《いくさば》に立つなんざ、俺らも歳を取ったもんだ！　なぁ、リュウよ！」

一体何がそんなに面白いのか、ウスケさんはケラケラと笑いながら愛刀である二つの刀を両の手に逆手で構えた。

「…………お前は、何の成長もしとらんがな」

「おっ!?　言うじゃねえかこのムッツリが！」

「事実だ」

あれ？

この二人、結構お喋りするんだ。

リュウなんて愛称まで出る所を見ると、もしかして実は仲良しだったり？

「よぉし。んじゃあ、どんだけ仕留められるのか、いっちょ勝負すっかね！」

「……良いだろう。最近のお前は調子に乗り過ぎだからな。ここらで一度格の違いを分からせてやらねばならんと、常々思っていた所だ」

「ははは っ吹くじゃねぇか根暗が！　後で泣かす！」

「泣くのはお前だ馬鹿が」

「馬鹿はお前だのれん髪！」

「長い髪が羨ましいのか？　その禿げ隠しも不自然になって来たからな」

「禿げてねぇだろうが!!　これは忍び頭巾だ！」

……いや、仲良しって訳でも無さそうだぞ？

「こらお前ら、良い加減にしろ!!」

父様が振り向きもせずに二人を叱った。

おおっ、あの父様が頭領っぽい事をしている！　流石に場の空気を読んでくれたのか！

やるじゃないか、見直した！

普段の父様とは大違い！

「大きいのは全部俺の獲物だ！　お前らには、ちっせえ雑魚しかやらんからな！」

前言撤回。

誰よりも楽しそうだ。

この糞親父め。僕の感心を熨斗《のし》付けて返して！

「タオジロウ！」

「――はいっ！」

突然呼ばれたから、少しだけ反応が遅れてしまった。

「お前もしっかりと、務めを果たせ!!」

「かっ、かしこまりました！」

「んんっ、返事や良し！　さぁ、暴れるぞ野郎ども！」

『『おおぉっ!!』』

刀衆の皆が、それぞれの得物を勢いよく振り上げ、鬨《とき》の声を上げる。

「おっ、おおおおっ!!」

僕も負けじと、貰ったばかりの愛刀を頭上に掲げた。

「わ、儂は！　私の！　儂の力ああああああ――!!」

一際大きな苦悶の声を張り上げた伯爵の身体が、暗く重い光に包まれた。

出て来るぞ。僕らの、そしてナナカさんの敵が。

神代の頃より穢れを振りまく、澱みの化身。

生きとし生ける全てのモノを嘲笑う――その名も『邪鬼《じゃき》』。

亜王院の宿敵が、暗雲を纏って、冬の夕暮れの空に顕現する。

『あっ――』

『ぷぇ――』

『ひっ――』

『嫌ぁ――』

『がぁ――』

伯爵の叫び声や暗い光が放たれると同時に、伯爵の二人の妻とその娘達の身体が、次々と木っ端微塵に爆発四散した。

末期の言葉すら残せず、その命が消えたのだ。

そこに残るのはうごうごと蠢く、一つの小さな暗い光の塊。

ゆらゆらと飛び回り、僕らから遠く離れた中空で停止した。

そこから、まるで膨れて分裂するかの様に次々と現れる、僕の身の丈よりも小さい紫色の小鬼達。

その姿形は様々だ。

犬の様に四足で立つモノ。

人の様に二足で立つモノ。

翼を広げ、飛び立つモノ。

手足の無い、肉の塊の様なモノ。

共通しているのは紫色の体色と、額から突き出た醜く捻《ねじ》れた一本角。

ぐにゃりと醜く曲がる、禍々しい角だ。

そんな角を持つ邪鬼の眷属を、総じて餓鬼《がき》と呼ぶ。

その数はあっという間に、数十・数百にも増えて行く。

「一番槍は、もちろん俺でさぁ!!」

ウスケさんの威勢の良い声が轟いた。

その声に振り返ると、ウスケさんが二本の愛刀を逆手に構えて、うずうずと待ち遠しそうに身を屈めていた。

直刀一対のその愛刀こそ、ウスケさんが人呼んで『音超えウスケ』と言われる所以。

一刀あれば音を捕まえ、二刀揃えば音を超える。

その名も名高き、『音破丸《おんぱまる》』。

僕らが普段使っている刀と、脇差の中間くらいの長さのその刀は、忍刀《しのびがたな》と言う、乱破衆の人が好んで使う物だ。

中でも音破丸は、ウスケさんが得意とする風の鬼気を纏った特殊な刀。

丈夫さを求めたその分厚い刀身は、切れ味という点では心許無い物だが、ウスケさんの鬼気を込める事で生じる鋭い鎌鼬《かまいたち》がそれを補っている。

更には里の鍛冶衆の手により、感覚の反応を鋭敏化させる法術も組み込まれており、まさにウスケさんの為の刀だ。

「……若様。行きますよ」

「はっ、はい！」

先に動いたのは、意外にもウスケさんでは無く、リリュウさんだった。

長刀の鞘を地面に投げ捨てて、刀身を肩に担いで構えると、身を低くして戦場を駆け出す。

遅れてなるものかと、僕も後を追った。

後から後から次々と、刀衆の人達が僕らに続く。

それぞれの愛刀を思い思いに構えながら、悠長に腕組みして立ったままの父様と、その隣で身を屈めたままのウスケさんを置き去りにして、僕らは先陣を切る。

「――おっ先ぃ！」

だけど、置いて行った筈のウスケさんがいつの間にか僕らの前を走っていた。

十何名かの刀衆や僕を飛び越えて地面に片足で着地したウスケさんは、その姿をフッと掻き消したかと思うと、今度は更に遥か遠くの上空を軽やかに舞っている。

動きの始まりが、僕には全く見えなかった。

ウスケさんは、速さだけで言うならムラクモの里で一番だ。

父様ですら単純なかけっこなら、ウスケさんに惜敗するらしい。

流石は刀衆の『番付き』であり、乱破衆の筆頭。その名に劣らぬ実力だ。

「す、すごい」

思わず口に出した僕の言葉に、前を行くリリュウさんが何か凄い反応を見せて振り向いた。

「……ウスケのアレは大した事じゃありません。直線の動きだけ速く、故に容易く予測できます。俺や『番付き』の幾人らには通用しません。あの程度で凄いなどと申されるな」

「え。で、でも」

凄い事は、凄いし――。

「サルスケめが、図に乗りますので」

「聞こえてるぞリュウ！　誰がサルスケだ！」

うわ地獄耳。

ひっそりとしたリリュウさんの声を、あんな遠くから良く聞き分けられるな。

「お前以外に、この場に猿がいるのか？」

「そもそも、一匹も居ねぇよ！」

「キーキーとやかましいのがいるだろう」

「てめぇ、覚えてろよ！」

「はっ！　遅え遅え！　ムラクモ刀衆、【六刀《ろくとう》】音葉《おとのは》ウスケ、参る！　やっぱり俺が一番槍だ‼」

『ブシャァッ！』

緊張感無いなぁ。

突然飛び上がって来た餓鬼を、ウスケさんの音破丸の交差の剣撃が引き裂いた。

そのまま餓鬼の群れに飛び込んで、縦横無尽に暴れ回る。

飛び散る肉片と、断続的な断末魔の叫び。

切って捨てては跳び上がり、瞬く間に姿を消して、またあらぬ方向に現れては斬りまくる。

音を飛び超え、音を置き去りにして、ウスケさんはその呼び名の如く、餓鬼を葬って行く。

『ブリャアアアッ‼』

そんな光景を呆気に取られて見ていた僕にも、餓鬼の群れが突然襲い掛かって来た。

「くっ！」

クソっ、どこから現れたのか分からなかった！

リリュウさんに注意されたばかりなのに！

情けない！

「……若様に近づくな。小汚い餓鬼共め」

ボソリ、と。

リリュウさんが何かを呟いた。

「……ふん」

呟いたと思ったら——終わっていた。

終わっていたのは、十は居たであろう、餓鬼の命だ。

一振り。それだけは見えた。

僕の目に映ったのは、リリュウさんが優しく刀を撫でる様に振り上げた、その姿だけ。

その一振りで僕の目の前に居た餓鬼共が粉末の様な細かい粒に変わり果てたのだ。

「あ、あのぉ」

共に走りながら声をかけると、リリュウさんは振り向きもせずに刀の血を払って、一度頷いた。

「……あ、若様は自由に動いて下さって結構です。露払いが俺の仕事ですから」

いや、そうじゃなくて。まぁ、良いか。

リリュウさんの持つ長刀は、リリュウさんが自分で打った物だ。

特に銘は付けていないそうで、しかも何本も同じ様な刀を持っている。

その理由は、あまりにも切れ味だけを追求した所為で、ひたすらに脆いから。

仮令《たとえ》脆くなろうとも、薄くて軽くて長い。それがリリュウさんが、最も好む刀の形。

人呼んで『人斬り龍』――斬斬《ざんぎり》リリュウさんは、殊《こと》一対一の対人戦においては、無類の強さを誇る。

正面を切っての真っ向勝負であれば、父様ですら苦戦するらしい。

この人の強さの理由を突き詰めれば、それは圧倒的な剣の速さに帰結する。

リリュウさんの長刀の届く範囲は、形容するならば斬撃の結界。

その結界の中に足を踏み入れた者は、斬られた事すら自覚出来ずに細切れになるしか無い。

僕の『千早の舞』も、元々はリリュウさんの技を真似た物だ。

『ブギイイイッ！』

そうこうしている間にも、餓鬼の群れが血煙を上げて切り刻まれて行く。

僕の出番なんて全然無い。

そりゃそうだ。

ウスケさんもリリュウさんも、ムラクモ刀衆最強の『番付き』に名を連ねている。

一から十までいる『番付き』の人は誰もが皆、桁外れに強い。

戦鬼である僕らですら、『鬼の様な強さ』と感嘆するしか無い程だ。

だからこの人達と一緒に居ると、その差すら分からないくらい掛け離れた強さに、自信を無くすんだよなぁ。

気落ちしながら後ろを振り返る。そんな余裕の有る自分が恨めしい。

遥か後方では父様が壮絶な笑みを浮かべて、腕を組んだままに仁王立ちしている。

アメノハバキリを肩に乗せて、自分の出番はまだかまだかと、笑っている。

そうだ。この餓鬼共は、単なる前座でしかない。

伯爵の中に住まうモノの生み出した、使い捨ての雑兵だ。

アレを清め断ち切れるのは、亜王院一座の中でも父様一人。

だから主役は父様。僕らは脇役でしか無い。

ちらりと、父様の側で横たわる伯爵の姿を見る。

それは強いて言うなら、限界まで息を吹き込まれた紙風船。

血管や筋肉、脂肪から眼球と、およそ人体の内の伸縮性のある部分全てが、ギチギチに膨れ上がった、かつてのアルバウス伯爵だった物。

未だ見る見ると大きくなって行くソレは、やがて当然ながら限界を迎える。

破裂。

ドス黒い肉片を撒き散らし、異臭を放つ毒の血飛沫を噴出して伯爵の内側より現れたのは、夕暮れの強い日光すら遮断する、黒濃く重い煙。

もうもうと天上へと立ち昇るその煙が渦を巻き、そして更に大きく膨張する。

僕は次々と襲い掛かる餓鬼共を斬り捨てながら、その光景に呆気に取られていた。

粒々とした肌色の肉片が、煙の至る所からもりもりと盛り上がって行く。

まるで一枚の紙に大粒の墨汁の塊を落としたみたいに、広がって行く。

『受肉《じゅにく》』。

タツノ先生からある程度は教えて貰っていたけれど、聞くと見るとではやっぱり違う。

空気を振動させる程の殺気と、背筋に走る悍《おぞ》ましい悪意。


邪鬼。


万古より在る世界の穢れ。どんなに討ち払おうとも、決して絶える事の無い不滅の種族。

人や生き物の意思を依り代に、憎悪や嫌悪によって成長する闇の一族。

これが亜王院の——僕の敵。

やがて煙は晴れて行き、そこには山の様に大きな異形の存在が鎮座していた。

形こそ人の姿に似ては居るが、その全てが悍しく醜い。

顔や身体の様々な場所に、乱雑に配置されている無数の目玉。

耳まで裂けた大きな口。

数千本はあろう毛髪の一本一本が人の手の形になっていて、まるで一つ一つに意思が在るかの様にうねうねと動いている。

『ぎゃあああっ！』

『なっ、なんだあれは！』

『逃げっ、逃げろぉ!!』

『おっ母、どこだ！』

『みんな早く家に入れぇ！』

遠くの方で野次馬をしていた村人達が、一斉に悲鳴を上げた。

無理も無いだろう。

ある程度心構えていた僕ですら、その奇怪な姿に気圧されて居たのだから。

森の獣や魔物、魔獣とは違い、ソレは生き物として成り立った姿をしていない。

何と言ったら良い物か。まるで生きとし生ける物、全てを馬鹿にした様な姿をしている。

存在自体が、生命への冒涜。

生物に備わっている本能的な忌避感と嫌悪感が、ヤツの全てを忌み嫌わせているのだ。

「狼狽《うろたえ》るなっ!!」

夕暮れの戦場で、父様の怒声が遠くまで響き渡る。

肌の表面から心臓までを打ち抜く様な、非常識な声。

その声を聴いた村人達が、ピタリと動きを止めた。

鬼術――『雷声動止』。

声に乗せた鬼気で、相手の身体を縛り付ける技。

父様程になれば、騎士団の人達を含めて百三十名近くが集まっているこの場で、村人だけを選んで縛り付けることが出来る。

本当に、出鱈目な人だ。

「村人よ！　騎士の後ろから離れるな！　護れる物も護れなくなるであろう！」

そうだ。視界の中、手の届く所に居てくれるからこそ、護れる物がある。

僕らは餓鬼の一匹も見逃さずに、皆殺しにするつもりで戦っている。

だけど、何事にも万が一が有る。

例えば一匹の餓鬼が僕らの目を奇跡的に欺いて逃げ延び、行き着いた先がたまたま村の中だとしたら。

そこに偶然人が居たとしても、僕らには気付き様が無いし、助けにも行けない。

だけど、この場に居たなら違う。

一か所に集まっていてさえくれれば、例えばウスケさんなら瞬時に跳んで行けるし、他の刀衆の人もすぐに助けに行ける。

それに邪鬼の恐ろしさは、そこに存在するそれだけで、人の命を奪える事にもある。

その身体から漏れ出す禍々しい気は、それに触れた人を蝕み、やがてゆっくりと殺して邪鬼の眷属へと作り変えてしまう。

今僕らが斬り殺している、餓鬼共がそうだ。

ナナカさんのお姉さん達、そして継母達は、そうして餓鬼を生み出す巣の『殻』へと作り変えられた。

こいつらは人の精神の奥深くに根付き、増殖して行く。

媒介となった人間の黒い感情を糧にして、際限なく増えて行くのだ。

本人達も気付かぬ内に、人としての尊厳すらも歪められて。

だから、あの姉達も被害者と言えば被害者だ。もう、救い様は無かったけれど。

「トモエ！」

「かしこまりました。貴方」

ヤチカちゃんとキララの手を握っていたトモエ様が父様の合図とともに、着物の裾から扇子を取り出した。

『八重十重《やえとおえ》に、重ね積み上げ奉《たてまつ》る。愛し我が子に幾歳《いくとせ》に、折りて折々の祈り織り』

その髪の色と同じ、真っ白な扇子をひらひらとゆらゆらと揺らしながら、トモエ様は舞う。

義息子《むすこ》である僕ですら、その姿を美しく思う。

目を閉じながら、くるくるくるくると。

僕のもう一人の母様は詠《うた》い、舞い続けた。

その姿を見たキララが、横で楽しそうに真似をしている。

ヤチカちゃんは不思議そうにトモエ様を見上げ、ナナカさんの着物の裾を握っていた。

『此処は清浄なる禊《みそぎ》の場。健やかに育つ愛し子の揺り籠』

やがて地面から純白の光の粒が次々と湧き出し、徐々に大きくなって行く。

重なり合うまでに大きくなったそれらの光は空中の一箇所に次々と集まり、一つに凝縮して大きな球となった。

言葉に鬼気を織り込み、所作に意味を持たせ、舞は終わった。

「鬼術、籠守《かごもり》」

同時に光の球が大きな布の様に広がり、ゆっくりと地面に落ちて、集まっている村人達を優しく包み込む。

それはとても強力な、清浄の結界。

邪鬼の邪気すら寄せ付けぬ、トモエ様が作り上げた清らかなる神域。

こと法術・鬼術に関して言えば、トモエ様は里の誰よりも凄い。

それすなわち、世界で一番凄い。

僕から見ても馬鹿げた威力を持つ父様の術ですら、トモエ様の術に比べたら、まだ優しい方。

あの光の結界は、邪鬼の邪気を弾くだけで無く、込められた鬼気があまりにも強過ぎて、ある程度までの物理攻撃なら容易く跳ね返す、そんな規格外の代物。

その光の中に居さえすれば、そこはこの世で一番安全な場所となる。

「この光陣の内側に在れば、私が護ってあげる！　さぁ男共、何も気にせず存分に暴れなさい！」

「かかさまかかさま！　かっこいいー!!」

「はっはー！　そうだろうそうだろう!!」

戦場に自慢げなトモエ様の笑い声と、それを囃し立てるキララの嬉しそうな声が木霊した。

母様とトモエ様が傍に居る限り、ナナカさんやヤチカちゃんの心配はしなくて良い。

そうこうしている間にも、餓鬼共は絶え間なく僕らに襲い掛かってくる。

奴らに知性など存在していないが、宿主である邪鬼が死ねば、自分達も消滅する事を本能的に知っている。

相手にしている刀衆は、誰をとっても一鬼当千。

餓鬼程度なら、千や万の束が襲い掛かろうが物ともしない、強者《つわもの》揃い。

そんな僕も、既に三百近くの餓鬼を斬り捨てている。

未熟者だからと言って、舐めて貰っては困るのだ。

「百々目鬼《どどめき》にすら成れなかったかスラザウル！　羨望と嫉妬に欲目を増やし、簒奪する為の手だけを伸ばしたその姿、無様この上無し！　かつての旧友のよしみだ！　亜王院が頭領、この阿修羅王《アスラオ》が引導を渡してやろう！」

『ナゼダァアアアア!!　ナゼ儂ダケエエエエッ!!』

「最早聞く耳も失ったか！」

父様がアメノハバキリを肩に担ぎ直し、身をグッと屈める。

その顔はまさに壮絶。

険しい眼《め》とギラついた瞳。

凄惨たる笑みを浮かべ、両足に一気に力を込めて地を蹴った。

『グギャアアアアッ‼』

その刹那、伯爵の成れの果てである邪鬼の胴体に大きな風穴が開いた。

刀すら、振っていない。

ただ、力任せに突撃し、ぶち当たって突き抜けただけだ。

デタラメ過ぎる。さすが筋肉オバケ‼

怖い！

「さっさと終わらせるぞ！　リリュウ！」

邪鬼を貫いたまま空へと飛び出し、父様は大声でリリュウさんを呼んだ。

「……頭領、俺には若をお護りする仕事が」

「うるせえ！　とっとと来い！」

「……はぁ、承知」

僕の傍で餓鬼を斬り刻んでいたリリュウさんの姿が一瞬で掻き消え、父様が着地するであろう場所に姿を現した。

また、僕には何も見えなかった。

「百鬼我刀《ひゃっきがとう》、刻まれし銘は斬斬《ざんぎり》リリュウ——我は此処に」

ぼそりとそう呟いたリリュウさんの身体が、淡い青の光に包まれる。

父様は着地と同時に、リリュウさんの胸のど真ん中にアメノハバキリを突き刺した。

「然り！　亜王院が奥義、鬼装天鎧《キソウテンガイ》‼」

リリュウさんの身体が、父様の持つアメノハバキリに一瞬で吸い込まれる。

バリバリと雷鳴の様な音を立て、猛烈な光を放ち、やがて光の刃と化したアメノハバキリがより長く、そして細くその姿を変える。

これが亜王院の力。刀衆が刀衆と呼ばれる所以《ゆえん》。

父様が統べる刀衆は、本当の意味で父様の刀だ。

百鬼を引き連れ戦場に立つ、鬼の王——阿修羅王《アスラオ》は刀の数だけ、強さを持っている。

「絶刀——アメノハバキリ!!」

だから、亜王院《アオオニ》——蒼鬼《そうき》の王。

「速攻だリリュウ！」

『任せましたよ頭領』

どこにも姿が見えないのに、リリュウさんの声だけが空に響く。

リリュウさんは今、アメノハバキリと一つだ。

これは、亜王院の頭領が代々受け継いで来た絶技にして、奥義。

信のおける仲間の力を全て己が身に上乗せする、百鬼を統べる者にしか許されない秘技中《ズル》の秘技《ズル》。

元々バケモノじみた父様に、こちらもバケモノじみたリリュウさんの強さを上乗せすると、どうなるか。

答えは一つ——手が付けられなくなる。

「行くぞぉ！　おらぁ!!」

身の丈の五倍はあろう長さのアメノハバキリを手に、父様は雄々しく叫んだ。

長い赤髪を振り乱しながら戦うその姿は、まさに紅蓮の獅子。

烈火の如く燃える鬣《たてがみ》を持つ獣が、隆々とした筋肉をあらんかぎりに膨張させて——僕らの長《おさ》は誰よりも偉そうに、しかし誰よりも頼もしく、戦場で高らかに吠える。

アメノハバキリの柄を両手で握り上段に構える。それはリリュウさんの持つ技の中で唯一、構えを必要とする必殺の技。

「鬼装・絶刀アメノハバキリが奥義、『十鷹無刃《じゅうおうむじん》』！」

『——全てを斬り刻むっ』

父様を中心にした世界が、一瞬にして白む。

視界を埋め尽くす白は、これ全て剣の軌跡の残滓。

「う、うわっ！」

僕のすぐ近くの地面が音も立てず、細切れに交差した斬撃の跡に刻まれる。

遠く離れたこの場所にまで及ぶ、見る事すら叶わぬ何百・何千・何万もの神速の剣閃。

アメノハバキリが僕の隣を通過した事すら、一切認識出来なかった。

遅れて、風を斬り刻んだ衝撃波が僕の身体を右に左にと揺らす。

見れば残った餓鬼共も皆、その形さえ残さず灰の如く細かく切り刻まれている。

「若、大丈夫ですかい？」

「はっ、はい」

いつの間に隣に立っていたのか分からないけれど、ウスケさんが僕の背中を支えてくれていた。

「あらら、ああなっちまったらもう俺らの出番は無いっすねぇ。そういや、若は見るのは初めてですかい？」

「き、鬼装天鎧《キソウテンガイ》の事ですか？」

「はい。何時かは若も百鬼を率いて、あの技を振るう事になりますから、この機会にじっくり見ておきやしょうね」

ぼ、僕なんかが、あの技を……？

出来るだろうか。僕と父様の力量差は、余りにも深くて広い。

何十年経っても辿り着ける気がしない、次元の違う強さ。

稽古の度に打ちのめされ、自信なんかとうの昔に無くなっている。

僕は所詮、獅子の子でしか無い。

永遠の子獅子だ。

父様みたいに猛々しく、力強く振る舞えもしない——いや、駄目だ駄目だ！

弱気でどうする！

僕にはもう、護るべき女性《ひと》とその家族だって出来た！

これまで以上に精進しなきゃいけないんだ。

ナナカさんのために、そしてヤチカちゃんのために！

『グワアアアアアアッ！』

既に暗くなった夕暮れの空の下、かつてスラザウル・スマイン・アルバウス伯爵であったモノの断末魔の叫びが響く。

その姿、大きさが見る見る内に縮んで——いや、『削り斬られて行く』。

普通の刀に普通の剣士では、まず傷一つ付ける事の出来ない、邪鬼の外皮。

それが薄皮を削ぐ様に一層ずつ、しかも物凄い速さで剥かれている。

痛みを伴って、地獄の責め苦。

飛び散る黒血——体液までもが霧にまで細かく斬られていく。

まともな生き物ならば発狂し、既に絶命している筈だろう。

だが邪鬼の生き汚い異常な回復力が皮肉にも、邪鬼自身を長い苦しみへと追いやっている。

絶刀・アメノハバキリから繰り出される斬撃は、この空き地の見える範囲全てへと至っている。

億はあるかも知れない無数の剣閃は、邪鬼と餓鬼のみを斬り選び、村人や騎士団、そして僕ら刀衆には届かない。

流石としか、言い様が無い。

『ギャアアアアアアアッアアッ!!』

気づけばもう邪鬼の身体は殆ど斬り削られて、大きな頭がたった一つ、斬られた衝撃で地に落ちる事も許されずに、宵の空で翻弄されていた。

その姿になってなお、死ぬ気配が無い。

しぶと過ぎる生命力と、無尽蔵の邪悪な鬼気。

これが邪鬼か。

伯爵が内に抱えていたソレは、まだ未完成だった筈だ。

充分な成長を遂げた邪鬼は、宿主を喰らって生まれてくる。

最後の締めの一品だとばかりに、宿主の身体を内側から骨ごと血の一滴まで貪り、そして完全なる成体として飛び出してくるのだと、タツノ先生が言っていた。

だが今僕らが相対している邪鬼は、父様が追い詰めた事により出て来ざるを得なかった。

機はまだ熟していなかったのだ。

なのにあの回復力。恐ろしい。

父様だってそれは承知している。

一瞬で殺せるなら苦労は無い。圧倒している様に見えて、最後の一手がまだ不足しているのだ。

だからまだ、父様は真の力を出していないのだろう。来るべき最後の足掻きに備えている。

父様の本気を見た事がある人は、少ない。

あの人が本気を出さねばならぬ事態とは、それはかなり不味い状況と言う事になる。

だからこそ、父様はいつもいつでも適当に振る舞っている。何故なら本当に余裕だから。

その姿こそが、頼もしいんだ。

「あっと、いけねぇ」

降り注ぐ剣撃の雨が止み、翻弄されっぱなしだった邪鬼の首があらぬ方向へと飛んでいく。

よりにもよって、母様達の許へ――。

『頭領、遊びすぎです』

「いや悪ぃ悪ぃ!!」

いや、何笑ってんだあんた！　珍しく僕がちょっと感心していたらこうだよ！

『タ、足ラン、足ランノダ！　何デモイイッ！　喰ワセロゥオオオオオォッ!!』

やはり邪鬼、驚異の生命力。その姿が首だけになっても、貪欲にして凶暴。

は、早く母様達を助けに行かないと――。

「シズカ、『それ』をこっちに寄越してくれ!!」

――あ、そうか。何を慌てているんだ僕は。あそこには、僕の母様が居るのだ。

「――アスラオ様?」

穏やかな笑みを浮かべたまま、僕の母様はきょとんと首を傾げる。

着物の袖を軽やかに振り、胸の前で右手の拳を握り締めて――こめかみをピクピクと震わせている。

「こちらにはテンジロウもキララも、そしてナナカやヤチカもおりますのに――」

大きな音をたてて右足で地面を踏み抜き、迫り来る邪鬼の首に向かってその拳を思いっきり突き出した。

『喰ラワセロォオオオ――ッンパ!?』

「何を巫山戯《ふざけ》ているのですか!!」

まるで薪を縦に叩き割った様な、乾いた音が響く。

続けて猛烈な塵旋風が、父様や僕らの身体をぐらぐらと揺らした。

「――あらやだ。つい」

つい、ではないですよ母様。

そう簡単に邪鬼の頭を、拳で爆ぜさせてはいけません。

ほらご覧下さい。隣にいるナナカさんが、目を大きく開けて固まっているじゃ無いですか。

ヤチカちゃんなんて何が起きたか理解できずに、突然の大きな音にびっくりして耳と目を塞いでいる。

うん。僕は見てた。ちゃんと見てた。

母様の右拳によって繰り出された正拳で、飛来した邪鬼の首は文字通り、跡形も無く吹き飛んだのだ。

血の一滴すら地に落ちない程、粉々の微塵に。

「さすがは奥様だ」

うんうんとウスケさんが頷く。

里で一番『強い』──つまり、世界で一番『強い』のは僕の父様だ。

だけど里で一番『怖い』──つまり、世界で一番『怖い』のは何を隠そう、僕の母様である。

「それよりもアスラオ様、悪巫山戯もいい加減にして下さいまし‼」

「おっ、俺の所為じゃねぇよ！　リリュウが──！」

「お黙りなさい‼　子の前で言い訳とは父らしく無い‼」

「──はい」

本当に怒っている時の母様には、誰も逆らえないのだ。

『無駄にお手玉をして遊ぶからですよ。頭領』

「うるせぇ！　大体テメエがもうちょい力をだな！」

『鬼装中は昂りを抑えるのも大変なんです。そう安易とはいきません』

「知らん知らん！　お前の所為だ！」

『そもそも頭領が遊んでいないで、一瞬で終わらせていれば良かったんです』

「お前が手を抜いたからだ！」

『いや、頭領が』

「お前が！」

何てみっとも無い口喧嘩……あれが僕らの父様です。本当にごめんなさい。

「いつまでやっているのですか！　さっさと片付けなさい！」

「『はい！』」

ついにはリリュウさんまで巻き込まれて怒られてしまった。

本当にあの人ったら、子供なんだから。

「はっはぁ！　ざまぁねぇなリュウ！」

ウスケさんが再び湧き始めた餓鬼共を捌きながら、愉快そうに笑っている。

『煩いぞサルスケ』

ほらもう、こっちでも喧嘩しないで下さいよ。

「ちっくしょう――頭にキたぜ!!」

父様の身体から、猛烈な勢いで炎が舞う。

『紅蓮獅子《ぐれんじし》のアスラオ』。

人は父様の事をそう呼ぶ。それはあの姿を形容した呼称。

天を突き刺す紅蓮の円柱。

父様の鬼火は空の彼方までも、力強く噴き上がる。

「それもこれもスラザウルっ、テメエの所為だぁ!!」

『ぐっ、頭領。もう少し加減をっ』

完全に逆ギレしている父様は、怒りに任せて更に炎柱の勢いを増して行く。

紅蓮から——蒼炎。

これが父様の本気。

本当は父様の鬼火の色は、赤なんかじゃない。

僕らは亜王院《アオオニ》だ。

アオオニの頭領の呼び名が『紅蓮』だなんてチグハグだ。

亜王院が蒼鬼《アオオニ》と呼ばれる所以——それはその身から噴き上がる鬼火の色。

普段から力を抜きに抜きまくっているサボリ魔の父様は、その身から出る炎にすらサボリ癖が付いている。

故に——殆どの人は赤い炎しか知らない。

『ぐあっ、頭領！　幾ら何でも力み過ぎです！』

「我慢しやがれ!!」

虚空を漂っていた黒煙が、グニグニと形を整えていく。

それは見る見る内に肉の身体を形成し、邪鬼はもう殆ど復活しかけていた。

「もう良いだろうスラザウル！　身を滅ぼすまでに高まった、お前の欲もここまでだ！」

『イ、嫌ダ！　儂ハマダ！　力ガ！　力ガァアアアアアッ!!』

スラザウル・スマイン・アルバウス伯爵の最後の願いが、父様の噴き上げる蒼い鬼火の光に照らされた夕暮れの空に、何処まで何処までも木霊する。

なんて悲痛な——悲しい叫び。

「気炎万丈——蒼鬼炎角《アオオニノツノ》!!」

放たれた極太の蒼い炎撃が邪鬼の身体を両断し、そして燃やして行く。

『儂ハッ!!　ムツミ——ッ』

最後に何故かムツミ様の名を呼んで、蒼炎の業火は汚れた精神諸共に、その身体を滅して行く。

今、全てが終ろうとしていた。

◆◆◆◆◆◆◆◆◆

激しく風が逆巻いて、既に真っ暗となった冬空の一点へと、蒼鬼《アオオニ》の放った浄炎と共に昇っていく。

欲に塗れたちっぽけな人の邪念を糧に、醜く巨大に育った汚らしい存在が、その身を燃やし焦がして消えて行く。

やがて蒼炎は空に吸い込まれて見えなくなり、田舎村郊外の空き地に静寂が戻った。

周囲に蠢いていた餓鬼共も苦悶の表情のまま悲痛な声を残し、霞の様に消滅して行く。

刀衆の面々はその様を見届けると、得物から黒血を拭い鞘に納める。

「終わっ——ん？」

僕の足元に、ころんと何かが転がった。

それは小さい、本当に小さい人の目玉。

瞳孔の開き切ったソレは、僕の顔を真っ直ぐに見つめている。

これは、アルバウス伯爵の――目か。

最後に残った人間である部分。邪鬼に取り込まれずに守った、彼の本当に残したかったモノ。

方法と手段こそ間違えたけれど、伯爵は本当は――『未来』をその目に見ていたのかも知れない。

「――ふむ。残ったか」

「と、父様」

腰帯に手を掛け、愛刀を右肩でポンポンと遊ばせながら、父様が僕に歩み寄って来る。

「ほれ」

「え、うう、うわっ」

父様が僕に放り投げたそれは、リリュウさんを解き放って元の姿に戻ったアメノハバキリだった。

澄んだ深い青藍色の刀身には、父様の蒼い鬼火が未だ微かに燻っている。

「お前の業縁《えん》でもある。すっぱりとその未練まで――絶ち斬ってやれ」

そう言って父様は、僕の背中に右手を添える。

「良いか。『禁』を解いたお前なら出来るはずだ。集中しろ。己の内側にある猛き熱をしっかりと掴み取れ。ソレは未だに邪鬼の影響下に在る。今はまだ只の人の目玉だが、時間《とき》が経てばまた、あの邪悪なる鬼を蘇らせる媒介となりかねん」

静かにそう告げた父様は、僕の背中をぐいっと押す。

「今お前が手に持つアメノハバキリは、お前の角《つの》だ。我ら鬼一族が本来持っていた筈の、お前の身体そのものだ。委ねるな。意識するな。それは在って当然のお前の力」

僕の——力。

深く息を吸い込む。

この場に於いて、僕が考えるべき事だけを考える。

精神の内側、深い深いそこに眠る僕を見る。

熱。それは猛々しく燃え盛る、激しい炎。

僕の身体を突き破って、今にも噴き上がりそうな程に勢いの有るその炎を、僕の意識の腕が掴み取った。

構える。

初めて握ったアメノハバキリの柄を両手でしっかり、緩めない様にギュッと。

柄頭から、切先まで全てに、『僕』を通わせる。

この身とアメノハバキリは一心同体。

かつて長い歴史の中で失った、亜王院の——鬼の角。

本来は備わっていた筈のそれが今、僕の手に戻ってきた。

「——上出来だ」

集中して周りの雑音を排した僕の耳に、父様のどこか嬉しそうな声が入って来た。

その声と同時に、僕は僕の角を——真っ直ぐ振り下ろした。

母娘《おやこ》

◆◆◆◆◆◆◆◆

僕の眼前には、未だ蒼い煙を立ち上らせて燻る目玉がある。

無尽蔵の回復力を持つ邪鬼を仕留められるのは、同じ鬼である僕ら『蒼』の亜王院と、『赤』の鬼一族である朱御《しゅおん》の者の鬼火だけ。

そしてムラクモの里でその鬼火を扱えるのは、亜王院に連なる者だけだ。

「あんまり、役に立てなかったな」

悔しさを隠せない僕の本音が、愚痴になって口から溢れ出た。

父様に聞かれるとまた、『弱音なんざ吐きやがって』って怒られるから、ボソッとだけど。

僕が仕留めた餓鬼は、多分千匹ちょっと。

邪鬼の絶命と共に、その眷属である餓鬼も消滅する。

その残滓もまた新たな邪鬼を生み出す切っ掛けに成りかねないから、トモエ様が興奮気味のキラとテンジロウを引き連れて、清浄の鬼術でここら一帯を清めて回っている。

時間はもう夜も深い。

天上近くに現れた細い月の弱々しい光が、披露宴会場になる筈だった空き地を、仄《ほの》かに優しく照らしている。

「……若様は良くやりましたよ。初陣としては上出来過ぎる程です」

アメノハバキリから分かたれて、どこか疲れた表情のリリュウさんが僕の肩を叩いて、励ます。

「は、ははっ。リリュウさんに褒められました」

「本当ですよ」

そうは言われても、不甲斐なさで打ちのめされている気持ちからは、すぐには立ち直れない。

あれだけ毎日稽古して、あれだけ辛い修行をしたのに。僕はちっとも活躍出来なかった。悔しい。

「なぁ。リュウよ。若はアレ、本気で言ってんのか?」

「……ああ、本気だ」

「嘘だろ? あの歳で餓鬼相手に一切無傷で、しかも千匹以上仕留めたんだろ? 百年前、俺らが若と同じ歳の頃なんざ一匹相手でも相当苦戦してた気がすんだけどよ」

「……頭領と奥様方の教育方針なのだから、仕方がないだろう。『よほどのことじゃない限り、褒めてやるな。図に乗る』と里の者は皆、言い付けられている。その所為だ」

「里始まって以来の天才を褒めるなと言うのも、なんだか酷な話だよなぁ」

「……今どれだけ褒めた所で、若は決して納得なさらないだろう。長い間、頭領が騙し続けた結果だからな。そのせいで、里の童達《わらべ》には必ず『禁』が施されていると本気で信じている。実際に『禁』されているのは、若だけなのだがな」

「若、お可哀想に」

ウスケさんとリリュウさんが、何やらコソコソと内緒話をしている。

も、もしかして僕、そんなに駄目だったのだろうか。ああ、落ち込む。

「タオジロウ」

父様に呼ばれて、僕は顔を上げる。

お、怒られるのかな。嫌だなぁ。

「見事な初陣だった。褒めてやる」

――これだよ。

本当にこの人ったら。僕が本当に欲している時に、一番嬉しい言葉をくれる。

敵わないなぁ。

「あ、ありがとうございます」

ほんの少しだけ、心が晴れた気がした。

「ほら、嫁とその妹を連れて来い。こんなんでもアイツらの父だ。最後ぐらいは見届けさせてやれ」

「え、で、でも」

あの二人にとって伯爵は、母であるムツミ様の不遇と、死の原因だ。

そして、自分達の不幸の元凶でもある。

果たして、本当に見せていいのだろうか。

「……良いんだよ。待たせているからな」

「待たせている?」

誰を?

「良いから、早よ行け」

背中を押されて、その勢いで僕の身体が前に傾いた。

慌てて姿勢を正し、父様の何だか悲しそうな顔を見ながら駆ける。

ナナカさんとヤチカちゃんは、母様やトウジロウ達と一緒に少し離れた場所で事の顛末を見ていた。

ナナカさんはヤチカちゃんの手を強くギュッと握り締めていて、複雑な表情を浮かべている。

そりゃあ、そうだ。

憎んでいたとは言え、今亡くなったのはナナカさんの実の父と義理の母や姉達である。

幼いヤチカちゃんにはまだ理解出来ないのかも知れないが、その心情はとても複雑な筈だ。

「ナナカさん。あ、あの。父様がお呼びです」

一言だけでも気の利いた事を言えれば良かったのに、何て声を掛けて良いのか分からない僕は、やっぱりとても情けない。

「……はい。タオ様」

白く細い右腕が、僕の上衣の裾を弱々しく摘んだ。

震えている。

ナナカさんの細く弱々しい腕が、可哀想なくらい小刻みに震えている。

僕は思わずその右手を取って、両手で包む。

冷たい。

こんなに冷たいのに、真っ赤だ。

手のひらに食い込む程に、強く指を握り締めていたのだろう。

見ているだけで色んな感情に翻弄されて、辛かったんだろう。

「大丈夫です。行きましょう」

「ありがとう……ございます」

ナナカさんは僕の言葉に、目を伏せてこくりと頷いた。

包んだ僕の両手の上に、更に自分の左手を乗せて、その胸元に抱き寄せる。

僕は馬鹿だ。落ち込んでいる場合なんかじゃ無かった。

さっきも自分に喝を入れた筈なのに、なんで容易く忘れてしまったのだろう。

なんてトリ頭なんだ。情けない。

この女性《ひと》を支えてあげないといけないんだ。

自分の事で精一杯な僕は、昨日までの僕。

今日から僕は、この女性の為だけに生きて行こう。

震えの止まらないナナカさんと、手を引かれて付いてくるヤチカちゃんを優しく先導しながら、
邪鬼の亡骸の前までやってきた。

ヤチカちゃんも浮かない顔をしている。

僕が優しく微笑みかけると、どこか安堵した様にうっすらと笑った。

お姉様の辛そうな顔を見て、幼いながらに不安を感じていたのだろう。

「来たか。お前らの父の弔いだ。何か伝えたい事はあるか？」

父様は二人に向かって、どこか無機質に言い渡す。

「……っいえ──特に、何も」

蒼く燻る亡骸を見て、込み上げる何かに耐える様に口を噛み締め、そして目を逸らしてナナカさんは返答する。

「なんでも良い。恨み言でも、罵声でもな。今ここで言っておかないと悔いが残るのなら、全て吐き出してしまえ」

腕組みしたままの父様が、邪鬼の亡骸から立ち上る煙に右手で触れる。

「わ、私は──」

ナナカさんは何かを言おうとして、でも逡巡してまた口を噤む。


「──お前らの母も、そこで聞いている」

そんな言い淀むナナカさんの顔を見つめ、父様は不意に笑った。

「──おかあ……さま？」

目を見開いて、ゆっくりと顔を上げるナナカさんに促すように、父様は煙を抱く様に両手の平を合わせた。

「ああ。どうれ、話をさせてやろう」

両の手のひらに込めた鬼気を、優しく擦り合わせる。

これは――僕がまだ知らない鬼術だ。

一体何を始めるのだろう。

「鬼術、『逢魔《おうま》』」

そっと目を閉じて、父様が術を発動させた。

合わせた手を中心にして蒼い光が、周囲に円形に広がって行く。

その光はやがて薄くなり、しばらくして地面からぽつぽつと真っ白な光の玉が湧き上がって来た。

一つ、二つとどんどん増えていき、ゆっくりぐるぐると空を走る光。

月の光に照らされたその光景は、とても幻想的に見える。

光の玉は最終的に三十近くにまで増えると、その中でも一際大きな玉を取り囲む様にして停止した。

「やぁ、お初にお目に掛かる。ウズメの巫女姫殿よ」

父様がその大きな光の玉に優しく話し掛けた。

光の玉は一回ぶるりと震えると、徐々にその輪郭を曲げていき、やがて髪の長い女の人の形になった。

『こちらこそ、お初にお目に掛かります。アオオニ様』

それは、優しい女の人の声。

「お母様ぁっ‼」

ナナカさんは転びそうになる程前のめりに一歩、足を踏み出した。

目を大きく見開いて、瞬時に流れ出た大粒の涙を拭おうともせず、ただ光の影に向かって母を呼ぶ。

「お母様っ、おかあさまっ！　あああぁっ、おがあざまっ！」

『――ナナカ……貴女には本当に、苦労ばかり掛けててしまいましたね。全てはこの母が悪いのです。どうか、どうか、どうか許してください』

女の人の輪郭を形作った光は、深く深く頭を下げる。

「おかあさまはっ、お母さまは何も悪くありませんっ！　だって、だって全部お父様がっ！」

『――いいえ、私が早く気付くべきだったのです。あの人の異変に。あの人の心に巣食う邪なるモノに』

かぶりを振ってそう答える女の人の形をした光、それはナナカさんの言う通り母――ムツミ様なのだろう。

光の姿ではその輪郭しか分からないし、僕はムツミ様の声も顔も知らない。

だけど、その優しい声は、紛れもなく『母』の声。

『あの人は、あの人の生涯は……常に敗北の連続でした。法術によって台頭してくる新貴族達に領地から追いやられ、王国にとって何の益も無い辺境で、何も出来ずに燻り続けるアルバウス家を憂い、しかし功績を挙げる機会すら得られず、やがて痩せ細っていくばかりの領地の未来を憂い、その果てに心を病み、そして追い詰められて恐ろしいモノに手を出してしまった』

そうか。

この国では、優れた法術を使える者に爵位を与えると言う、比較的新しい制度が有った。

確か、二代前の王様の頃からだと聞いている。

一家系秘伝の法術技法を認められて、新たに叙爵されるその貴族達の事を、確か『新貴族』と呼ぶのだ。

戦功をあげたり、王国に大きく貢献したそれらの貴族達が、領地を与えられる事も珍しくは無い。

だけど広い王国と言えども、国土には限りがある。

近年アルベニアス王国は戦では負け知らずだが、その全てが防衛戦だった筈。

つまり戦で国土を広げられていない。

だが防衛戦と言えども、見事な戦働きをした貴族には、王家としてもそれなりの褒美を与えねばならない。

家臣に褒美を与えられなければ、王家の威厳と求心力が問われるのだ。

褒美とはつまり、新たな領地。

そこで割を食うのは、古さだけを誇る貴族達だ。

ただ古参と言うだけで、家名の他に何かに優れている訳でも無い貴族は、その領地を新貴族達に割譲され、影響力や支配力までもを奪われる。

そこには王家側の恐れも、おそらく有るのだと思う。

一つの貴族が抱える兵力を上手く分散させられれば、それだけ王家への謀反の可能性も減るから。

アルバウス家が——まさにそうだったのだ。

年々立場を失いつつある家名を憂いて、憂い過ぎて。

強い力——邪鬼を欲し、取り込んでしまったのか。

『不甲斐無いばかりです。肉の身体を失って初めて、ようやく気付きました。あの人の心と身体が、邪なるモノに蝕まれている事を。私は己の身に降りかかる不幸を嘆くばかりで、あの人の苦痛に気付いてあげる事ができなかった』

「だがスラザウルをギリギリまで抑えていたのは——貴女なのだろう？」

父様がにこやかに、ムツミ様に問う。

「おかしいとは思っていたのだ。俺が以前に討った邪鬼は、それなりに強い個体だった。アレの右腕を食らったにしては、邪鬼化の進行が遅過ぎる。本来ならもう数年も前に、この領は滅んでいてもおかしくはない」

邪鬼の恐ろしい所はそこにある。極論を言えば、邪鬼は僕ら亜王院でないと討てないのだ。

一応、それ以外に何とかなる方法も有るには有る。だけど対価として支払わなければならないモノが、多すぎる。

『——はい。最初に肉体を奪われていた先妻様方や、その子供達の魂を保護しました。もうその魂は貪られていて殆ど残っていなかったけれど、今こうしてここに立てる程度には癒されています』

光の影が差し出した手の先に有る、五つの光が会釈をするように揺れた。

まともに人の形すら保てない程、彼女達の魂は貪り食われたのか。

『それからは皆で協力し、あの人の歪みを抑えていました。彼女達の身体は完全に邪鬼に奪われていてもう手出しが出来なかったけれど、スラザウル様の中には一欠片の良心が残っておりましたから。きっと、抗っていたのでしょう』

そんな、亡くなった後にまで、ムツミ様は苦労をなされていたのか。

それは何て――お辛い。

「流石はウズメの巫女姫殿だ。敬服するよ」

『――いえ、私は衰えていました。この地に移って以来、アルバウス家に嫁いだ事に浮かれきって、まともに修行をしていませんでしたから。本来なら私が、あの人の凶行を止めるべきでしたのに』

「お母様はっ、何も悪くないっ!!」

突然、ナナカさんが声を張り上げる。

まるで小さな子供の様にブンブンと頭を振りながら――大粒の涙を振りまいて喚く。

「悪くないもんっ!! お母様はっ、ずっと辛かったじゃない！ 苦しんでいたじゃない！ 全部っ、全部お父様が悪いのにっ!! なんで!?」

『ナナカ……』

「ひっく、だって……お父様が居なければ……お母様だってまだ……まだぁ……うぁ、うぇぇぇ……うあああああああっ！」

握りしめていた僕の手をより強く掴んで、ナナカさんは大声で泣いた。

目を閉じて天を仰ぎ、喉や鼻を鳴らせながら、溜まりに溜まった感情が堰を切って溢れ出して来る。

出しても出しても、まだ全然足りない。

ナナカさんが受けた痛みは、それ程までに。

「おねえ、さま？」

僕とナナカさんの間に、ヤチカちゃんが割って入る。

「お、おねえさま、な、なかないで」

ヤチカちゃんが心配そうにナナカさんを見上げて、顔を歪ませた。

「な、なかないでおねえさま、ふえっ、ないちゃ、やぁ」

ガラス玉みたいに綺麗なその両目に、見る見る内に涙が溜まって行く。

「ヤチカちゃん」

思わず、その小さな身体を抱きしめた。

咄嗟に、だけどそうしたかったから。

僕は二人の肩を抱き、自分の体に強く押し付ける。

「あああぁあっ、うぁあああああっ！」

その場にしゃがみ込み、ヤチカちゃんをぎゅうっと抱きしめて、ナナカさんは泣き続ける。

「ふぇええ、ひっぐ、ふぁあああんっ！」

幼い声は甲高く、聞いていてとても辛くなるくらいに、ヤチカちゃんも泣き喚いた。

『ナナカ……ヤチカ……』

ムツミ様の光の影が、そっと僕らを包み込んだ。

暖かい。この温もりはきっと、幻なんかじゃ無い。

『ごめんね。ごめんなさい。ごめんなさい。愛しているわ。愛しているの。母様は何時だって貴女達を、愛しています。ごめんなさい……本当にっ、ごめんなさいっ……』

肉体の無いムツミ様の手が、ナナカさんとヤチカちゃんの頭を撫でた。

「ひっく、おっ、おかあっ、さま？」

『ええ、そうよヤチカ。ああ、こんなに大きくなって』

「おかあ、さまぁ……おかあさまっ！　おかあさまぁっ!!　うあああああぁぁああっ！」

生きる者と、死んだ者。

想う者と想う者。

触れ合える二人と、望んでも触れられない母。

その気持ちの強さは何も違わないのに、何よりも命の在り方、それだけが違う三人がひしりと抱き合う。

肉体の温もりは、もう感じられない。

だけど、心の温もりだけは確かに、そこに在る。

残酷で、でもとても優しい光景。

戻れない、取り戻せない日々を想い、そして二人の娘の事だけを想い、優しさと愛情から来る泣き声だけが、今この場に響いている。

僕らでは決して癒せない、傷の痛みを癒す為に。

◆◆◆◆◆◆◆◆

『――もう、行かねばなりません』

どれだけの時間、抱き合い続けただろうか。

ムツミ様はそう言って、名残惜しさを隠さずに娘達から離れた。

二人の顔にそれぞれ手を添えて、魂の影であるその身では、拭いたくても拭えない涙の跡を指先でなぞる。

ナナカさんとヤチカちゃんは、涙と鼻水でグズグズになった顔で、ムツミ様を見上げ続けた。声が掠れる程泣き続けていたから、とっさに言葉が出てこないのだろう。

「これから、どうされるおつもりか」

黙って見ていた父様が、ムツミ様へと問う。

『義理の娘達を天へと預けた後、妻である私達はスラザウルと共に、地獄へと堕ちます』

「え⁉」

驚きの声を上げたのは、僕だ。

だって、他の奥様方は仕方ないにしても、ムツミ様は何一つ悪く無いのに、何故地獄に堕ちなければならないんだ。

「悪いが、それは無理な話だ。罪人が許されなければどう足掻いても天に昇れないように、罪無き者もまた許されなければ地獄には行けん。元締めである閻魔がそれを見逃す筈がないであろう」

「そっ、そうですよね⁉」

良かった。そんな理不尽な話があってたまるか。

地獄の責め苦は本当に辛いと聞く。

それこそ、魂までもを粉々にするほど。

僕ら亜王院は、元々地獄の獄卒に就いていた、とある鬼の一族。

故有ってこの地上異界に流れついたが、かつてのご先祖様は、閻魔に仕える立派な鬼だったと聞く。

僕らの家にはご先祖様が残した、地獄に関する書物などが沢山保管されている。

小さい頃こっそり盗み見たその書物の内容は、とても恐ろしい物だった。

あまりにも恐ろし過ぎて、しばらく悪夢にうなされた程だ。

あんな責め苦をムツミ様が受ける必要は、全く無い。有ってたまるか。

『実は、もう既に閻魔様にお伺いしており、スラザウルが罪を償い終えるまで、地獄の入り口に留まることを許されております。私達は、あの人の妻ですから』

「それは――数万の年月では、効かぬぞ?」

『心得ております』

「天で清められ、先に輪廻の輪で廻り続けながら、いずれ出会うであろうスラザウルを待つ――では、ダメなのか?」

『私達はあの人と永遠の愛を誓いました。来世を共に歩めるのであるならば、何万年――何十億年でも待ちましょう』

「それで、本当に良いのか?」

『はい。何も問題ありません』

押し問答に決着は付かず、父様は困ったように眉を曲げ、そして最後には呆れたように笑った。

「ああ、良い女だ。俺の妻達にも負けんほどに良い女じゃないか。あの馬鹿には勿体ないな」

父様は何だか納得したみたいだけど、僕は今一腑に落ちない。

幾ら邪鬼に支配されていたとはいえ、伯爵のした事は紛れもなく悪行だ。

なのに、こうまで想い続けるなんて、おかしいよ。

「ナナカとヤチカはお任せください。私の息子が、しかと御護りする事をお約束致しますから」

父様の隣に立つ母様が、ムツミ様の影に微笑みを向ける。

「息子の嫁は私達の娘も同然です。ヤチカもまた我が子と同じくらい大切な子。貴女は心置き無く、旦那様のお帰りをお待ち下さいませ」

母様のその言葉に、ムツミ様は深々と頭を下げた。

「ええ、貴女は何も心配する事はございません。我ら亜王院一家は、二人を喜んで家族に迎え入れましょう。愛くるしい、良い子達です。どうか心安らかに、死後の旅路を」

いつのまにか戻ってきていたトモエ様も、いつもの朗らかな笑顔で、ムツミ様へと頭を下げる。

『ありがとうございます。鬼姫様方。私の宝物……娘達をどうか、どうかよろしくお願い致します』

光の輪郭がボヤけ始めた。本当にもう、時間が無いのだろう。

「お、お母様っ」

「おかあさまぁ」

ナナカさんとヤチカちゃんはヨロヨロと、二人支え合いながらゆっくりと立ち上がる。

これが本当の、今生の別れ。

現世ではもう二度と会う事はない、最愛の母のお見送り。

だから僕は邪魔をしないよう、その身を引こうと考えた。

だけど、ナナカさんの弱々しい手が、僕の着物の裾を握って離してくれない。

『ナナカ、貴方はこの母の分まで、幸せにおなりなさい。終わりこそ、とても辛い物だったけれど、私はお父様と出会えて本当に幸せだった。だって――』

もう一度二人の肩を抱くように、ムツミ様の影が形を変える。

『――貴方達に逢えた。お腹を痛め、共に泣き、共に笑い合えた日々は間違い無く、母の幸せでした』

「お母様。わ、私もっ。お母様の娘で、しっ、幸せでしたぁっ」

ぶるぶると、ナナカさんの身体は震え続ける。悔しさと嬉しさとでないまぜになった感情が、彼女の身体と心を震わせている。

『ヤチカ……貴方にはもっと沢山、色んな事を教えたかった。いっぱいお喋りして、いっぱい笑わせて、いっぱい困らせられて……本当にごめんなさい。貴方に寂しい想いをさせてしまうこの母を、責めても良いのですよ？』

ヤチカちゃんは首をぶんぶんと力強く振って、ムツミ様を見上げる。

大粒の涙は、まだその瞳から零れ落ち続けているけれど、だけど一生懸命に――笑う。

「う、ううん。ヤチカは、おねえさまといっしょだから。さびしくないよ。おにいさまがね。ヤチカとおねえさまはずっといっしょだって、おまもりしてくれるってやくそくしてくれたの。だからおかあさま――」

スカートの裾をギュッと握り締める。

泣いて、どうしようも無く涙が出て、寂しくて悲しくて辛いのに、だけど大好きなお母様に心配をかけない様にと健気に――。

「あんしんして、いって……らっしゃいませ。だいすきな、おかあさま」

――ヤチカちゃんは、笑うのだ。

『ああっ、ああっ！　ヤチカっ、大好きよヤチカっ！　母はずっと、ずっと貴方を愛しております！』

ムツミ様の声が、一際大きく木霊する。
泣いているのだろう。悲しんでいるのだろう。
例え肉の体を失ったとしても、ムツミ様の心は娘達への愛で溢れている。
言わなきゃ。この時、この場で。
僕もムツミ様に、何かを言わなきゃ。
彼女が心置きなく冥途へと旅立てるように、何の心残り無く逝く事が出来るように。
いや、違う。そうじゃない。
そんな失礼な事じゃない。
僕は僕の本当の気持ちを、ナナカさんのお母様――僕のお義母様に伝えないと。
お為ごかしの取り繕った言葉じゃなく、本心からの言葉を。
「僕は」
ゆっくりと、だけどはっきり確かに、僕は口を開く。

「僕はまだ未熟者で、とても頼り無いけれど」

自分の弱さを嘆き、幾度も幾度も心が折れかけて、それでもボロボロになりながら立ち続ける、情けない日々を過ごして来たけれど――そんな僕にもようやく、叶えたい願いがやっと、見つかった。

「ナナカさんを護りたいって、思ったんです」

この女性《ひと》の涙を見ると、心が痛くなる。

この女性《ひと》の耐えている姿に、どうしようも無く心が動かされる。

「強くなります。もう二人が泣かないよう、もう二度と辛い想いをしなくてもいいように」

ナナカさんが、ヤチカちゃんが笑って過ごせる明日が欲しいから。

ただ穏やかに生きて行ける未来が、欲しいから。

「強くなります。僕が強く在れば二人がいつまでも一緒に居られるというなら、僕はもう絶対に弱音なんか吐きません。だから――」

欲しい。

こんなに何かを欲したのなんて初めてだ。

誰にも邪魔はさせない。

これから先の僕の努力の果てに二人の未来があるならば、何が来ようと耐えてみせる。

欲しい。

とてもとてもとても。とっても欲しい。

心の底、魂の奥。深い深い精神の更に奥。そこから張り裂けんばかりに願いを叫んでいる。

だから最初にお願いしなければならないのは。最初にムツミ様に伝えなきゃいけない言葉は。

きっと、この言葉しかない。

「娘さんを、僕に下さい」

本来なら頭を下げなければならないのだけれど、僕はまっすぐムツミ様を見据えて、そう告げた。

二人の儀式

◆◆◆◆◆◆◆◆◆

「飲んでるかウスケ！　俺はもう死ぬ程飲んでいるぞ！　がはははははっ！」

「頭領、幾ら何でも飲み過ぎっすよ！　いったい何樽空ける気っすか⁉」

「うふふふふふ、貴方？　何も懲りてないようですね？」

「姉様、もういっその事、酒断ちをさせましょう」

「ととさまととさま！　おさけくさーい！」

夜もとっぷりと更け、僕らの披露宴は予定通り行われていた。

と言っても、村人や騎士団の人達に料理や酒を振る舞う、ただの宴会のような何かに変わり果てているけれど。

ムツミ様が、満足気な笑みを浮かべて空に消えていったのは、もう数時間前。

トモエ様による場の清めも滞り無く終わり、父様は披露宴の開始を声高らかに告げた。

伯爵を始め、ナナカさんの姉達や義理の母方、それに伯爵家の使用人も全員お亡くなりになられているから、本当なら厳かにしめやかに行うべきだと思ったんだけど。

『可愛い娘の門出をちゃんと祝わないと、亡くなった巫女姫殿に悔いが残るじゃねーか。これはもういっそのこと開き直ってだな！　パーっとド派手な披露宴にしちまうんだよ！』

とか言う父様の、分かるようで良く分からない一声で始まったこの宴会もたけなわである。

「ナナカさん、お水をどうぞ」

「あ、ありがとうございます。タオ様」

僕とナナカさんは広場の中心に作られた台座に座らされて、その宴会を見ている。

最初にちょっと挨拶をさせられて以降、こうして皆が楽しそうにしている光景をただ眺めるくらいしか、やる事が無いのだ。

一番近くの席では、樽から次々と酒を掬い取ってはカッパカッパと呷《あお》り続ける父様と、絡まれるウスケさん。

それを怖い笑顔で凝視する母様とトモエ様、そしてキララとヤチカちゃんが座っている。

「んにゅ……ふぁあああ……」

「あらあらあらヤチカ、もうおねむの様ですね。無理も有りません。今日は色々有りましたから」

こっくりこっくりと船をこぐヤチカちゃんは、僕の母様の膝の上で、まるで猫のように丸まっていた。

母様はそのタンポポの様にふわふわな金髪を撫でて、優しい笑みを浮かべる。

ムツミ様とお別れをした後、ヤチカちゃんは母様から一時も離れなくなってしまった。頑張って強がってはいたけれど、最愛のお母様とのお別れは、幼いヤチカちゃんにとっては耐え難いモノだったはずだ。

僕の母様とムツミ様は、どこか似ていた。

顔とか声とかじゃ無く、雰囲気的な部分がだ。

だからなのか、ヤチカちゃんはずっと母様、時々はトモエ様に静かに甘えて気を紛らわせているんだろう。

「タオジロウ、母とヤチカは先に宿に戻っていますね？」

「はい、分かりました」

母様は頷くと、ゆっくりヤチカちゃんを抱え上げて立ち上がり、村の方へと向かった。

「ほらキララ。あんたも今日は寝る時間だよ」

トモエ様が、ケラケラと笑いながら料理を食べ続けるキララの頭に、ポンと手を置く。

「えー、ヤダヤダ！　もっとたべるぅ～！」

「どんだけ食べたら気が済むのさ。これで夜中に厠に行きたくなっても、母様は付いて行ってあげないからね」

「そ、それは、こまる」

困るのか。ていうかお前、まだ一人で厠に行けないの？

昼間は誰よりも元気で怖い物知らずなくせに、可愛いやつめ。

「サエ姉、アレも美味しかったよ！」

「おっ、どれどれ～。でかしたぞテンジロウ！」

「お前ら食べすぎだって。特にサエ、お前また太るぞ」

「またって何だよ！　太った事なんて無いし！　失礼だなトウジは！」

遠くのテーブルではトウジロウとサエがテンジロウに付き添って、色んな料理を摘んでいた。

トウジロウは小食だからもう食べられないのに、サエとテンジロウに無理矢理引っ張られているみたいだ。

眠そうに欠伸を噛み殺しつつ、ズレ落ちそうな眼鏡を何度もクイっと持ち上げている。

「あーでもでも、さっきのケーキも美味しかったなぁ。もう一切れ食べちゃおかな？　ねぇトウジ、稽古をもっと増やせば問題無いかな？」

「知らないよ」

普段から男勝りな所が有り、僕も少しばかり心配しているサエだが、こうして甘味に弱い所を見ると普通の女の子みたいで安心する。

最近は体重や体型も気にしているみたいだし、これでもう少しお淑やかになってくれれば良いんだけどな。

「テンも食べたい！」

「僕はもう眠たいんだけど……」

テンジロウは、皆が集まる時は大体トウジロウかサエと一緒に行動する。

忙しくて誰も相手に出来ない時なんかは、率先してキララや里の子供達の面倒を見てくれるので、アレで中々の兄貴肌なのだ。

イタズラばっかりしてるのは、寂しさの表れなのだろう。気を引きたいだけなんだ。

トウジロウなんかはいつも商いの仕事の方を手伝っていて、中々自分の時間が取れていない。

頭の出来が僕なんかの何倍も凄いからなぁ。

出来た弟で誇らしい反面、兄としてちょっとだけ敗北感に苛まれていたり。

要するに僕の弟妹達は皆、良く出来ている子達なのだ。兄としては誇らしくもあり、同時に不甲斐無さも感じている。

長男の僕が一番駄目な気がするが、僕を兄と慕ってくれているアイツらの為にも、もっと頑張らねば。

「……ナナカさん。大丈夫ですか？」

隣の席でどこか上の空で座っている、ナナカさんを見る。

水の入った杯を両手で握って、皆が楽しそうに笑っている光景をぼうっと眺めていた。

「少し、疲れているみたいです」

そりゃそうだよ。今日は彼女にとって、激動の一日だったのだから。

「部屋に戻りましょうか？　ここまで混沌として来たら、もう僕らが居続ける意味もあんまり無いみたいですし」

披露宴会場をぐるっと見渡すと、村人達や騎士の人達が思い思いに酒を酌み交わしていて、僕らはもうすっかり蚊帳の外だ。

村人達は、村がとんでも無い化け物から救われたと祝い、騎士団の人達は、突然手に入った休暇を思いっきり堪能している。

ムラクモの里の人達だって、もう給仕の仕事を放り出して飲み騒ぎ始めたし、父様に至っては、既に酒量があり得ない域にまで達しているからな。

宴の始まりこそ僕らの婚礼披露だったけれど、こうなってしまったら、完全にダシに使われているだけだ。

ならばもう、僕らがここに居る必要なんかとっくに無く、さっさと宿に戻っても何も問題は無いだろう。

「はい。タオ様が、よろしければ」

「僕？」

何で僕？

あ、そうか。そう言えば僕らは同じ部屋で寝るんだっけ。

僕が戻らないのに自分が戻る訳にはいかないと、立ててくれているんだな。

うーむ。僕はほんと気の利かない男だ。

もう少し彼女の気持ちを察して、もっと早くに部屋に戻るかを聞いておくべきだった。

「そうですね。戻りましょうか」

そう言えば、昨日はナナカさんの寝息や良い匂いにドキドキし過ぎて、寝付けなかったのを思い出した。

今日は本当に色々有ったし、結構動いたから良く眠れる気がする。

一度解いたこの身体の『禁』をもう一度父様に施されたもんだから、身体がめちゃくちゃ重く感じる。余計に寝付きやすいだろう。

「ヤチカちゃんは、母様と眠るんだと思います」

「……シズカ様にべったりでしたから。あの子ったら」

「良いんですよ。母様は子供好きですから」

僕の母様は里の子供達の姿を眺めるのが大好きだ。

おやつを馳走したり昼寝に付き添ったりと、一日の半分くらいは子供達と一緒に居る。

子供達もそんな母様が大好きで、毎日顔を出しに来る程。

ちょっと前までの僕はそれがなんだか無性に嫌で、駄々を捏ねたりもしたもんだ。

独占欲、もしくは嫉妬だったんだろうな。僕の母様だぞっ、みたいな。

今となっては、みっとも無い事この上無ぃ。

「父様、僕らは疲れたのでもう宿に戻りますね！」

ずっと楽しそうにお酒を飲み騒ぎ続ける父様に声をかけた。

片腕を樽の中に突っ込みっぱなしの駄目親父は、しばらく見たこともないくらい上機嫌だ。

「おうおう!? 何だもうシケこみやがるのか！ さすが俺の子、この助平め！ ああ安心しろ！ 今日は誰もお前らの部屋に近寄らない様に言っておくからよっ！ がはははははっ!!」

そう笑って、隣で父様の酒の相手をさせられていたウスケさんの背中をバンバンと叩いた。

「頭領、最低っす！ 息子の初めてくらい察してやれってもんですよ！ このクソ親父っ！」

心配になる程に顔を真っ赤にしたウスケさんが、テーブルに項垂れながら声を張り上げる。リリュウさんが遠くの席に逃げた理由も分かるなぁ。

大丈夫かな、ウスケさんのあの顔色。びっくりするくらい赤いんだけど。

「亜王院の男は代々助平だからなぁ！　タオだって一皮剝ければ、そりゃもう猿みたいにへこへことだなぁ！　俺だってあんぐらいの歳の頃は、なぁトモエ！」

「馬鹿っ！　子供達の前で何を言ってんのアスラオ様っ！」

トモエ様が顔を真っ赤にして、父様に向かって全力で杯を投げた。

ぱっかーんと、小気味好い音を立てた杯は、父様の額でバラバラに割れる。

うわ、今のは絶対に痛いぞ。

「がはははははっ、おうおう励め励め！　鬼の嫁は大変だぞぅ!?」

何を言ってるんだろうか、あの酔っ払いは。痛覚が麻痺してるのかな？

お酒って怖いなぁ。僕はまだあの味が美味しいとは思えないから、今日は乾杯の一杯しか飲んでいないけれど、何時かはああして馬鹿みたいに騒ぐ日が来るのだろうか。

「さて、行きましょうか」

ナナカさんの手を取って席を立つ。

彼女も一杯だけ飲まされていたからか、足元が少しだけ危なっかしい。

心配だから、宿まで手を繋いで行こう。

「宜しいのですか？」

「良いんですよ」

ぎゃーすかぎゃーすかと、宴は大賑わいだ。

村人達も騎士達も、そして里の人達も大きな焚き火を囲んで上機嫌に笑っている。

僕らが居なくなってもしばらくは、この騒ぎは止まないだろう。

僕らはそんな宴の場を背にして、ゆっくりと宿へと向かって歩き出した。

宿は村の反対側だ。

夜の冬空の寒さは厳しさを増している。

披露宴会場は場を暖める結界が張られていたからポカポカだったけれど、離れれば離れるほど寒さが身を刺す様に増して行く。

「……タオ様」

「はい？」

小声でナナカさんに呼ばれ、顔を向けた。

「……ナナカは、少し寒うございます」

「あ、ああそうですね。もうしばらくの我慢ですよ。宿に着いたら湯浴みの準備を……」

ぐいっと、腕を引っ張られた。

繋いでいた手を解かれて、ナナカさんの身体は僕の腕の中へ。

ピトッと頬を僕の頬に合わせ、一切の隙間も無くそうと密着して来る。

「……ナ、ナナカは寒う、ございます」

「えっ、えっと」

「タオ様の胸の中は温かかったです。今日抱かれた時、とっても居心地が良かったから」

「そ、そうですか？」

「だっ、だからナナカは。タオ様の胸の中が……良いです」

こ、これは。肩を抱け、と言われているのだろうか。

う、うん。抱けと言うなら、抱くのはやぶさかでは無いですが。

そんな密着する必要、有ります？

「……今日は、本当に色々ありました」

ナナカさんは、注意しないと聞き逃すかも知れないくらいの小さな声で、ボソリと呟く。

「お母様に最後の別れを言えるなんて、思いもしませんでした。亡くなられた時は、病のせいで目を開けずに逝かれてしまいましたから」

僕の服の裾をギュッと握りしめて、ナナカさんは更に身体を寄せてくる。

「私は、タオ様に出会えて――本当に良かったと思います」

「……そうですか？」

「はい。きっとタオ様はご理解してらっしゃらないと思いますが、今日一日でどれ程私の心を支えてくれたのか。きっともう、私はタオ様が居ないと駄目なのだと思います」

そ、そうかな。

僕はそれほど力になったとは、思えない。

結局ムツミ様に会えたのだって父様の鬼術のおかげだし、ヤチカちゃんを助けられたのだって、運が良かったに過ぎない。

むしろ、申し訳なさを感じるくらい、僕は無力だった。

「そのお顔は、やっぱり分かっていないみたい」

「え、えっと」

「決めました」

ナナカさんは顔を上げ、僕の目をじっと見る。

「今日、私はタオ様に――全てを、差し上げます。この身の全てを、私の旦那様に」

潤んだ綺麗な翠色の瞳が、僕の心を鷲掴む。

綺麗な顔だな……なんて、僕は間抜け面で見惚れていた。

「タオ様に、どれだけ感謝しているのかを」

こんなに寒いのに、上気したように火照った顔でナナカさんは僕を見続ける。

「――分からせてあげます」

強い覚悟の眼差し。思わず僕が仰け反るほどの迫力。

宿へと続く田舎道の道中で、僕とナナカさんは顔を見合わせて歩き続ける。

え、えっと。

一体、何が始まるんです？

◆◆◆◆◆◆◆◆◆◆◆◆◆◆

な、何がどうしてこうなったんだろうか。

今ナナカさんは宿の裏手で一人、身を清めている。

部屋の窓から見える位置に衝立《ついたて》を設置して、宿から借りた大きな桶に熱水晶でお湯を張り、丹念に丹念にその肌を磨いている。

『タオ様、今夜は私の一世一代の――最初で最後の一夜です。どうかお逃げにならず、このナナカを受け止めて下さい』

初めて会った時の死んだ様な目ではなく、強い光の宿った有無を言わさぬ圧力を発する眼差しでそう言われたら、僕はここから一歩も動けない。

ベッドの上でソワソワと、時々窓の外を眺めては慌てて視線を逸らす。

り、理解はしてる。

他の誰でも無いナナカさんに教えて貰った、男女の営み。

僕らが今からするのは、きっと正しくソレなのだろう。

だけども！

だけどもだよ⁉

僕には圧倒的に知識と、経験が足りていない！

一ヶ月前、この歳で粗相をしたと嘆いて母様に不思議な視線を送られたアレが！

僕が子供を成せる身体になった証だと知ったのは、つい昨日の事だ！

そんな僕が、そんな僕がだよ！

今からハイ、子供を作りましょうなんて言われても、困る！

衝立の向こうから衣擦れの音が聴こえて来た。

これは、布で身体を拭いている音だな？

ああ、自分の優れた聴覚を疎ましく思う時が来るなんて、思いもしなかった。

しばらくして、今度は材質の違う音に変わった。

これは、母様から借り受けた夜衣の襦袢《じゅばん》を、ナナカさんが身に着ける音だ。

西方から仕入れた絹物《シルク》であしらった、肌触りの良いかなり高価な代物。

宿についてナナカさんが最初に向かったのは、この部屋の三つ隣の母様達の部屋。

キララやテンジロウも泊まるからと、母様達は父様と一緒にもっと大きい部屋に移っていたのだ。

その部屋に入って行ったナナカさんに少し待っていて欲しいと言われて、しばらく経つと何やら微笑ましい物でも見たかの様な表情の母様と共に着物を受け取って出てきた。

はっ⁉

も、もしかして母様は、僕らが今から何をするのか——知っているの⁉

それは気不味いって話じゃ済まないんだけど⁉

「へあっ！」

ドアをノックする音に心臓が跳ねた。

口からまろび出るんじゃ無いかってぐらいそりゃあもう、元気に跳び跳ねた。

『タオ様、入っても……よろしいでしょうか』

心なしかどこか艶《つや》を含んだ声で、ナナカさんが扉越しに語りかけて来る。

「は、はっはははっ、ハイ！」

たったの一言に何回、吃《ども》るのか。

あっ、ダメダメ。今の僕はまともな思考を持ち合わせていない。

両耳の側で大太鼓が盛大な祭囃子を刻んでいる。

鼓膜が突き破られそうなこの音は、何を隠そう僕の心臓の鼓動だ。

『失礼……します』

ガチャリ、と宿の古めかしい扉が開く。

そこに現れたのは、濡れた身体にぴたりと張り付いた、薄手の襦袢姿のナナカさん。

上気した頬は白い肌を綺麗な薄紅色に染めて、金色の髪が水に濡れて輝いている。

着物に慣れていないせいか、腰帯は少しばかり歪に結われていて、その所為で大きな――とても大きな胸の谷間が、大胆に曝け出されている。

その弛んだ布地に指を引っ掛けて軽く下に引っ張れば、簡単に露わになってしまうくらい、ナナカさんは無防備だ。

後ろ手で扉を閉めて、羞恥に歪む顔を少し斜めに背け、彼女は胸に右手を当ててゆっくりと近づいてくる。

「あ、あの――この間は自暴自棄で、我を見失っていたので平気でしたが、改めてこうしてみると、とても恥ずかしいものですね」

「――あ、はい」

「お、お側に……座っても、宜しいでしょうか」

「――あ、はい」

「ありがとう……ございます」

「――あ、はい」

見惚れるとは――正しくこういう事か。

濡れて透け始めた襦袢から見える紅潮したナナカさんの肌は、まるでそういう色の宝石のように綺羅綺羅《キラキラ》で。

恥ずかしさで潤んだ翠色の瞳は、僕の心をグッと掴んで離さない。

水気を含んで纏まった金色の髪から、何時までも堪能していたい気分にさせる良い匂いが、僕の鼻の奥を意地悪にくすぐる。

部屋の中いっぱいに充満し始めたその匂いに、さっきまで動転していた僕の思考が徐々に落ち着きを取り戻し始め——そして自覚ある一つの欲が、ムクムクと育ち始めた。

さ、触っても——良いのかな。

この綺麗で壊れ易い硝子細工みたいな女性《ひと》に、触れてみたい。

指感触《ゆびざわり》がとても良さそうなそのうなじに指を這わせて、ゆっくりと撫でたい。

耳の後ろ、髪の付け根に鼻を埋めて——じっくりと匂いを嗅ぎ取りたい。

朱に染まったその肌に優しく触れて、堪能したい。

僕は、一体どうしたんだろう。

この目が、この視線が、ナナカさんを捉えて離さない。

その視線に気づいた彼女が、なんだか嬉しそうに口元を歪ませ、そしてゆっくりと薄桃色の小さな唇を開く。

「タオ様も……ご準備をなさって下さい」

ナナカさんの指が、僕の着物の帯を優しく解いた。

あれ、おかしい。

ついさっきまで、ベッドの縁で行儀よく正座をしていた筈なのに、気付いたら天井を見上げて寝転んでいる。

ていうか、押し倒されている。

「大丈夫、大丈夫です。経験こそ有りませんが、そういう書物は沢山読みましたから——だから、えっと、だいじょうぶ」

僕の両肩に両手で体重を掛けて、ナナカさんがお腹の上に跨った。

柔らかい太ももの感触が着物の布ごしからでも感じられる。

「えっと、えっと」

昂りすぎて落ち着かないその瞳が、いつのまにかはだけていた僕のお腹と胸の辺りでキョロキョロとせわしなく泳ぐ。

「だ、だいじょうぶ。だいじょうぶだからナナカ。おちついて、おちついて思い出すの」

うわ言のようにボソボソと、小さな唇から溢れでる声と吐息。

ナナカさんの顔が徐々に僕の首筋へと降りていく。

「さ、さいしょは。せっ、せっ、接吻から……」

首筋にナナカさんの息遣いを感じて、僕の身体がびくりと反応した。

熱い。

まるで鞴《ふいご》に吹かれた釜の熱風の様に、熱い。

熱い筈なのに、何故だかとても気持ちいい。

自分でも不思議に感じるほど、僕の思考はとても落ち着いている。

さっきまでバクバクと躍《おど》り続けていた心臓も、今では耳の内側——僕の鼓膜を優しく、とくんとくんと揺らしている。

「あっ、あの、たっ、タオ様っ。目を、目を閉じてください。お願いします」

左の耳元でぼそりと囁かれる。

「はっ、恥ずかしくて、タオ様のお顔を見られないのです。どうか、どうか一度、目を閉じては頂けませんか？」

僕の左側の敷き布に顔を埋めたナナカさんが、身体《ぼく》と身体《かのじょ》が触れるか触れないかのギリギリの所で身を捩りながら、哀願する。

切なそうに、でもはっきりとした意思で。ナナカさんは僕の耳元で、か細い声で呟き続ける。

「お願いします。タオ様、お願いします」

こめかみから耳たぶに伝わる声の振動で、ぞくりと背筋にナニかが走った。

もっと、聴きたい。

「あ、あの目を。目を閉じ――」

僕の右手が、彼女の頭を手繰り寄せて胸に抱いた。

抱いたというより、奪ったが正しいいか。

そうだ。もっと聴きたいんだ。

聴きたいし触りたいなら、ここで抱き締めて、固定してやればいい。

「あっ、あっ。たっ、タオっ、タオ様？」

左手は彼女の腕を捕まえる。

細い手首をぐるりと、優しく包む。

折れそうな程華奢なのにとっても熱くて――こんなに心地の良い熱を、僕は知らない。

「タオさまっ、あ、あの、お気を悪く……されましたか？」

声が震えている。何だか泣き出しそうだ。

僕が怒ったと思っているのだろうか。

違う違う。全然怒っていない。

むしろ今、僕はとても上機嫌だ。

上機嫌だけど――足りていない。

足りないから欲しい物を欲しい分だけ、探している。

「たっ、たおさ――」

「ナナカさん」

無理矢理言葉を遮って、彼女が僕にした様に、その耳元で囁いてみた。

あんまり大きな声を出すとびっくりしちゃうだろうから、本当に小さな声で、彼女の名前を呼ぶ。

「――ひっ」

びくりと彼女の腰が揺れる。

僕のお腹の上。薄い襦袢たった一枚越しのとっても柔らかい肉に包まれた彼女のお尻が、少しだけ前にズレる。

「ナナカさん。怒ってないです。僕、全然怒ってないですよ」

「――あっ、あっ」

「声、綺麗です。凄く綺麗だ。もっと」

「――ひんっ」

僕が一声発する度に、ナナカさんの腰が小刻みに揺れる。

愉しい。

何でだろう。何でこんなに、愉しいいんだろう。

「もっと、もっと聴きたい。ナナカさんの声を、聴きたい」

「——あっ、やめっ……たっ、たおさまっ。すこしっ」

僕の唇が僅かに、ナナカさんの左耳に触れた。

「ひぁあっ！」

一際大きく、今度は背中も一緒に。ナナカさんの身体が揺れる。

「可愛い」

可愛い。

歳上なのに、可愛いなんて失礼な言い方なのに。

なんて可愛いんだろうか。

ヤチカちゃんや、サエやキララ。歳下の女の子達に感じる、微笑ましさから来る感情ではない。

僕の声で、彼女は敏感に反応してくれる——こんな綺麗な女性《ひと》が——僕の、他の誰でも無い、この僕の声で。

「ナナカさん」

「たっ、たおさまっ。いちど、いちどおはなしっ……んっ！　おはなしくださいませっ」

ぐにゃりとナナカさんの腰が曲がる。

「おねがいしますっ。なっ、なんかへんなのっ。たおさまっ」

幼い子供の様な、舌ったらずな声だ。

水気を含んだその声を聞いて、何故か僕の気分は更に良くなって行く。

耳元で囁いているだけでこうなら、『違う事』をしたらどうなるんだろう。

やってはいけないと思いつつも、僕の好奇心はナナカさんの上げる声と共に、どんどん大きくなって行く。

試してみよう。そうしよう。

「あむっ」

「――っ！」

今度は全身がぶるりと跳ねた。

大きく開かれているナナカさんの口からは、声では無く熱い息の塊だけが吐き出される。

「あむ。ぺろっ」

「はぁっ！　あっ、タオさまっ！　ダメぇっ！」

「くちゅ。あんむ」

「おっ、おやめくださいっ！　おねがいっ！　あっ！」

ああ、たのしい。

たのしい！

愉しい!!

俄然調子に乗った僕は、彼女の制止の言葉を完全に無視して、その小ぶりな可愛らしい耳を口で弄ぶ。

「あぁあっ！　ごっ、ごしょうですからっ！　たおさまっ！　たおさまっ！」

「ひっ！　みみぃっ、かんじゃやぁっ！　あっ、ぐちゅぐちゅしちゃ、やぁっ！」

「んぐっ、ひあっ！　ふぁっ！」

「んふぅっ！　んぁっ！　あっ　あっ！　あぁっ！」

僕は時間が経つのも忘れて、彼女の左耳の柔らかさと声、そして身体の反応を楽しんでいた。

ビクビクと震えるその身体には、既に力なんてちっとも入っていない。

僕の身体に全体重を預けて、いつの間にか僕の左手は彼女の右手の指と互い互いに結われている。

汗ばんだ手のひらと火照った身体の熱が妙に全身に纏わり付いて、不快感など無くそれすらもひたすら気持ち良くて。

いつの間にかナナカさんは言葉らしい言葉を発する事を止め、短い呼吸音と喉からでる瞬間的な鳴き声しか発さなくなっていた。

「ふぅーっ」

僕は仕上げとばかりに、小さな小さなナナカさんの耳の穴に息を吹き込む。

「――んんんんあああああっ!!」

同時にその身体が、主に腰が小刻みに振動する。

「はぁっ、はあぅっ、はぁっ！」

固定していた右手を優しく離すと、ナナカさんは荒い息遣いを吐いて、僕の身体の上からベッドの敷き布へとうつ伏せに倒れ込んだ。

さて今度は、どうしよう。

そうだ。僕は、触りたかったんだ。

お風呂上がりで上気した、彼女のツヤツヤで柔らかそうなその肌を、この手で思う存分に触れたいと思っていたんだった。

ならば、そう思いたったが吉日。

僕はナナカさんの右腕の腋に手を差し込み、上体を起こす。

薄い襦袢の手触りの良い感触を感じる間も無く、僕とナナカさんの身体が上下に逆に入れ替わる。

「あっ、だめっ、たおさま。みないで」

少し怖いくらいに赤みがさしたその顔を、左腕で隠そうとするナナカさん。

僕は無言でその腕を取り払う。

弱々しい。今までので弛緩したのも理由かも知れないけれど、やっぱりナナカさんは力の弱い女の子だ。

今の僕の、『禁』を施されたこの力でも容易くその身体を開く事が出来た。

翠色の瞳が、ゆらゆらと羞恥に揺れている。

僕から顔を背けたくても、右側頭部にわざと置いてある僕の手が邪魔をして背けられない。

うっすらと浮き出た涙の粒が、顔の輪郭を伝って敷き布へと落ちて行く。

「ごめんなさい。怖いですか?」

その涙で少しだけ、僕は我を取り戻した。

冷静だと思っていた自分の思考が、実はとても興奮していた事実に内心驚愕する。

どうかしていた。いや、今もどうかしている。

怖いかと聞いたのに、彼女の返事を待つつもりが無い。

「こ、怖いです。なんだかタオ様、別のお方みたい」

怖いと言いながらも、でもその瞳は真っ直ぐに僕へと向けられている。

「そうですか?」

「はっ、はい。で、でも」

でも?


「嫌では……無いです」


ぐっと、来た。

心の中心。僕のど真ん中を、彼女の言葉が射抜く。

「そう、ですか」

自覚したばかりの興奮が、今度は実感を伴って腹の下からせり上がって来る。

喉元まで来たその昂りが、僕の首を、腕を、身体を勝手に動かした。

ぺろり、と。

「んっ」

涙の跡をなぞるように、ナナカさんの顔を舐める。

美味しい……のかな。わからない。

涙は普通しょっぱい物だけれど、でもこれは、不思議と甘く感じる様な。

分かるのは、その頬の絶妙な柔らかさと、もう少しだけ舐めたいなって思った事だけ。

「あっ、た、たおさまっ、んっ、んあっ」

まるで子犬が小皿の水を掬い取るみたいに連続で、だけどしっかりと、その肌に残る涙を舐めとっていく。

目尻の下。

頬の上。

耳の下。

頬の真ん中。

唇の横。

唇の上。

「あっ」

そして、上唇。

咥えるように啄ばんだその柔らかさに、舌先と脳に甘い痺れが走る。

「んっ」

艶やかで瑞々しい小さな唇。

ここだ。僕がさっきから探していたのは、きっとここに違い無い。

「あぅっ、んっ」

今度は試しに下唇を食む。僕の唇に彼女の歯が当たった。

ここもだ。凄い。

なんだろう、この柔らかさ。

こんなに柔らかい物が、この世に有ったなんて。

だけど、もう少しだけ足りない。

ここで合っている筈。合っているとは思うんだけれど、でももう少しだけ——奥か。

「た、たおさまっ、たおさまっ」

何かに焦れたナナカさんが、僕の腕を振り解いた。

そのまま僕の頭を両腕で掴み、無理やり角度を変える。

「——あむ」

「——んっ」

唇が——いや口が重なり合う。

雷鳴のように一瞬にして、僕の中に閃きが駆け巡った。

これだ。これに間違いない。

さっきから僕がずっと欲していた感触は間違いなくこれに違いないと、本能が告げている。

「あんむっ」

「んっ、んんっ」

二人とも目を閉じて、ただ一心にお互いの唇を貪り合う。

姿勢が定まらない僕は、彼女の背に片腕を潜り込ませて首筋を掴む。

もう片方の手は体重を支える為に、敷き布に腕ごと食い込ませた。

ナナカさんは髪を掻き毟る様に僕の頭を抱え、たまに上下に動かして撫でる。

「はっ、んっ」

「んっ、ちゅ」

一体、何時までそうしていたのだろうか。

ずっとこうして居たいけれど、でも多分、この先が有る。

この先にはきっと素晴らしい何かが有って、これはその為の準備でしかないと、またも本能が大声で叫んでいる。

知識の無い僕でも分かる。

口と口を合わせて、時々息をする事すら憚られながら、僕は着物の帯を器用に脱ぎ払った。

ナナカさんに覆いかぶさる様に体勢を整えていると、不意に何か柔らかい物が僕の唇を押し開く。

彼女の舌が、僕の口内に進入して来たのだ。

ゆっくりと下の歯をなぞるその未知の感触に、背筋にゾクゾクとした快感が走った。

「んあっ、たおさまっ。もっとっ」

口の端に舌で追いやった唾液を泡立たせて、ナナカさんは僕の口の中で小さい声を漏らす。

脳に直接響くその声が、視界いっぱいに映る熱に浮かされたようなその表情が、最後の――本当に最後の理性の紐を切る。

何で声まで綺麗なんだろう、この人。

こんなに綺麗なんて、許されないだろう。

他の男の人に見られたらきっと、大変なことになる。

僕以外の人に見られたらどうするんだ。

だめだ。

この人は、僕のだ。

僕のお嫁さんで、僕のモノだ。

こんなに甘くて、こんなに柔らかくて、こんなに綺麗で可愛いナナカさんは、もう僕だけのナナカさんだ。

本当に悪い人だと思う。こんな顔で男の人の前に出るなんて――イケない人だ。

独り占めしないと。誰にも触れさせないように、この腕の中に囲い込まないと。

逃げない様に、どこにも行かない様に。

ずっと僕の腕の中で、護らないと。

「ナナカさんっ」

「――うぅんんっ！」

しっかりとその顔を唇で固定する。

ナナカさんと同じく、舌を口内に割り込ませて前歯の一本一本を丹念になぞる。

溢れ出る唾液を吸い上げては、飲み干す。

汚いとは微塵も思わない。口の端から漏れ出た一滴すら惜しい。

口内に溜まった空気すら逃がすまいと、お互いの口の中の開いた部分を埋め合うように動かす。

その間、瞬きすらしていない。

ずっとナナカさんの目を見て、その潤んだ瞳に心奪われている。

涙の滲んだ目を細く閉じたまま、でも僕の顔を逃さずじっと見つめていて、ナナカさんは心なしか微笑んでいるようにも思えた。

その表情にまた、思考が奪われて行く。

曖昧になって行く時間の感覚の中、確かなのは僕ら二人の熱を合わせた生の温もり。

足りない。もっとだ。

さっき埋めたばかりの充足感が、風船から空気が漏れて行くみたいにゆっくりと不足していく。

何が邪魔なんだろう。ああ、そうか。

着物が邪魔なんだ。これが僕とナナカさんを隔てている。

汗でしっとりと濡れた、薄い襦袢に手を掛ける。

指先で微かに触れた肌の感触に少し驚いて、それでも僕の心に芽生えた新たな欲の塊が勝手に腕を動かす。

我ながら乱暴だとは思う。未だ唇を合わせたまま肩口から脱がせたから、ナナカさんの体勢に少し無理をさせてしまった。

名残惜しいけど、ここは一度離れなければ。

「つぷはぁ」

「――んあっ、はぁ、はぁっ、すぅっ」

ゆっくりと、僕達は顔を離した。

繋がっているのは、どちらのとも分からない唾液の紐。

僕のかも知れないし、ナナカさんのかも知れない。

滴る水滴の重さでぷつりと切れたその紐が、汗ばむナナカさんの首筋、そして鎖骨の窪みに垂れた。

なんだか勿体なくて、それをまた舌で舐め取る。

「んあっ、ひぅっ」

口元をてらてらとした唾液で濡らしながら、ナナカさんがぴくりと反応を返した。

あぁ、やっぱりこれ。楽しい。

楽しいけれど、今は我慢しないと。

「はぁ、はぁ」

「ふぅ……ふぅ……はぁあ」

お互い荒い息遣いで顔を見合わせながら、呼吸を整える。

どっちかというと、ナナカさんの方が苦しそうに聞こえる。

だから僕は彼女の頭をゆっくりと撫でた。

「んぅ」

彼女はまるで子猫みたいに目を細めて、気持ちよさそうに弛緩した。

「あ、あの。ナ、ナナカさん」

一度口内に溜まった唾をごくりと飲み干して、僕は次に進む為の了承を得ようと口を開いた。

だけど、昂ぶった気持ちが揺れに揺れて、上手く言葉を紡げない。

「は……はい」

僕の目を見て何かを察したのか、ナナカさんはこくりと頷くと、腰を浮かせた。

僕の身体の下で器用に襦袢の袖を腕から外して、腰帯を引き抜く。

これで襦袢は身に纏う服から、一枚のただの布と化した。

後はその身体から剥ぎ取れば、彼女の身はいとも容易く曝け出される。

「た、たおさま」

小刻みに揺れる唇を頼りなく動かして、ナナカさんは僕を呼ぶ。

頬に手を添えると、すりすりと頬ずりをして来た。

「ほ、本当は私が……全部する筈でしたのに」

「ご、ごめんなさい。で、でも僕……あの……えっと」

そうだ。実際僕はこの後に何をするのか、全然知らない。

気分と空気に流されてここまで来たけれど、果たしてこれは正解なのだろうか。

彼女はさっき、僕が怖いと言っていたけれど。

本当は、嫌がっているんじゃないだろうか。

「あ、あの……ぼ、僕は……えっと、ナナカさんが」

「――大丈夫です」

僕の唇に、ナナカさんの指が触れる。

右手の人差し指で下唇と上唇を押さえて、ナナカさんは僕の言葉を遮った。

「私は――ナナカは今、とても嬉しいんです」

「……うれ、しい？」

「はい」

もう一回僕の手に頬を擦り寄せて、ナナカさんは薄く笑う。

「怖かったのは、タオ様に拒絶される事。ナナカは自分に自信がありません。タオ様の前ではずっと泣いてばかりで、甘えてしまって」

僕の手の上から自分の手を重ねる。

顔を少しズラして、僕の手のひらの真ん中に浅く口づけをした。

「だから、タオ様が本当は、こんな浅ましいナナカを嫌っていたらどうしようって……ずっと、心配だったんです」

もごもごと、僕の手のひらの中に本音を閉じ込める。

それは彼女の弱い部分が言葉になった、嘘偽り無いもの。

それを逃がさない様にと、僕の『中』に閉じ込めた。

「でも、タオ様は私を、ナナカを欲してくれました」

目尻に新たな涙の粒が生まれた。

それは悲しみからでも、苦しみからでもない、喜びから来る涙。

「こんな私でも、タオ様が欲しいと仰って頂けるのならば……」

添えた手に強く力を込めて、ナナカさんは僕の手を自分の唇に押し当てる。

「――ナナカの全部、全部を奪って欲しい」

「ナナカの中にあるもの、一つ残らずタオ様のモノにして欲しい」

「タオ様じゃないともう、生きていけない様にして欲しい」

「貴方の傍にずっと居られる様に、縛り付けて欲しい」

「もう、無理なの」

「全部一緒に」

「二人何時までも傍に居られるように」

「くっついて、離れられなくなるくらい」

吐息の熱が僕の手のひらを、ドロドロに溶かしているんじゃ無いかと錯覚する程に、熱い。

やがて口元を隠していた僕の手から、ナナカさんがそっと顔を出す。

その目は、懇願。

お願いだから、聞いて欲しい。

叶えて欲しいと、僕に訴えている。


「お願いタオ様。ナナカを、欲しがって下さい」

その言葉で、僕は只の獣と化した。

◆◆◆◆◆◆◆◆

白んだ空を見上げて、完全に惚けている。
冬の朝焼けの中を、小鳥達がぴよぴよちゅんちゅんと気持ち良さそうに鳴く声を聞きながら、僕の左腕の中では生まれたままの姿のナナカさんが、すうすうと寝息をたてている。
うん。寝られませんでした。

僕はっ……なんであんなにっ……！

凄かった。凄く……気持ち良かった。

夢心地――どころの話では無い。

この身が一匹の獣にでもなったかのようなあの興奮と、それから来る解放感と、ナナカさんと二人――いや一人にでもなったみたいに溶け合い貪りあった快感。

途中から、いやもしかしたら最初から、僕は僕じゃなくなっていた。

今冷静に考えてみたら、ナナカさんに凄く負担を強いたんじゃなかろうか。

いや、でも凄く気持ちよさそうな声を、出していたし。

あれ、合ってたのかな⁉

間違ってないよね⁉

もう本当、本能の赴くままに、しっちゃかめっちゃかに動いちゃったんだけども！

ナナカさんの身体の事とか、全く考えて無かったんだけれども！

正解がっ、分からないっ！

ていうか、誰だよあれ！

絶対あんなの、僕じゃない！

なんで、あんな恥ずかしいことをっ！

ぐわぁあああっ！　死にたいっ！

切実に昨夜の僕を叩きのめしてやりたいっ！

「んっ」

おっと。危ない。

起こしてしまう所だった。まだ二時間も眠らせていない。

ナナカさんは僕の胸に顔を寄せて、少し身動《みじろ》いでいる。

そして僕の胸に柔らかい頬を押し当てると、また気持ち良さそうに寝息をたてた。

安らかな顔だ。昨日は本当に色々あったし——それに色々したし——疲れている筈。

このまま眠らせてあげよう。

朝稽古、どうするかなぁ。

父様《とと》はあれから宿に戻っていないみたいだし、まだ飲んでいるのだろうか。

一度もサボった事が無いのが密かな自慢だったのだけれど、今日に関しては気乗りがしない。

第一に、父様の顔を見たくない。

あの人は絶対、分かってるよね。

目を閉じればほら、父様の意地悪な笑みが浮かんでは消えてまた浮かぶ。

ニヤニヤニヤニヤと、とても楽しそうに笑って僕を茶化すのだろう。

嫌だ。絶対にそんなの嫌だ。会いたくない。

第二に——こっちが実は本音なのだけれど、このままナナカさんの顔を見ていたいっていうのも、有る。

何だか、とても離れ難い。

寄せ合った身体の心地良さと、繋がっていたという実感がまだ手放せない。

もう一度、ナナカさんの顔を見る。穏やかな寝顔だ。

昨夜の扇情的な顔も、まぁかなり好きだけれど、こっちもとても綺麗な——僕の好きなナナカさん。

『——ナナカの全部、全部を奪って欲しい』
『ナナカの中にあるもの、一つ残らずタオ様のモノにして欲しい』
『タオ様じゃないともう、生きていけない様にして欲しい』
『貴方の傍にずっと居られる様に、縛り付けて欲しい』
『もう、無理なの』
『全部一緒に』
『二人何時までも傍に居られるように』
『くっついて、離れられなくなるくらい』
『お願いタオ様。ナナカを、欲しがって下さい』

不意に、昨晩のナナカさんの言葉が頭の中で蘇る。
堪らないと懇願し、切ない声で僕を求めて鳴いた声。
身体の熱さ。手に吸い付いて離さなかった肌の、しっとりとした感触。
そして僕の背中を力強く掻き毟って来た時の、あの表情。
だめだ、だめだタオジロウ！　思い出しちゃいけない‼
落ち着くんだ。

落ち着いて、そうだ。父様から受けて来た地獄の稽古《いじめ》を思い出せ！

そうそう……そうだ……！

よしっ、峠は越えた。危なかったぁ。

『かかさまかかさまっ！　ヤチカとあそんできてもいい⁉』

『こーらっ、まだ朝ごはんを食べてないだろう？　ほら、ヤチカもまだ寝惚けているんだから、もう少し待ちなさいっ』

窓の外からキララの元気な声と、トモエ様の声が聞こえて来た。

どうやら、皆が起き出して来たらしい。

『あ、あの。キララねえさま、おかおをあらいにいきましょう？』

『そうだねそうだね！　おみずとってもつめたいよー？　ヤチカはへいき？』

『が、がんばります』

うん。ヤチカちゃんも大丈夫そうだ。

昨日の今日だから少し心配だったけれど、どうやら僕の杞憂だったらしい。

あの子は本当に強い子だ。本当はまだ悲しくて辛い筈なのに、こうして普通に振舞っている。

そう振る舞う必要なんて、本当は無いのに。

頑張ろう。今日から僕はナナカさんの夫だ。

お嫁さんと、その妹を護る義務が有る。いや、そんなのを抜きにしても、僕はあの子を護りたい。

「んぅ……ふぁあっ」

ナナカさんが僕の腕の中で、大きく欠伸をする。

「たお……さま……？」

「お、おはようございます」

まだ眠たげに薄く開かれたその瞳が僕を見据える。

寝癖と昨夜の行為の名残でボサボサになった金の髪が、窓から差し込む太陽光に照らされてキラキラと輝いている。

布団に覆われた大きな二つの膨らみが、ぶるんと揺れた。

「……んん、んううう」

気持ち良さそうに僕の胸に頬ずりをして、ナナカさんは微笑んだ。

「おはよう、ございます。旦那様」

可愛いなぁ。

本当に、何でこんなに可愛いんだろう。

僕のお嫁さんだからなのだろうか。

違うな。ナナカさんがきっと、誰よりも可愛いお嫁さんだからだ。

うん。僕のお嫁さん可愛い。

可愛い可愛い。

はっ！

さっきから可愛いとしか考えていなかった。

それもこれもこの女性《ひと》が可愛いからいけないいんだ。

そうだそうだ！

「――いけないっ！」

そんな事を考えていると、ナナカさんが突然布団を剥いで上体を起こした。

僕の眼前に、ぶるんと揺れる二つの大玉がまろび出る。

あっ、やっぱりこれ、凄い……っ！

「あ、朝餉《あさげ》をっ！　朝餉《あさげ》を作らないとっ！」

ベッドから下りてパタパタと、素足で床を右往左往するナナカさん。

それに合わせて大玉がゆっさゆっさと素敵に揺れる。

「えっ、いや。だって朝ごはんは宿の食事が」

一瞬遠くへ行った思考を引き戻して、僕もベッドから下りてナナカさんへと近寄る。

「わっ、私こう見えて料理には自信があるんですっ！　是非タオ様やお義母様《かあさま》方に食べて頂きたくてっ！」

「あっ、でもその前に湯浴みをしなければっ！」

慌てた手つきで慣れない着物を何とか身につけようと頑張るナナカさん。

真っ白いその背中とお尻がむき出しで、僕の心臓が唐突にヤバイ。

「お、落ち着いて」

「ああっ、髪の毛がボサボサですっ。何てみっとも無いっ」

「あの、ナナカさん？」

「この襦袢はもう着られませんよね？　た、沢山汚してしまったから」

「ナナカさーんっ！」

「どうしましょうどうしましょうっ！　お義母様にお借りした物なのに！」

「ナーナーカーさーんっ！」

ええいっ、僕の声が全く耳に届いていない。こうなったら！

「ナナカさん！」

「ひゃあ！」

僕は腕を伸ばしてナナカさんの手首を掴み、その身体を引いて抱き締める。

「落ち着いてください。ねっ？」

「た、タオ様……あの、その」

急速に落ち着きを取り戻したナナカさんの顔と身体が、みるみる内に紅潮して行く。

「落ち着きましたか？　今日はまだのんびりしていましょう。誰も咎めたりしませんから」

昨日までの貴女では無い。新しい貴女だ。

誰にも行動を制限される事なんて無いし、誰にも命じられたり、強制される事は無い。

頑張るのは明日からでも、充分だ。

「それにまだ朝ですよ。お料理なんて、昼も夜も有るんですから」

「たっ、タオ様っ、ちがっ、違うんです」

なんか、顔が赤い気がする。

大丈夫かな。ずっと裸で寝ていたから、風邪でもひいたんだろうか。

心配だったから、顔を下から覗き上げてみる。

僕と目が合ったナナカさんは、何故か慌てて目を逸らした。

「ど、どうしました？」

「あの、あのあのあの——」

ウロウロと忙し無く動くその視線が、僕の顔を通り過ぎて下へ下へと移る。


「あ、当たってます」


何が？

ナナカさんの視線の先からすると、僕の下半身の事と推測する。

ゆっくりと自分の身体を胸から順に確認する。


僕が素っ頓狂な悲鳴を上げたのは、それからすぐの事だった。

◆◆◆◆◆◆◆◆◆

「よしっ、と」

披露宴会場に設置されていた円卓を細かく分解し、縄で一括りに纏めて肩に担ぐ。

流石はムラクモの職人が作った木製家具。簡単に小さく出来て、持ち運びもとても楽だ。

「アブサメ老、これ大翼飛竜《ラーシャ》に載せちゃって良いですかー？」

刀衆の古株である小柄な白髪の老人、アブサメ老に声をかける。

「若、何回も言うとりますがね。アンタが自分の披露宴の片付けなんかしなくても良いんじゃよ？」

里の催事を取り仕切る年寄衆の一人でもあるアブサメ老は、爺様《じじ》の代から刀衆を見守る数少ない生き字引だ。

髪と同じ白髪のたっぷり長とい顎鬚《あごひげ》が特徴的な人で、今は現役を退いて刀衆の相談役に付いている。

「いや、何か落ち着かなくて」

朝の稽古をしなかったせいかなぁ。

どうにもソワソワしちゃって、何かやってないとダメみたいだ。

「くぁああ？」

「わっ、ラーシャ。びっくりしたぁ」

お昼寝から目覚めたラーシャが、僕に頬を寄せて甘えて来る。

小さかった頃は身体いっぱいにぶつかって来たけれど、今のラーシャは見上げる程大きい。

頭一つだけで僕が縦に二人分ぐらいはあるもんね。

その頬を丹念に撫でてやると、ラーシャは目を細めて喉を鳴らす。

可愛い奴め。卵の頃から一緒に育って来たから、この子はもう僕の弟も同然だ。

テンショウムラクモの動力炉から漏れ出る魔力を餌にしている所為か、他の飛竜と比べて大きく強く育ってしまったけれど、どんな姿になったって可愛いんだから困る。

「若ー。こっちはもう良いんで、嫁さんのとこに行ってやってくだせぇ！」

「初日に放って置かれちゃあ、可哀想ってなもんでさぁ！」

「ウチのカミさんだったら、ヘソ曲げちゃいやすよ！」

「嫁ってのは、可愛がってやればやる程甘えてくれるもんでさぁ！」

「違いねぇ！　ガハハ！」

「どうりでお前んとこの嫁、いつも怒ってんだな。酒ばっか飲んでねぇで家に帰ってやんなよ」

「うるせぇ！」

作業をしていた他の刀衆が、次々と僕を囃し立ててくる。

さっきまで披露宴会場の地面に突っ伏して死にそうな顔をしてた人達とは思えない。

みんなで父様に付き合って朝方までどんちゃん騒ぎしてたらしい。

村人や騎士団の人達も巻き込んで、そこはまるで戦場跡みたいに死屍累々。

今朝方の広場はまるで墓地の様相。心なしか空気も淀んで見えた。

父様なんて一人で宴会を続けてて、ついさっきようやく寝たくらいだ。

ほんと酒盛りが大好きだなこの人達。もうちょっと自制してくれないかな、と思う。

「ラーシャ。明日はよろしくな」

「くあああ!!」

ぽんぽんと頬を叩くと、元気な返事を返してくれた。

僕らは明日、里に帰る。

テンショウムラクモの里は常に流れているから、明日なら一番『帰りやすい』場所にいる。

ラーシャには、数回に分けて僕らを送って貰わないといけない。

背中に載せた荷物の分を考えると、四往復くらい。

落ちないようにしっかりと縄で固定しちゃっているから、ラーシャは多分息苦しい筈。それでも文句一つ言わずにこうしてじっとしてくれているから、ラーシャはとっても偉い子だ。

「んぅうう！」

背伸びを一つ、深呼吸も兼ねて行った。

気持ちの良い昼下がりだ。

お昼の陽気は、春の訪れを予感させる暖かさになっていた。

僕らは旅の一座だから、季節の変動にとても強い。

豪雪地帯から南国まで関係無く、一年中忙しなく動いているからね。

父様が動かそうとしない限りは、ムラクモの里は風に流されるままに飛び続ける。

時々目的地へと方向を変えたり、地形と気流に合わせて上昇したり下降させたりはするけれど、基本的には風任せだ。

もう少したら、ここからでも里の姿が見える筈なんだけど——。

「タオ様」

遠くの空を眺めていると、背後から声をかけられた。

振り向くと、水色の着物姿のナナカさんが立って居た。

あれは確かサエの着物だ。

うん、こちらも良く似合っているなぁ。

「ナナカさん、もう良いんですか？」

「はい。トモエ義母様が、また明日と」

ナナカさんは朝からずっと、トモエ様に着付けを教わっていた。

ムラクモの里での女性は基本、着物を着用する。

里で暮らすに当たって、簡単な着付けくらいは覚えておかないと大変だろう。

ブラウスにスカート姿のナナカさんも良かったけれど、僕的には今の着物姿の方がグッと――いや、何でも無い。

「騎士団と執政官様は、もう帰られたそうですね」

「二日酔いで青ざめたままでしたから、ここから王都まではかなり辛いでしょうね」

もう少し休んで行けば良いのにと一瞬思ったけれど、良く良く考えたら、あの人達はこの国の公人だ。

半ば無理矢理酒盛りに付き合わされたとはいえ、執務中。

本来の職務を全うしなければならない。

「……アルバウス伯爵領は、一時的に王家の直轄になるそうです」

二人並んで遠くの空を眺めながら、ナナカさんはボソリと零した。

「これで永く続いた伯爵家も、お取り潰しと相成りました。仕方の無い事です。お義姉様《ねえさま》達もお義母様《かあさま》達も、もう居ませんから」

僕は黙って、その声を聞き続ける。

伯爵の屋敷に残っていた人達も、邪鬼の消滅と同時に皆死んだと言う報告が乱破衆から上がって来ている。

伯爵家は、ナナカさんとヤチカちゃん以外、全て滅んだのだ。

「最後に残った私は亜王院へと嫁ぎますし、ヤチカも一緒に参りますから」

少し冷たいけれど、気持ちの良い風がそっと僕らの頬を撫でる。

ナナカさんの金色の髪がそよそよと風にそよいだ。

「新しく任官されるお代官様が、良い人であれば良いのですが」

ナナカさんにとって、この伯爵領には楽しかった事と辛かった事が——両方有る。

ムツミ様と過ごした日々も、伯爵達に虐げられていた日々も——。

「ムラクモの里は、良い所です」

ここから見えるのは、昨日僕らが居た妖蛇の森だ。

その森の木々のざわめきが、冬の空気のおかげで楽器の様に心地よい音を奏でる。

森の奥の渓谷に流れる風も澄んだ音を鳴らして、今この場にはゆっくりとした時間が訪れていた。

「ナナカさんも、ヤチカちゃんだって、きっと気に入りますよ」

「そう、ですよね」

そっと、ナナカさんの右手が僕の左手に触れた。

指の先だけに、じんわりとした暖かさが伝わってくる。

「沢山覚えなきゃいけない事も有りますし、慣れない生活は、きっと楽では無いと思います。僕だって所帯を持った事で、大人の仲間入りをしました。今までして来なかった事を、これからはやって行かないといけません」

「はい」

ナナカさんが、静かに頷く。

ムラクモの里では、慣例的に十五で成人とされるが、家庭を持ったのなら話は別だ。守るべき物が有るのなら、それはすなわち一人前の男として扱われると言う事。

だから僕も、もう子供では居られない。

ナナカさんを食べさせる為に畑を耕し、商いを学び、これまで以上に修行に励まなければならない。

「でも、多分大丈夫です」

なんの根拠も無い事を言う。

気休めかも知れない。もしかしたらそれもまた、甘い考えなのかも知れない。

だけど今、僕は心の底から――。

「二人なら、きっと大丈夫ですよ」

――そう、思うのだ。

「ナナカは、タオ様を信じております」

触れたままの指先が、包まれる。

指と指を絡めて、僕達は手を繋いだ。

「タオ様が居れば、ナナカはどんな事でも耐えてみせます。もしかしたらナナカは、貴方の優しさに触れた、あの最初の夜から――」

強くぎゅっと手を繋ぎ直し、僕らは空を見続ける。

どこまでも青く、雲はゆっくりと流れて行く。

「――タオ様に、惚れていたのかも……知れません」

「……はい」


これはきっと、誓いの義。

短い間に出会い、流されて、でもちゃんと自分で選び取って、僕らはここに居る。

夫婦の在り方を、僕らは知らない。

ナナカさんの知らない僕、僕の知らないナナカさんだっていっぱい有るけれど――心も身体も一度、深く深く繋がったから。

だから僕らは僕らの、ありのままの二人で居よう。

澄み渡った空は、冬から春に変わる境目。

冷たい風と暖かい日差しが二人の間を通り抜けるけど、繋いだこの手の温もりさえあれば、僕らはきっと大丈夫。

真っ直ぐ真っ直ぐ、未来に想いを馳せて。

僕らは、二人だけの夫婦の契りを交わした。

◆◆◆◆◆◆◆◆◆

「見ろよ！　若と奥様がイチャイチャしてるぜ！」

「おいおい、お前ちったぁ空気読めって！」

「いやー、若え！　見てるこっちがムズムズしちまぁな！」

「新婚ってなぁすーぐ二人だけの空気作っちまうよなぁ！　俺とおっ母も昔はああだったっけかぁ！」

「はぁー良いなぁ！　若はズリぃなぁ！」

「帰っておっ母を抱きたくなっちまったか⁉」

「おおともよ！」

「がはははは‼」


うるさいよ！

お前らは仕事をしてろ‼

僕らの子

◆◆◆◆◆◆◆◆◆◆◆◆◆◆◆◆

「よっし、と」

夜もゆっくりと更け、場所は僕らの泊まっている宿の一階。

食堂と酒場を兼ねたその場所で、父様がどっしりと椅子に腰を下ろした。

一番大きな円卓の上座に父様。その両隣に母様とトモエ様が座っている。

「明日帰るんだ。忘れ物は無ぇな？」

「はい。大きい荷物はさっき、大翼飛竜《ラーシャ》に全部載せました」

その後ラーシャはすぐに里にひとっ飛びして、荷物を降ろして一晩休んだら、またこの村に戻って来る。

それから今度は、その一日に二往復。

あの子は飛ぶのが大好きだけれど、さすがに働かせすぎだと思う。

「チビ達は？」

「皆一緒にお風呂に向かいました」

父様の問いに母様が答えた。

「森のすぐ側で天然の温泉が湧き出ているんですって。サエがウスケに付き添いを頼んだみたい」

今度はトモエ様が、私物の急須から人数分の湯呑みにお茶を注ぎつつ答えた。

「まぁ、都合が良いか。チビ達にはまだ早い話だからな」

「何がです？」

ラーシャへの荷積みを終え、部屋で休んでいた僕とナナカさんは、父様と母様方に呼び出された。

何でも大事なお話があるそうで、僕の隣で背筋を伸ばして座っているナナカさんは心なしか緊張している。

一体何の話なのかは、僕にもさっぱり分からない。

父様だけならまだしも、母様やトモエ様まで一緒な理由は何だろう。

「ううん。まぁ、なんだ」

ん？

何だ？

普段はちゃらんぽらんですぐに人を小馬鹿にして遊んでいる父様が、今日に限ってどこか歯切れが悪い。

「――なぁ、シズカ。息子に向かってこんな話するの、気恥ずかしく無ぇか？」

父様は照れ臭そうに首の後ろをボリボリ掻きながら、母様へと顔を向けた。

「何を言っているんです。私達だってお義父様《とうさま》やお義母様《かあさま》に、こうして教わったではありませんか」

「そりゃあそうなんだけどよ。俺らの時は、こいつらより歳が上の時だったろ」

何の話をしているんだろう。

爺様《じじさま》と、亡くなったお祖母様《ばあさま》が関係してる事？

ますます予想出来ない。

「アタシの時は、全部姉様が教えてくれたからなぁ。はい、熱いから気をつけてね」

「あ、ありがとうございます。お義母様」

トモエ様から湯呑みを受け取って、軽く会釈をするナナカさん。

熱いお茶を一口啜り、ほっと緊張を解きほぐす。

どうやら、そんなに畏《かしこ》まった話じゃ無いと悟った様だ。

「ほらアスラオ様。家長として、父親として為すべき事を為して下さいまし」

「分かった分かった。あー、もうすこし先の話だと思ってたんだけどよぉ」

口をへの字に曲げて、父様が机に頬杖をついた。

鋭い目つきで僕を見て、今度は溜息を漏らす。

「あー、坊主」

「はい」

呼ばれたから、返事を返す。

結婚しても子供扱いか。一体何時になったら、この人は僕を男として認めてくれるんだろうか。

「お前ら、初夜《しょや》は済ませたんだよな？」

その言葉に一番大きく反応したのは、隣に座るナナカさんだった。

大袈裟に身体を揺らして、熱い湯呑みをぎゅっと両手で握る。

「しょや」

「ああ」

僕の返事に面倒くさそうに相槌を打ち、父様はゆっくりと居住まいを正す。

「しょや、とは一体何でしょうか」

僕は素直に聞き返す。分からない事を分かると見栄をはっても仕方が無い。

初めて聞いた言葉だから、言葉の響きからだけじゃどうにも理解出来ない。

「あれ？　おいおい、聞いた話と違ぇじゃねえか」

「いえ、合ってますよ」

「タオ坊は言葉の意味を知らないだけよ」

キョロキョロと母様二人に顔を向ける父様に、湯呑みを傾けてお茶を飲みながら、母様達が答えた。

「たっ、たおさまっ！　え、えっと。あの、初夜とは、きっ、昨日の夜の事ですっ」

ナナカさんが僕の耳元に近寄って、こそっと耳打ちをする。

「昨日の……夜……」

――あっ、あれかぁ！

「男女が結婚して初めて『致した』夜の事を、初夜と呼ぶのです」

またも小声で補足してくれるナナカさんの顔は、羞恥で真っ赤に染まっている。

僕の顔も次第に熱を帯びて来た。

実の父親に『そうなんですよー。昨夜なんてもうすっかり興奮してしまって、もう何が何やらって感じででした。でもでもとても気持ち良くてですね。あんな気持ちの良い事がこの世に存在していたなんて驚き桃の木、山椒《さんしょ》の木！　聞き栗見栗の松ぼっくり！　なーんちゃって！　だはははははっ!!』などと陽気に冗談を織り交ぜて語れる訳が無い!!

「ばっ、ばばばばっ、馬鹿じゃないですか父様は!!」

思わず椅子から身を乗り出して立ち上がり、両手で円卓を力一杯叩いてしまった。

「落ち着きなさいタオジロウ。何も恥じる事などございません」

「まぁ、気持ちは分からないでも無いけれどねー。仲の良い夫婦なら当然のことよ？」

母様とトモエ様に優しく諭される。

でも、一瞬で茹だった頭はそう簡単に冷める筈も無い。

「だ、だけど!!」

そうは言ってもですね！

親の目の前で暴露されるような事でも無いと思うんですよ僕は！

色々と無知なこの僕でも、アレが秘めて黙して語るべからずな行為だって事くらい、ちゃんと理解してますから!!

「必要な事なんだって。ほれ、茶ぁでも飲めや」

「つん！」

父様にそっと押し差し出された湯呑みを乱暴に掴み、一気に飲み干す。

「おいおい、そんな一気に呷ったら大変な事に」

「――あっづぁ!!」

「ほれ、見たことか」

熱い！

喉が、喉がぁ！

「大丈夫ですかタオ様!?」

「げほっ、げほっ！」

咳き込む僕の背中を、ナナカさんが優しく摩ってくれた。

くっ、くそう。

なんか一瞬で喉がカラッカラになっちゃったから、勧められるがままに一気飲みしてしまったじゃないか！

父様め！　ほんと父様めっ！

「たったの四日で、もうそこまで仲良くやってんだ。恥ずかしいってんなら答えなくても良いが、済ましたって事で話を進めるぞ」

「がっは、げほっ！」

相槌の代わりに咳き込む事で返事とする。

舌を火傷したみたいで、しばらく上手く喋れそうに無い。

「タオジロウ、心して聞きなさい。これは貴方とナナカの——稚児《やゃこ》に関わるお話です」

母様が真っ直ぐ僕の目を見る。その顔は至って真剣だ。

有無を言わせぬ迫力に、慌てて咳を飲み込む。

母様がこんな顔をするという事は、本当に大事な話なのだろう。

僕は父様の事は全く信用していないが、母様とトモエ様の言う事は無条件で信用しているのだ。

稚児とはつまり、僕らの子供。

将来僕とナナカさんの間に出来るであろう、赤ちゃんの話。

なるほどそれはとても、とても大事なお話だ。

「ふぅー」

背筋を伸ばして、深呼吸を一回。

ナナカさんが心配そうに僕の手を取り、膝の上で包み込む。

その手を優しく握り返し、僕は父様を強めの視線で見返した。

「すいません。落ち着きました。続きをお願いします」

僕の返答を聞いた父様は両腕を胸の前で大袈裟に組んで、背もたれに深く背を預けた。

「ナナカには言っていなかったが、我ら亜王院は人間では無い。まぁ昨日の件で、うっすら勘付いてはいただろうがな」

ああ、そういえばナナカさんには、僕ら亜王院一座の者が普通の人間では無い事を説明していなかった。

あんまり言う事がないから、慣れていないんだよね。

僕は鬼です、だなんて。

「はい。何と無くですが。あんなに強くて——それに法術では無い、あんなに不思議な術を使う人を見た事は有りません。それに、私のお母様もアスラオ様の事を『アオオニ様』、シズカお義母様やトモエお義母様の事を『鬼姫様』と」

「然り」

父様は珍しく左腰に差していたアメノハバキリの鞘を少し傾けて、楽しそうに笑う。

普段は同化させてしまっているのに、何で今日は出しっぱなしだったんだろう。

「我ら亜王院は古《いにしえ》より連綿と続く、由緒正しき青鬼の一族。今世下界《こんぜげかい》に跋扈《ばっこ》する邪鬼共を屠《ほふ》る、戦の鬼だ」

何回か途絶え掛けたからあまり正確では無いけれど、今代で六十九代目。

何百・何千年と、邪鬼の魔の手から陰より日向よりこの世界を護り抜いて来た、誇り高き青鬼の末裔。

それが僕ら、亜王院本家である。

「故にその身体の在り方は、お前ら人とは少ーしばかり出来が違う」

「と、申されますと……？」

ナナカさんの問い掛けに、父様が不敵な笑みを浮かべる。

「まず、俺らは長命だ。平均して四百年は生きる」

「よ、よんひゃくねん……」

ナナカさんが目を見開いて驚いている。

無理もない。父様が現在二百歳ほど。

爺様に至っては誰よりも長生きで、六百から歳を数え忘れているらしい。爺様は色々とおかしい人だから……。

「それに単純な力を比べてみても、俺らの力はあらゆる面で、人のソレとは比べ物にならん。もし『禁』を解いた状態のタオに抱かれていたならば、お前は酷いことになっていただろうな」

「いっ、異議あり！　幾ら僕でもそこまで不器用じゃありません！」

「異議申し立てを却下する。未熟者が、何をほざきやがる」

父様が馬鹿にした目で僕を見て笑う。

ぐっ、僕だって自分の力の加減くらい、ちゃんとできるように修行してきたんだ！

大事な人を傷つけるような真似は、絶対にしません！

まぁ確かに、『禁』を解いた状態では試したことが無いから、強くは言えないけれど。

「それはまたおいおい、説教を交えて分からせてやるとして。今重要なのは、鬼であるタオと人であるお前との間に、子を成す事が出来るか否か、だ」

「——でっ、できないんですかっ⁉」

ナナカさんが声を張り上げ、円卓に身を乗り出すように立ち上がった。

その勢いは、隣に居た僕がびっくりするくらいで、ちらりと顔を見ると何だか青ざめている。

「結論から言えば——出来る」

父様のその言葉に続いて、母様がにっこりと笑って首を傾げる。

「安心しなさいナナカ。私やトモエも元は『人』です。でも、こうして私はタオジロウやトウジロウ、トモエはサエやテンジロウやキララを授かり、産み育てています。かなり時間は掛かりましたが」

そう言えば、父様が母様に出会ったのは、今の僕より少しだけ年が上の頃だったと聞いている。出会ってすぐに母様は婚姻を結んで里に入り、その後にトモエ様を迎え入れて、でも僕が産まれたのはそれからずっとずっと後だ。

「――時間、ですか？」

安心して一気に力が抜けた身体を、ストンと椅子に預け、ナナカさんが母様に問う。

「はい。変な事を聞きますが、大事な事なのでしっかりと答えて下さい。ナナカ、貴女――昨夜は初めてでしたのでしょう？」

「はっ、はいもちろんです！　タオ様が私の初めてのお人です！」

そ、そう言えばそんな事、言っていた様な。

何だろう。その言葉、とっても嬉しい。

「でもそれなのに、全然――痛くなかったでしょう？」

「――あ、そういえば」

ナナカさんが瞬きをして僕の顔を見る。何処か腑に落ちなかった部分が解決した表情をしている。

女の人って、アレの時って痛い物なの？

僕はただ、ひたすら気持ち良かっただけだったんだけれども。

「は、初めてはとても痛い物だと書物で学びましたけれど、昨晩は全然……意識して、いませんでした」

「それは、タオジロウの鬼気のおかげです」

僕の、鬼気？

「タオは、鬼気の扱いに関しては俺のお墨付きだ。鬼ってのは、その生命力と回復力に関しちゃどの種族よりも強い力を持っている。ちっせえ傷なんぞ、己の鬼気でたちどころに塞いじまう」

「で、でもそれは自分の身体に限定される話では？」

生来、鬼の一族は癒術や癒しの法術が、体質的な問題で殆ど扱えない。

トモエ様は特別だから例外だけれど、里に居る人達でも術による他者の治療なんて限られた人しか――タツノ先生とモミジ先生くらいしか出来ない。

あの二人もまた別格の規格外だから、つまりはほぼ誰にも出来ないと言って良い。

「ナナカの身体が全く傷んでないってこたぁつまり――まぁ、たっぷり流し込んだんだろうな」

「へ？」

「おーおー、お盛んなこって。流石は俺の子よ」

「な、流し込んだって……鬼気を？」

そ、そりゃあ昨日は我を忘れる程に興奮していたから、少しばかり鬼気の制御が出来ていなかったかも知れないけれど、ナナカさんの身体に無遠慮に大量に流し込むほど、自制出来ない僕じゃない。

「まぁ、何と言うか。あはは」

トモエ様が頬をぽりぽりと掻いて苦笑いを浮かべる。

「タオジロウ。タツノの許で学んでいる筈です。鬼の出す血や体液は、他の種族にどんな影響を及ぼしますか？」

「血や、体液」

何だかちょっとだけ怒っている母様の視線に居た堪れなくなって顔を背け、少し考える。

確か、タツノ先生曰く——。

『いいかな子供達。私達鬼の血や体液にはね。他の生物にとって毒にも薬にもなる、強くて激しい生命力が満ち溢れているんだ。だからもし君達が将来里を出て外で暮らす時が来たら、充分に注意を払うんだよ。少量ならどんな傷でも癒してしまうから良いが、多過ぎると他者に悪い影響を与えかねないからね。最悪——相手はぽっくり死にます』

——はっ!!

「なっ、ナナカさん！　身体は大丈夫ですか!?」

慌ててナナカさんの身体の色んな所をこの手で触って確かめる。

馬鹿か僕は!!

タツノ先生にしっかりと教えて貰っていた筈なのに、すっかり忘れてしまっていた!!

確か昨日、僕はナナカさんの中にいっぱい僕のを——!!

「えっ、えっ!?　たっ、タオ様ダメです！　お義母様方が見ておりますっ!!」

僕の手を押し返すでも無くされるがままのナナカさんが、口調だけは強く僕を制止する。

「タオ坊タオ坊、大丈夫だから話は最後まで聞きなさい。あと、始めるなら二人っきりの時に部屋でやんなさいっ」

「痛っ!!」

トモエ様に頭を思いっきり、グーで殴られた。

「アンタってば、最近少しくらい強く殴った程度じゃ効かないのよねー。大きくなったもんだわ。うん」

トモエ様は殴った手を摩りながら席に座り直す。

「賢くて優しいのがアンタの良い所だけれど、時々人の話を聞かずに暴走しちゃうのは直さなきゃ」

「す、すみません」

痛む頭を撫でながら、ぺこりと謝る。

ナナカさんは顔を真っ赤にして俯き、乱れた着物を直していた。

「そういう所はアスラオ様にそっくりです。流石は親子」

「そうよねぇ。テンジロウも最近似て来たなーって思うわ、姉様」

母様とトモエ様が顔を見合わせて、なんだか二人だけで感慨に耽っている。

「理解して無ぇみてえだから言うが、夜のまぐわいはどんどんやれ。アレはナナカの身体に子を宿す為の物だが、鬼の嫁にする為の物でもある」

湯のみを持って茶を啜りながら、父様は話を続けた
「アスラオ様ったら、そんなざっくり。まあ、間違っていないけれど」

「そうですね。夫婦の仲が良いのはとても良い事です。そして一石二鳥どころか三鳥。人の身を無理無くゆっくり『鬼』にする方法は他にも有りますが、夜の営みは夫婦の絆をより強く確かな物にしてくれます。ナナカの身体に負担が掛からない程度に、存分に愛し合いなさい」

な、何だか父様方は勝手に締めに入っていますけど、僕はまだ半分も理解してないですよ？

「まあ、焦んなくてもこの先長いんだ。子はやがて出来る。今は二人の時間を目一杯楽しめって話だよ」

二人の、時間ねぇ……。

それからしばらく、僕らは父様や母様方による『鬼の性教育』を存分に受ける事となる。

実の両親の口から出て来る言葉にしては、やけに生々しく恥ずかしいソレは——僕の精神を羞恥で削るのに充分すぎる威力を持っていた。

鬼一族の若夫婦

◆◆◆◆◆◆◆◆◆◆◆◆◆◆◆◆

「タオ様。お背中をお流し致しますね？」

「は、ははははっ、はい！」

天上の細い月が、僕らを見ている。

星々はキラキラと輝き、冬の冷たい風が空を駆け抜けるが、僕らの身体といえばポカポカで――。

「痒い所は御座いませんか？」

「無いでひゅ！」

――むしろ昂り過ぎて、茹ってしまいそうです。

父様達との話も終わり、僕ら二人はトウジロウ達の後を追って、森の温泉へとやって来ていた。

場所は森の奥の奥。渓谷に程近い場所の山肌に隠れた、赤黒い岩で覆われた広い温泉。

「ちょっと強くしますね？」

「ひゃい！」

聞いた話を頼りにここに辿り着いた頃には、トウジロウやテンジロウ、サエやキララやヤチカちゃんは既に入り終えていて、ウスケさんの先導で帰路に就く所だった。

入れ違いになってしまったが、せっかくここまで来たのだから、入らないというのも勿体無い話だ。

見る限り温泉はかなり熱めな上に、外気は冷たく辺り一面湯気で真っ白だ。

これなら多少離れて入れば裸は見えないだろうし、充分すぎるほど広くて窮屈にも感じない。

だから僕らは、二手に分かれて入る筈——だった。

「痛くないですか？」

「じぇ、じぇんじぇん痛く無いでひゅ！」

なのに何故、こんな広い場所なのに、僕らはこんなに密着しているんだ⁉

おかしい！

僕、ちゃんと言ったもん！

ナナカさんはあそこで、僕がここねって！

大きな岩で目隠しされるから、丁度良いですねって言ったもん！

なのに気がつけばナナカさんは素っ裸で僕の隣に居て、肩と肩をくっつけて二人でお湯に入っていた。

何故だ。解《げ》せない。

持参した手拭いで背中を洗う流れになったのも意味不明だし、そもそも背中を流す時って、後ろに座るもんじゃない？

何でナナカさんは、僕の目の前に膝をついているんだろうか。

両腕をいっぱいに頑張って伸ばし、僕の背中に手を回して手拭いで拭いていく。

その度に僕の胸板に当たる、極めてぽよぽよでスベスベでさらさらときめ細かくて、たぷんたぷんと波打つ魅惑の二つのばいんばいんな大玉が、身体にぼよんぼよんと当たっている。

やばい。興奮し過ぎてさっきから上手く言葉が浮かんで来ない。

「んっ」

「ひぃっ」

ナナカさんの艶やかな声が聞こえる毎に、僕の心臓が身体を伴って暴れ回る。

「寒くない、ですか？」

「いっ、いえ、むしろ少し熱いかなーって!!」

「そうですか？　私は少し冷えて来ました」

そう言ってナナカさんは、お湯の中に浸していた桶を掴んで持ち上げる。

僕らが持って来た桶は二つ。

一つには手拭い用のお湯が張られていて、もう一つは身体を流す為に使っている。

ナナカさんは中に入っているお湯の半分を自分の身体に掛け、もう半分は僕のお腹から流した。

「私の背中も、お願いしても宜しいですか？」

「え!?　はははっ、はい！」

気がつけば手拭いを渡されていた。

あれ？

なんで僕、了承しちゃったの？

しっ、仕方無いな！

これでも僕は男の子！

一度約束した事は、ちゃんと守る男の子！

「し、ししし、しつれいしまふっ」

「はい」

彼女の身体に必要以上に触れない様気をつけながら、大きく手を広げて背中に回す。

あれ？　今気づいたんだけど。僕が背中側に回れば良かったのでは？

「――あっ」

「ひっ」

手拭いを持った右手とは別の方――つまり素手が彼女の背中に触れると、ナナカさんの口から熱い吐息が漏れた。

その声に、また心臓が跳ね上がる。

「すみません。続けて下さい」

なんだか勝ち誇ったような笑みを浮かべて、ナナカさんはそっと目を閉じた。

心なしか、顎と唇が僕に向けて突き出されている様な気がする。

うぅ、きっとこれ、揶揄《からか》われているんだ。そうに違い無い。

僕がみっともなく狼狽《うろた》えているのが、楽しいんだ。

だってさっきからナナカさん、くすくすと笑ってるんだもん！

「タオ様、ナナカはまた冷えてきました。御早くお願い致します」

「はっ、はい！」

あぁ、でも。

この身体の誘惑に抗えない。

やっぱり僕は——男の子……。

◆◆◆◆◆◆◆◆◆◆◆◆◆◆

「ふふっ、すみません。タオ様があんまりにもお可愛いらしいので、ついつい意地悪を」

「——ぶぐぶぐぶぐ」

何を言っても負ける気しかしないから、お湯に鼻までつけて息を漏らす事で反論とした。

「お機嫌を直して下さいまし。気持ち良かったですよ？」

「——ぶぐぶぐぶぐ」

二人して乳白色の湯に浸かり、肩を並べる。

もうもうと湯気立つ森の中、僕とナナカさんの二人きり。

トウジロウ達は今頃、宿に着いていているだろうか。

ヤチカちゃんやキララの足は、夜の森を歩くのはまだ慣れていないだろうから、サエやウスケさんが抱えてくれている筈だ。

ウスケさんが付いているなら心強い。あの人も父様と同じく普段はちゃらんぽらんな人だけれど、その強さは折り紙付きだ。

何せ刀衆の『番付き』に連なる、六の刀は伊達じゃない。

「お義父様やお義母様方のお話、どうお考えですか？」

気持ち良さそうに手を伸ばして腕にお湯を掛けながら、ナナカさんがぼそりと呟いた。

「ぷはっ。どう、と言いますと？」

お湯から口を離して、僕は聞き返す。

「稚児《ややこ》の事です」

僕と、ナナカさんの子供？

「私は、早く私達の子に逢いとうございます」

「へ？」

え、でもだって。もう急いで子作りをする必要は無くなったんじゃ。

僕と子を作れと脅して来た、ナナカさんのお父さん――伯爵はもう、この世にいない。

犯した罪の重さの分だけ、深い深い地獄の底へと堕ちて行った。

「タオ様と私の赤ちゃん。きっと、とても可愛らしい子です。いえ、容姿がどうであれ、愛しい子です」

こてん、と。ナナカさんが僕の肩に頭を預けた。

右肩をくすぐる、濡れた金色の髪。

こそばゆいその感触が、今は何だかとても心地良い。

「昨晩——アレの最中、ずっと感じていたんです。お腹の奥、ずっと奥にタオ様が入って来る感覚を」

ちょっ、今その話は大分不味い。

こうやって裸でくっついているだけで、僕が爆発寸前なの知ってます？

「何だか不思議なんですけれど、自然と納得していたんです。私はこのまま、子を孕むんだろうなぁって」

「で、でも。さっきの話だと、それはまだ随分先の——」

そうだ。

父様の説明通りなら、まだナナカさんは、鬼の子を宿す準備が整っていない。

母様達ですら、数十年。

里で長い間暮らし、父様といっぱいアレコレしてようやく、僕を宿した。

元々人間だった母様やトモエ様の様に、ナナカさんもそうして長い時間をかけて『鬼の嫁』となる。

ムラクモの里は地上に比べて空気も薄いし、慣れるまでは過酷な環境だ。

普通に暮らせる様になるには、しばらくの時間が必要だろう。

里のご飯を食べて、テンショウムラクモの動力炉から漏れ出す波動を浴び続けないと、『鬼』にはなれない。

僕ら下界に降りた『鬼』は、純粋な同族同士では子を作れない。そういう『呪い』を受けているから。

初代様が邪鬼の王を滅鬼した時に受けた、忌々しい『呪い』。

それが僕ら一族を未だに縛り付けている。

だから里では大人の数に比べて、子供の数が少ない。

僕らは長命種族だ。

しかも戦では負け知らず。

だから滅多に里の者が死ぬ事はない。なのに里の人口はちょっとずつしか増えていなかった。

外からお嫁さんやお婿さんを娶らなければ、子を増やせない。

子を増やすには、その人を『鬼』にしなければならない。

今まで何となく疑問に思っていた事が今日、父様の説明によってその全ての謎が解けた。

里には何組もの仲睦まじい夫婦が居るのに、中々子供が生まれて来ないのは、こういう理由があったからか。

時間が掛かりすぎるのだ。

そもそも僕は——子供の作り方すら最近まで知らなかった訳だけれど。

「待ち遠しいです。ナナカは今、自分の意思でタオ様の稚児が欲しいと、心の底から望んでおります」

ナナカさんは自分のお腹に両手を優しく添えて、愛おしそうに撫でる。

「そ、そうですか」

えっと、これは。どう切り返して良いのか分からない。

僕らが励めば励む程、僕が彼女の深い所に入り込めば入り込む程に、ナナカさんは『鬼』に近づいて行く。

つまりそれは、言外に毎晩励めという事で——頑張りましょう？

いや、それは何か、違くない？

「なので」

「は、はぁ」

ぐりん、とナナカさんの顔が僕へと向いた。

その瞳の力強さは知っている。昨晩、僕をおかしくしたあの光だ。

この翠色の輝きを見ていると、頭の隅っこから徐々に意識がぼうっとして来る。

「私はいつでも、大丈夫ですから！」

「ふぇ」

「タオ様がいつ何時《なんどき》求めて来ようとも、私がそれを拒む事は絶対に有り得ません！　早く稚児が欲しいとかそうじゃなくて、純粋にタオ様に抱かれたいと、本気で思っていますから！」

「は、はい!?」

「例えば今日の夜とか——ここでもっ！」

「ちょっ！　ナナカさん!?」

グイグイと僕の身体に、彼女の豊満なばいんばいんがむにむにと押し付けられる。

いつの間にか僕の太ももに置かれていたその手が、にじりにじりと僕の——に近寄ってくる。

顔はもう目の前。鼻と鼻がこつんとぶつかり、少しでも体重を預けようものならすぐに唇が当たる距離。

「お、落ち着きましょうっ！　流石にここでは不味いです！」

村の人はこの場所を知っているんだ！

来ちゃったらどうするの⁉

見られちゃうよ⁉

「ここではダメなんですよねっ⁉　お部屋に戻ったら、もちろん致しますよね⁉」

「え、えっと、だって、昨日はナナカさん、あんなに疲れてっ」

「大丈夫です！　タオ様に抱かれると考えただけでこんなに、ナナカの身体はっ！　身体はっ！」

目が、目が怖いです！

なんか、狼に食べられる兎の心境！

狩る者と狩られる者！

はぁはぁと荒い息を吐きながら、ナナカさんは更に僕の身体に自分の身体を押し付けてくる。

手と手。腰と腰。お尻とお尻。

みっちりと隙間を無くそうとしている様な、くっついて離れない様にしている様な。

「だっ、ダメですよ⁉　ほらっ明日は里に戻る日で、朝が早いんですから‼　寝坊したら置いて行かれてしまいます！」

「大丈夫です！　アルバウスのお屋敷に居た頃は、どんなに身体が痛んで辛くても、日が昇る前に起きなければ折檻されていましたから！　ナナカは早起きが得意です！」

また反応に困る事を言う！

「ぼっ、僕もほら！　疲れていますし！」

いや、今日は何もしていないから、本当は全然元気だけれど！

「でも、下の『タオ様』は……とてもお元気そうです」

「なっ、ナナカさん!?　握っちゃダっ――はうっ!!」

「うん。とっても、お元気で、ご立派です」

「あっ、まっ、待って！　分かりました！　せめて宿に戻ってからに!!」

「こんなに待ちきれないと、雄々しく主張しておりますのに？」

「そっ、それはっ！」

「凄く、膨れて……お辛そうにしておりますのに？」

「ナナカさんが動かすから――うひっ！」

バシャバシャとお湯を波立たせながら、僕らは揉みくちゃに身を合わせる。

月夜の冷たさとは裏腹に、身体も心も燃える様に熱い。

遠く山の向こうから聞こえる狼の遠吠えや、夜の鳥達の囀《さえず》りを聞きながら。

僕らはこうして――夫婦になったのだ。

◆◆◆◆◆◆◆◆◆◆◆◆◆◆◆◆◆

結局温泉では四回もシて、危うく上気《のぼ》せるハメになったのは――ご愛敬として欲しい。

ムツミ様の最後の言葉を、僕は絶対に忘れない。
霞消え行く身体と意識を繋ぎ止めながら、あの女性《ひと》は確かに——僕だけに聞こえるように小さく告げた。

『私のナナカを、そしてヤチカを——よろしくお願い致します』

たった一言、その言葉で僕は全てを委ねられた。
最愛の娘達のこれからを、幸せを。未来を。
僕の道は決まった。もう曲げる事も違《たが》う事も許されない。
だからここに、この心に。深く深く、刻み込む。
僕は亜王院。亜王院　倒士郎《タオジロウ》。
次期ムラクモの里の長にして、刀衆の頭領を継ぐ者。
そして、亜王院ナナカの夫。
僕らは新しい——。

——鬼一族の若夫婦だ。

あとがき

はじめましてと、もしかしたらご無沙汰しておりますを、読者様にご挨拶致します。

不確定ワオンと申します。

日本の南の方の島で小説なんかをせっせと書いている、柴犬大好きラノベ作家です。

いやー、出せましたね……。

鬼一族の若夫婦ですよ。ワオンにとって二作品目となる作品であり、また二作品目となるコミカライズです。

原作小説と漫画版がほぼ同時で発売されるなんて夢みたいな話で……いや、ふわふわしております。夢心地です。

前作、『帰宅途中で嫁と娘ができたんだけど、ドラゴンだった。』を知っている方はいらっしゃいますでしょうか。

あの作品は原作小説は他社から発売されたのですが、コミカライズは『鬼一族』と同じ幻冬舎コミックス様から出させて頂きました。

残念ながら二巻で終了と言う運びになったのですが、素晴らしい漫画家様に自分の作品の世界を描いてもらうと言うのは、何度経験しても感動しますね。

今作『鬼一族の若夫婦』は珍しい事に、コミカライズが先行して連載されました。

幻冬舎コミックス様のマンガサイト『ｃｏｍｉｃブースト』にて、この書籍のイラストも担当してくれた門井亜矢先生がえっちで綺麗に描いております。

ワオンが想い描いていた以上に可愛いナナカやキララが、想い描いていた以上にカッコいいタオジロウが、繊細で優しい絵柄で生き生きとしている姿を見て、原作者の癖に毎月普通の読者の様に興奮しています。

このあとがきを書いているのは、２０２０年の大晦日です。

今年は僕個人だけでなく、全世界的に見ても辛く酷い年となってしまいました。

南の島でのほほんとその日暮らしを楽しんでいた僕みたいな者ですら大きな影響を受けて、慎ましい生活が一時危ぶまれる状況に追い込まれる程の激動の年。

たくさんの悲劇が、無念が、日本だけでなくどの国どの地域でも毎日毎日、繰り返されています。

事態の収束は未だ見えず、世論は極端と極端に分かれて連日ぶつかり合い、まだ世界は混迷の只中に居ます。

今年だけで著名な方たちの訃報を幾つ目にした事でしょうか。

辛い現実から将来に不安を感じる方達へ、小さな小さな取るに足らない作家である僕に何ができるのか。

この作品が、少しでも皆様の胸に安らぎを与えてくれるなら、それは作家としてとても嬉しいなぁ……。

さて、もう何時間かで年が明けます。

令和二年から、令和三年へ。

毎年、新しい年こそ希望に溢れた素晴らしい年になればとささやかに願っていましたが、今回ばかりは本当に強く強く、新年がより良い未来となる様に祈っております。

この本を手に取って読んで頂けた読者の方や、またこの作品を知らない人達にも、小さな……でも確かな幸せが、新しい年と共に訪れます様に。

さて、湿っぽいお話はここまでにして、謝辞を述べるお時間ですよ！

不確定ワオンの二作目として、『鬼一族の若夫婦』は世に出る事となりました。

当然、この未熟な作家はこの作品が一冊の本になるまでに、そりゃあもう信じられないくらい沢山の方々にご迷惑をおかけしているのです！

まずは書籍・コミカライズ版のイラストを担当して頂いた門井先生！

もう本当に、毎月毎月送って頂いている漫画のネームが素晴らしすぎて、ワオンは月一で泣かされています！

更にはこの本の挿絵や口絵に特典の作成など、お忙しいスケジュールの中で信じられない高いクオリティで絵を仕上げて頂き、もうどうやってこの気持ちを形にして良いのかわからなくなる程に感謝しております。本当にありがとうございます！

私生活で言えば、人間として余りにもズボラなワオンを支えてくれている家族、そして友人の皆にはもう頭が上がりません！

もう下げすぎてガラケーみたいな体勢ですよ！　くの字どころの話じゃありません。

社会がもう少し落ち着いたら、旅行やご飯を一緒に食べに行けたら嬉しいなぁ、なんて。

今はちょっとした外食すらも行きづらい状況だからなぁ。

そして一番ご迷惑をおかけしたであろう、書籍及び漫画版を担当して下さった編集様！

とっ散らかってにっちもさっちも行かないワオンのスケジュールに振り回してしまい、誠に申し訳ございません！

特にこの年末はもう目も当てられないぐらい忙しくて、このあとがきですらギリギリのギリでお渡ししている現状に、もう心苦しさで一杯です……本当に申し訳ございません。

作品の構築に際してご相談させて頂いた先輩の作家様方なんて、ここに名前を連ねるだけであとがきが埋まってしまう程です。ありがとうございます。

そんな申し訳なさと感謝で作られた作品、『鬼一族の若夫婦』は如何でしたか？

ナナカは可愛く、タオジロウはカッコよく描写できているでしょうか。

アスラオは理不尽ながらも雄々しく、シズカやトモエは凛々しくも優しい母として描けているでしょうか。

作家として活動している以上、一番感謝の気持ちを伝えたいのは読んで下さった読者の皆々様に他なりません。

現状持てる力を全て使って、今のワオンの精一杯を込めてこの作品を作りました。

楽しんで頂ければ、これ以上の幸せはございません。

月並みになりますが、書籍を購入された読者の皆様に最大の感謝を述べて、このあとがきを終えたいと思います。

辛く苦しいこの時代の中で、それでも健気に強く今日を生きている偉大な皆様へ。

この本を手に取って頂き、本当にありがとうございます。

２０２０年 12月31日 23時47分
新しい年に、祝福と願いを込めて。
不確定 ワオン

僕のお嫁さんは
綺麗すぎる!!
いつのまにか結婚するのが当たり前みたいになってるけど
結婚ってもっと穏やかで幸せで
無茶苦茶です!!
ぱく
タオー途中から声になってないぞ
ナナカさんは突然結婚って言われて嫌じゃないの!?
はい
特に何も思う所はございません
タオジロウ様はなぜ突然ご自分の頬を叩きはじめたのですか?
すまんな一族の女以外に免疫がないんだ
若い男にはよくあることだ
病気みたいなもんだな
ほっときゃ治る
…それは良かったです
かっ可哀想な人を見る目になってる!!
僕が独《ひと》り占《じ》めしていいの──!?

鬼一族の若夫婦
~借金のカタとして嫁いで来たはずの嫁がやけに積極的で、僕はとっても困っている~
1
原作 不確定ワオン
作画 門井亜矢
BIRZ COMICS
コミックス第1巻
絶賛
発売中!!
鬼一族の若夫婦
~ 借金のカタとして嫁いで来たはずの嫁がやけに積極的で、僕はとっても困っている ~
原作 不確定ワオン 作画 門井亜矢
WEB マンガ サイト
COMIC ブースト
powered by デンシバーズ
にて
大好評連載中!!
https://comic-boost.com

鬼一族の若夫婦

～借金のカタとして嫁いで来たはずの嫁がやけに積極的で、僕はとっても困っている～

2021年1月31日　第1刷発行

著者　不確定《ふかくてい》ワオン

イラスト　門井亜矢

本書の内容は、小説投稿サイト「小説家になろう」(https://syosetu.com/)に掲載された作品を加筆修正して再構成したものです。
「小説家になろう」は㈱ヒナプロジェクトの登録商標です。

発行人　石原正康

発行元　株式会社 幻冬舎コミックス
〒151-0051　東京都渋谷区千駄ヶ谷4-9-7
電話 03(5411)6431(編集)

発売元　株式会社 幻冬舎
〒151-0051　東京都渋谷区千駄ヶ谷4-9-7
電話 03(5411)6222(営業)
振替 00120-8-767643

デザイン　土井敦史 (HIRO ISLAND)

本文フォーマットデザイン　山田知子 (chicols)

製版　株式会社 二葉企画

印刷・製本所　大日本印刷株式会社

　ISBN978-4-344-84792-7 C0093 Printed in Japan
幻冬舎コミックスホームページ https://www.gentosha-comics.net
